元魔女は村人の少女に転生する

Chococurry
チョコカレー

Illustration
teffish

CONTENTS

illustration / teffish

Design / 5GAS DESIGN STUDIO

第一章　村人生活

魔女シャティファールは口から血を吐き出しながらその場に崩れ落ちた。

長い銀色の髪を垂らし、その美貌を黒いとんがり帽子で隠したまま、彼女は依然弱々しい表情を見せずに目の前に居る自身の敵の事を見上げた。

「問おう勇者よ……何故我々【魔女】が狩られねばならない？」

「それは貴様等が邪悪な存在だからだ。異端な力を持ち、国に属さぬお前達は人々にとって脅威でしかない」

シャティファールの疑問に勇者と呼ばれた男は淡々と答えながら、彼女の喉元《のどもと》に剣を突き付けた。シャティファールはそれを拒絶する事なく、返事を聞いてどこか達観したように口元を緩ませた。

「では、何をもってしてお前達は我々を邪悪な存在と見なした？　魔女が人の街を襲ったか？　魔女が魔族と手を組んだか？　我々が何をした？」

「…………」

更なる質問に対して今度は勇者は答えられなかった。言葉に詰まったように迷った瞳をして、僅《わず》かに剣先を揺らす。それを見てシャティファールは更に言葉を続けた。

「人間は我々が未知なる力を持っているからという理由だけで邪悪な存在と見なした。ならばお前はどうだ勇者？　お前のその力もまた未知なる力なのではないか？」

「黙れ！　俺は貴様等と違って人々に信頼されている。俺が希望だからだ！」

「それは一時の信頼に過ぎん。お前が全ての魔女を狩り終えた時……人々は魔女の次に何を恐れるようになるかな？」

シャティファールは笑みを浮かべてそう語りかけた。すると勇者の瞳が大きく揺れた。自分が今まで歩み続けて来た道が突然崩壊してしまったかのように、彼は身体をぐらつかせ、剣を降ろした。シャティファールはただ冷静に、冷淡に目を細めながら勇者の事を見つめる。

「気付け勇者。お前は自分の目で、自分の足で、この世界を見て来たか？　魔女は本当に邪悪な存在だったか？　お前が今まで斬り倒して来た者達は本当に反逆者だったか？　今ここには居ないお前の仲間達は本当に信頼の置ける人間達か？」

今ここには居ない勇者の仲間達、彼らはシャティファールの魔女の館には突入せず、外で見張りを申し出ていた。勇者自身もそれを了承し、こうして単騎でシャティファールの館に乗り込んでいた。勇者は最初これが作戦だと思っていた。外部からの敵が侵入して来ないよう、仲間達が見張ってくれているのだと思った。だが、もしもそれが違うのだとしたら？

「俺は……俺は……」

「……我はもう逝く。願わくば、これまで葬《ほうむ》って来た同胞の墓を、立てて……欲しい……」

疑心暗鬼で手を震わせる勇者を見つめながら、シャティファールは貫かれた腹を抑えて最後にそう申し出た。そしてガクリと頭を下げると、彼女は静かに息を引き取った。


こうして、【七人の魔女】の最後の一人【叡智《えいち》の魔女】シャティファールは葬られた。

全ての魔女を狩り終え、役目を果たした勇者は英雄として人々に褒《ほ》め称えられた。そして勇者は約束された報酬を受け取り、王都での生活を満喫するはずだったのだが……どういう訳か、勇者は誰にも何も告げずにある日突然消息を絶ってしまった。

王都では何故英雄は姿を消したのか？　という噂《うわさ》で持ち切りになり、消えた英雄としてその勇者は一時有名になった。真相を知るのは勇者その人だけ。こうして勇者の激しい戦いの歴史は一旦幕を閉じるのであった。


それから七年が経った。魔女狩りや勇者失踪事件も少しずつ人々の記憶から薄れ始め、世界は平穏に時を刻んでいた。

王都から遠く離れた山奥にとある村がある。旅人も滅多に訪れる事が無い、外界から隔離された村。そこは独自のしきたりを重んじ、魔女や魔族に目を付けられぬよう、静かに村人が暮らしていた。

その村には一人の変わった少女が居る。銀色の髪を後ろで結い、キリっとした目つきをした可愛らしい少女。普段から険しい顔つきをしている為、よく怒っているのかと勘違いされる。そんな彼女の名はシャティアと言う。

「シャティア。もう遅いからお家に入りなさい」

「分かった。母上」

空が夕焼けに染まり始め、シャティアの母親が娘にそう呼びかけると彼女は子供らしからぬ口調でそう返事をした。

見た目は至って普通の女の子。スカートが似合い、可愛らしくリボンを頭の上に乗せている。だがそんな彼女の表情は子供とは思えない程凛々《りり》しく、その瞳はまるで全ての物事を見通すかのように澄んでいた。

「もうシャティアったら。もっと女の子らしい言葉使いをしなさいって、いつも言ってるでしょう？」

「すまない、母上。だけど我はこの口調が慣れているんだ」

シャティアの母親は娘にいつも口調の事を注意していたが、どういう訳かシャティアの口調はちっとも直らなかった。こういうのは大抵周りからの影響で口調が変化したりするものだが、生憎《あいにく》自分達の周りにこんな風変わりな話し方をする者は居ない。そうなるとシャティアはどこでこんな口調を覚えたのか？　シャティアの母親はそれが疑問だった。

「全く、誰に似たのかしら……」

シャティアの母親は文句を垂れるようにブツブツとそう言いながら家の中へと入って行った。シャティアもその後に続くが、ふと道端にある水たまりに目が行った。昨夜降った時に溜まったのだろう。シャティアはおもむろにそれを覗《のぞ》き込んだ。当然、そこに映るのは自分の姿。可愛らしい女の子の顔。だが、シャティアはそれを見ると面白おかしそうに笑みを浮かべた。

「我ながら上手くいったものだな。人間の女の娘に転生するとは……いやはや、魔導とは探究してもし切れぬ無限の境地よ」

自分の顔を左右に動かしながらシャティアはそう口にした。否、彼女はシャティア成らざる者、魔女シャティファールの生まれ変わりである。

彼女は死ぬ間際に研究途中の転生魔法を発動させ、ある人間の女の娘に転生した。転生魔法は禁術であり、まだ完全には制御しきれぬ魔法だったが、シャティファールは見事成功させたのだ。そして記憶も、魔力も、魔術も全てを保持したまま、全く新しい生命体に転生する事が出来た。

「それにしても勇者が失踪か……我の言葉を信じてくれたのならば良いが、はてさて」

だが転生したと言っても幼い時から記憶があった訳ではなく、シャティアはつい最近シャティファールとしての記憶を思い出したばかりだった。故にブランクがあり、身体の慣れもまだ本調子ではない。そしてこの数年の間に起きた出来事をまだ整理出来ずに居た。勇者失踪。その真意は果たしてどんな物なのか？　シャティアはそれを楽しむように顎《あご》に手を置く。

「まぁ今はこの身体で出来る事を探究するとするか」

せっかく若く純粋な身体に転生する事が出来たのだ。すなわち魔力も澄んでおり、この時期は最も伸びが良い時期でもある。一度は【叡智の魔女】として全ての魔法を熟知した程ではあるが、シャティアはこうしてまた新しい経験を得るチャンスを掴んだのだ。これを楽しまない手は無い。

完璧とまで称された【叡智の魔女】が、新たな身体を得て世界へと舞い降りる。飽く無き探究心を持つ彼女は果たして何を望むのか？

シャティアはひっそりと笑みを零しながら、家へと戻った。


翌日、シャティアは母親が留守の間に早速魔法の練習をする事にした。いくら転生したと言えど子供の身体のスペックで生前の力を出す事は出来ない。今の自分がどれ程やれるのかも確認を込め、彼女は魔法を試し撃ちしてみる事にした。

「ふむ……生前の魔法は大体使えるようだな」

物を浮かしたり、火を熾《おこ》してみたり、あらかた魔法を唱え終えた後、シャティアは正常に魔法が発動している事を確認した。どうやら記憶している魔法は全て不備無く使えるらしい。

それを知ると、シャティアは満足そうにニッコリと微笑んだ。

であるならば次は更なる探究だ。生前知れなかった魔法を学びたい。特に人が使用している魔法を。その為にはシャティアは教えを請う必要があった。何分異端と称されていた為、シャティアは人間の知識には疎い。彼らが日常的に使用する魔法も魔女の魔法とは根本的に違うのだ。故に他者から知識を必要とする。

「母上。魔法を学びたい」

「……ええ？」

母親が帰って来た後、シャティアは早速そう頼み込んだ。子供らしからぬ態度で、要求するように言葉を述べた。

シャティアの母親は困ったように苦笑いを浮かべた。子供が魔法を覚えたがるのはごく自然の事だ。だが何分シャティアはまだ幼い。少なくとも子供は六歳になってから魔法を覚えるようになるのが一般的だ。故に彼女はどう答えようか悩んだ。

なまじシャティアが賢い為、結論が出しづらい。シャティアはすぐに言葉を覚え、歩けるようになってからは同時に本も読む様になった。村の間では優秀な子と言われる程である。

そんなシャティアを自慢の娘と母親は思っている為、つい彼女の願いを叶えてあげたかった。

そして吟味《ぎんみ》した結果、家庭教師を雇う事にした。

「じゃあ家庭教師を雇いましょう。以前は王都で宮廷魔術師だった人よ。きっとシャティアの知りたい事も教えてくれるわ」

「それは有り難い」

　この村にはある魔術師が住んでいる。かつては王都でそれなりの地位がある魔術師だったが、とある理由からこの辺境の村に住むようになった。もちろん村の人は寛大な為、彼の事を快く受け入れた。

　シャティアの母親はその彼に頼む事にした。王都で魔術師だった人ならシャティアにも良い刺激になる。そう考えた結果だった。シャティア自身も王都に居た人ならば知識も豊富のはずだ、と推測し、喜んだ表情をした。だがそれは子供らしい純粋な笑みではなく、まるで自分の策略が上手くいったのを喜ぶかの様な笑顔だった。


　それから数日後、すぐに家庭教師はシャティアの家へとやって来た。

　眼鏡を掛け、聡明そうな顔つきをしたまだ若い男性であった。だが無精髭《ぶしょうひげ》を生やし、どこか落ちぶれた様子もある。訳ありの魔術師らしい恰好をした男性であった。だがそれでも知識は確かである。彼は村で困った事が起こったら魔法での解決を頼まれる程村人から重宝されていた。シャティアは瞳を輝かせ、彼の事を見つめる。

「それでは今日からシャティアちゃんの家庭教師をする事になりました。ロレイドです。宜しく、シャティアちゃん」

「うむ、宜しく頼む」

律儀に挨拶《あいさつ》する家庭教師に対して、シャティアは相変わらず尊大な態度を取った。だが家庭教師は逆に子供らしい反応だと考え、少しはにかむだけだった。

授業はすぐに始まった。主に家庭教師が魔法を実演し、シャティアがそれと同じ様に魔法を唱える。それの繰り返しだった。そしてすぐに家庭教師は表情を険しくする事となった。

シャティアの学習があまりにも早いのだ。

家庭教師が一度魔法を見せると、シャティアはあっという間にその魔法を真似てみせた。本来ならこの歳で魔法が使える事自体が凄い事だと言うのに、シャティアは信じられないスピードで王宮魔法を吸収して行くのだ。気がつけば家庭教師は手を震わせていた。自身が憧れた天才が目の前に居るのだ。動揺して当然だった。

「シャティアちゃん……君は今まで魔法を学んだ事は無いんだよね？」

「んん？　ああ、うむ。まぁ確かに生まれてからは魔法には触れていないな」

前世では学んでいたと言う訳にも行かず、シャティアは微妙な答え方をした。だが嘘ではない為、家庭教師はやはり天才だと確信する事になる。実際シャティアは天才であり、それ故に魔女が務まったのである。十年に一度の天才どころか、百年に一度の奇才であった。

「先生よ。今日見せてくれたのが王宮魔法というやつの全てか？」

「え？　あ、ああ……そうだよ」

一日目の授業が終わった後、実際には家庭教師が教えられる事全てを教え終わった後、シャティアは腕を振るったりしながらそう尋ねた。家庭教師はその質問の意図が分からず、ワンテンポ遅れて返事をした。

シャティアは考える。やはり人間と魔女の魔法は根本的に違う。成り立ちから違うのだから、恐らくもっともっと派生が合ってもおかしくはない。貪欲な彼女は更なる探究を望んだ。

「他にも魔法はあるのか？　王宮魔法という事は、種類の違う他の魔法とか」

「ああ。王宮魔法は王宮魔術師が学ぶ特別な魔法。他には平民が使用する一般魔法や、賢者が使う古代魔法とか色々とある」

シャティアが想像した通り魔法には様々な派生があった。という事は恐らく魔女が使う魔法も魔女魔法とかの名前に括られているのだろうと勝手に推測する。そして自分の知らぬ魔法がまだまだある事に喜んだ。

何分魔女だった頃は人と接触したくとも石を投げられる始末。知りたくとも知れないのがあの頃の状態だった。だが今は違う。人間の身である今なら合理的にその魔法を学ぶ事が出来る。何と素晴らしい事であろうか。

「素晴らしい。是非ともその魔法も習得したい」

口元に指を当てながらシャティアは独り言のようにポツリとそう呟《つぶや》いた。その言葉は家庭教師の耳にも届いており、彼はゾクリと背筋を凍らせた。

何と貪欲な少女であろうか？　僅か一日で王宮魔法全てを学び、それだけでは飽き足らずに更なる魔法を欲求する。通常の精神力では決して不可能な行為であった。だが、目の前の自分よりも随分歳下の少女はいとも簡単にそう言ってのける。呆れを通り越して恐れを感じた。

「お母さん。シャティアちゃんは素晴らしい才能の持ち主ですよ。是非とも王都の魔法学園に通わせるべきです」

「ええ？　そんなに？　でもシャティアはまだ五歳だし……」

授業が終わった後に家庭教師は早速シャティアの母親に娘の凄さを伝えた。興奮している事もあって身振り手振りで分かりづらい所もあり、加えてシャティアの母親はそこまで魔法について詳しい訳ではない為、いまいちその凄さは伝わらなかった。

「あの子はたった一日で私の使う王宮魔法を見て真似られるようになりました……恐ろしい程の才能です。きっと彼女は将来歴史に名を残す大魔導士になります」

そこまで言われると鈍感な母親も流石にシャティアの凄さを理解した。そして同時に恐怖した。そこまでの才能を持つ娘を自分ははたして正しく育てられるだろうか？　もっとふさわしい施設に行かせた方が良いのだろうか？　思わずそんな疑問を抱いてしまった。

結局家庭教師は教えられる事は全て教えてしまった為、魔法の授業はたった一日目で終了してしまった。それでもシャティアの要望で授業は続く事となり、魔法以外の知識なども勉強する事になった。

「クク、やはり魔導とは探究し甲斐のある遊戯よの」

家庭教師が帰った後、部屋で一人シャティアはそう言葉を呟いた。

手を握ったり放したりを繰り返し、今日の魔法の感触を確かめる。そして確かな充実感を感じ、彼女は満足そうにベッドに寝転んだ。


シャティアには幼馴染みが居る。モフィーという同い年の女の子だ。栗色の髪をツインテールで結った、大きなまん丸い目が特徴的な子で、いつもシャティアにくっ付いて来ていた。

元々この村は小規模な為、子供の数も少なかった。そんな中唯一の同い年の友達は子供にとって何よりの貴重な存在である。ただしそれは普通の子供の場合の話であり、中身が既に百を超える年齢の元魔女のシャティアからすれば、モフィーというのは知能の劣るうっとうしいだけの存在であった。

「ねぇシャティア、遊ぼ遊ぼ!!」

「……モフィー。我は今本を読んでいるのだ。邪魔をしないで欲しい」

ある日の正午、シャティアは木陰の側で家庭教師から渡されていた本を読んでいた。魔法の事はあらかた知識を詰める事が出来たが、それでも人間の日常的な事は知らない。それ故にシャティアは家庭教師にお願いし、王都での暮らしなどが記述された生活本を貸してもらったのだ。勉強熱心なシャティアはそれを野原の上で読んでいたのだが、いかんせん外遊びが好きな子供のモフィーはそんな彼女を遊びに誘い、読書の邪魔をして来ていた。

「だってシャティア本ばっか読んでるんだもん。私つまんないー」

「我にとっては非常に貴重な勉強なんだがね……はぁ、やれやれ。分かったよ。何かして遊ぼう」

このままだとモフィーがうるさくなるだけなので、シャティアは自身が折れて遊んであげる事にした。

元魔女だという事をバレないよう、シャティアは出来る限り普通の人間の女の子のフリをして村では過ごしている。だがそれはあくまでも本人の感覚であり、私生活では問題無いが魔術の事となると全く隠す素振りが無かった。それどころか元王宮魔術師を驚かす程の才覚を見せ、更なる探究心を見せつけた。そんな村ではちょっとした有名人のシャティアも純粋な心のモフィーには勝てず、半ば引っ張られる形でおままごとに付き合わされた。

「ねー、何でシャティアは難しい本ばっか読んでるの？」

「これは王都の事が書かれている本なんだ。我は興味を持った物はとことん知りたい主義なんでね」

「じゃあシャティアは王都に行きたいの？」

遊びの途中にモフィーは気になったのか突然そんな事を尋ねて来た。シャティアはおまま

ごと用の木のコップを手にしながら答え、そして改めて自分でも考える。

はて、自分は王都に行きたいのだろうか？　と。確かにシャティアは人間達の魔法についてては興味がある。だがそれはあくまでも興味があるだけで、実際にその場に行きたいかどうかは分からない。

「さぁてね。どちらかと言うと我は魔法の方に興味あるんだ。故に王都自体の事は然程重要ではない」

わざわざ王都に行かなくとも魔法を知る方法は幾らでもある。シャティアはこの村にも魔法的価値は十分あると考え、現状で満足していた。それに母親が遠出を許してくれる訳が無い。いずれにせよまだ七歳のシャティアが村の外に出る事は出来なかった。

「良かった〜」

「ん？　何故だね？」

「だってシャティアが居なくなったら私遊ぶ相手が居なくなっちゃうんだもん。だから良かった！」

それを聞くとモフィーは心底安心した素振りを見せた。どうやら幼馴染みが居なくなってしまうのではないか、と不安に思っていたようだ。どうせ大人になれば幼馴染みに固執する必要も無くなるだろうとシャティアは思ったが、いかんせん人間の心情は完璧には理解出来ない。モフィーの言葉にシャティアは曖昧《あいまい》に返事をする事しか出来なかった。

それから二人はおままごとを続けたが、やがて飽きてしまったのかモフィーがちょっと散歩しようと提案した。身体を動かすのも魔法では重要な基礎訓練だとシャティアは思い、それを簡単に了承した。

「モフィー、そこは立ち入り禁止と言われている森だぞ」

しばらく歩き続けていると二人は村の外れまで辿り着いた。そこには柵で覆われている森があり、村の大人でも滅多に入ろうとしない禁じられた森であった。

曰く、魔物が出るらしい。魔物は普通の動物とは違い、魔力を持った凶悪な生き物である為、腕に確かな自信がある者でしかこの森には入れない。

「大丈夫だって！　この前お酒ばっか飲んでるロヴおじさんもここに入ってたもん！　ちょっとくらいなら平気だよ！」

「……そうかね。まぁ、我は止めないが」

恐らくそれは妻に口止めされている酒をこっそり隠す為に入ったのだろうと推測されるが、シャティアはあまり気にせずモフィーが森に入る事を止めなかった。

実はシャティア自身もこの森には何度か入った事があり、その生態を調べたりもしていた。好奇心には勝てなかったのだ。それにたとえ魔物に遭遇しても自分の魔術なら大丈夫だという自信もあった。

二人は臆せず森の中に足を踏み入れ、どんどん奥へと進んで行った。モフィーからしたら探検家気分でどこかウキウキとした表情をしていた。

「うわー凄い！　あ、見た事無い鳥が居るよシャティア！」

「あれは炎怪鳥だ。魔物だから炎を吐いて来るぞ。気をつけろよ」

呑気に初めて見た鳥を指差すモフィーだが、それはれっきとした魔物であった。自分が居るから良いものの、少々楽観的過ぎるモフィーにシャティアは頭を悩ませた。だが彼女は自分と同じく好奇心旺盛《おうせい》な子供。気が済むまで森を回りたがるだろう。シャティアはモフィーが満足するまでそれに付き合った。

ふと、シャティアは足を止めた。地面に見慣れない足跡があったのだ。それは完全に魔物の物ではなく、靴を履いた人間の物であった。

「ふむ……人間もここを通っているのか。という事は噂に聞く冒険者という輩か？　村の人間がこんな呑気《のんき》に森を歩くとは思えんしな」

シャティアはその足跡に触れながら考え込むように頭を回転させた。

村人の中でこの森に入れるのは精々村長か家庭教師の魔術師だけ。だが村長は最近歳で森には入らなくなったし、家庭教師もこの森に入ろうとはしない。という事はこの足跡は部外者の物となる。そしてシャティアが魔女だった頃、彼女の館には冒険者と呼ばれる人間がやって来る事があった。何でもギルドと呼ばれる組織に所属しており、人々の依頼を受けて働いているらしい。旅人や商人という線もあるが、魔物が出る森に入り込むとは思えない。従って冒険者が有力か、とシャティアは考えた。

出来る事なら会ってみたいとシャティアは手に付いた土を払いながらそう思った。冒険者の中には魔法を使う者も居る。ある者は独学で極めた魔法を、ある者は古から伝わる魔法を、ある者は禁術を、そういう戦いの中で積み重ねられた魔法もシャティアは興味があった。

「きゃぁぁぁぁあああああああ！！！」

その時、突如森の中にモフィーの悲鳴が響き渡った。見ると先程まで隣に居たはずの彼女が居なくなっており、シャティアは慌てて悲鳴がした方向へと向かった。

声がした場所に辿り着くと、そこは少し開けた森の中だった。モフィーは気絶して倒れており、その目の前には巨大な熊の姿があった。当然ただの熊ではない。魔力を持った魔物であった。

「モフィー……！」

「グルルル……」

どうやら襲われた訳ではないらしい。襲われる寸前ではあるが、モフィーはたまたま遭遇した熊の魔物に驚いて気絶してしまったようだ。ひとまず彼女が無事だという事にシャティアは安堵《あんど》し、そして熊の魔物の方に視線を向けた。熊の魔物は気絶しているモフィーよりもシャティアの方に興味を持ち、涎《よだれ》を垂らしながら低い唸《うな》り声を上げた。

「グリムベアーか……珍しいな。こんな森にもお前達は顔を出すのか？　普段は洞窟《どうくつ》の中に隠れているはずだが……」

熊の魔物がグリムベアーと呼ばれる魔物だと分かり、シャティアは意外そうな顔をする。実はシャティアは魔女の頃もグリムベアーと遭遇した事があり、彼らの生態を研究する事もあった。その時は残忍と恐れられるグリムベアーも魔女のシャティアに恐れを成して洞穴に隠れていたのだが、今の幼い少女の見た目をしたシャティアでは当然そんな気が起こる訳も無く、堂々と雄叫びを上げて牙を剝《む》けた。

自分が研究した時とは違う反応をするグリムベアーにシャティアはただ純粋に興味深そうに首に手を置く。その瞳は魔物を見るというよりも貴重な実験動物を見るかのような人の感情が込もっていない瞳であった。

「ゴァァァアアアアッ!!」

「どうした？　我が魔女だった頃はお前達はもっと利口だったはずだぞ？」

魔女の頃はグリムベアーに歩み寄り、調教をしたりする程のシャティアであったが、今目の前に居るグリムベアーは当然そんな事を知るはずも無い。今目の前に居るのはたくさんのグリムベアーを捕まえ、服従させていた魔女シャティファールではなく、何て事無い貧弱な少女のシャティアなのだから。グリムベアーは生意気そうなシャティアに怒りを覚え、爪を振るおうと腕を振り上げた。

「お座り」

だが次の瞬間、シャティアがそう言葉を放つと同時にグリムベアーの身体には強烈な重力が掛かった。プレッシャーだとか殺気だとかそういう物ではない。もっとダイレクトに伝わる衝撃波のような物であった。

魔力を持つ魔物であるからこそグリムベアーは直感的に理解する。これは魔法だ。しかも自分では太刀打ち出来ない程の魔力が込められた強力な魔法だ。

気がつけばグリムベアーは地面に崩れ落ち、シャティアに頭を垂れるように座り込んでいた。それを見てシャティアは満足そうな顔をする。

「うんうん。やっぱりお前達はそうやって大人しいのが良いな。我は魔物も動物も好きなんだ。手荒な事はさせないでくれよ？」

そう言うとシャティアは可愛がるようにグリムベアーの頭を撫でた。華奢《きゃしゃ》な少女の力の無い撫で方、だがグリムベアーには悪魔に首を掴まれたように感じられた。こんな小さな身体をしているのに、どこからこれ程まで強烈な気配を放つ事が出来るのだろうか？　グリムベアーはそう疑問に思うが、シャティアはただ純粋に笑うだけだった。

「グルル……」

「今後はこっちの女の子も襲わないようにしてくれ。これでも我の幼馴染みなんでね。居なくなっては色々困るんだ」

主に周りの大人達が騒ぎだす、という言葉は付け足さず、シャティアはそれは心の中にしまい込んでグリムベアーに念を押すように注意した。人間の言葉を理解出来る訳ではないが、本能的に理解したグリムベアーは顔を頷《うなず》かせた。

「では行け。あの家庭教師には見つからないように気をつけろよ」

ぱん、とシャティアが背中を叩くとグリムベアーは森の奥へと去って行った。巨大な身体が草むらの中へと隠れて行ったのを確認し、シャティアは隣で気絶しているモフィーに近寄るとその柔らかい頬《ほほ》をぺしぺしと突いた。

「さて……起きろ、モフィー。起きんか」

「んん～……んか、ひゃッ!? シャティア、熊は!? でっかい熊さんは!?」

「何を言っているんだ？　君は歩き疲れて眠ってしまったんだぞ」

説明するのも面倒なので慌てて飛び起きたモフィーにシャティアはそう説明した。どうせ子供だから大した理由を言わなくとも無理はあるまい、と軽く考えて歩き疲れたというでっち上げた理由をモフィーに言い聞かせる。モフィーはまだ困惑したように辺りを見渡していたが、グリムベアーが居ない事を知ると、はぁぁと気の抜けたため息を吐いた。

「……え？　そうだっけ……そうだっけぇ？」

「そうだ。ほら早く戻るぞ。いい加減気も済んだだろう。こんな所大人達に見られればこっぴどく怒られるからな」

「わわわっ、それは困る！」

シャティアがそう言うとモフィーはようやく自分が仕出かした状況を理解したのか、慌てた様子で来た道を戻り始めた。シャティアも呆れながらその後に続く。

結局シャティアとモフィーが森に入った事はバレずに済んだが、モフィーは服を土だらけにした事を母親に叱られる事となった。シャティアは気絶から醒めた際に注意しておくべきだったな、と珍しく自分の落ち度を反省した。


【叡智の魔女】。それは【七人の魔女】を纏《まと》めていたリーダーであり、最後まで勇者に抗った最悪の魔女の名である。

腕を振るえば天が割れ、足で地を踏めば大地が裂ける。彼女はそれ程の魔力と魔法を持った恐るべき存在であり、生きていた頃は霧の大地の奥深くにある館に住んでいた。そこに訪れた旅人を誘惑し、魔法の実験台にする事もあるとか。

「……それが【叡智の魔女】シャティファールだって。怖いね～」

部屋で本を読みながら過ごしていたシャティアにモフィーは彼女から借りた本を口に出して読みながらそう感想を零した。手には【恐ろしい七人の魔女】と書かれた本が握られている。シャティアはモフィーの感想を聞いて微妙そうに表情を曇《くも》らせた。

「さてな、もう死んでしまった者の存在などどうでも良い事よ」

「あ～、シャティアらしい。シャティアってそういう所さっぱりしてるもんね」

首を傾けながら面倒くさそうにシャティアがそう答えると、モフィーはジト目でシャティアの事を見ながら呆れたように返した。

シャティアにとって何せ前世の自分であるが為、何かしら感想を抱こうにも複雑な物になってしまうせいで言葉に出来ない。そもそも本に書かれてる事は大半が人間達が勝手に造った設定であり、シャティアからすればそこを突っ込みたかった。確かに魔法の実験はするが、人間は使わない。そうモフィーには聞こえないように呟いた。

「だってそうだろう？　もう既に魔女達は勇者が倒してしまったんだ。今更死んだ奴らの話をした所で何か意味があるか？」

「無いけど～……でも～……」

シャティアが手を伸ばして何か意見でも？　と言いたげにモフィーに向けると、彼女は困ったように口をモゴモゴと動かし、項垂れてしまった。

厳密には無い訳ではない。むしろ対策を立てるという建前で話した方が良いだろう。現にシャティアのような魔女の生まれ変わりが存在している。それにシャティア以外の魔女達も曲者の為、それぞれ別の方法で生き延びている可能性がある。それ程魔女という存在は異質なのだ。シャティアはそう考えながらも、だからと言ってモフィーと話した所で何か良い案が生まれる訳ではないが、と考えてそっと手を降ろした。

「まぁ、生きていたとしたら……他の奴らはどうしているかね」

モフィーから顔を背け、ベッドの上から窓を通して外の景色を見ながらシャティアはそう独り言を呟いた。

いずれもタダでは死なない曲者揃い。ひょっとしたら勇者に恨みを抱く者、人間に制裁を加えようとする者、そんなのが居てもおかしくはない。だが五年が経っても未だ異変が無いという事は……少なくともまだ問題は無いという事であろう。シャティアがそう結論を付けて黄昏《たそが》れていると、ふと村の人達が騒がしい事に気がついた。皆家から出て村の入り口の方へと向かっている。その様子にシャティアは眉《まゆ》を顰《ひそ》めた。

「ふむ……何だか村が騒がしいな」

「あ、本当だー。皆入り口の方に行ってるよ。なんかあったのかなー？」

モフィーも背筋を伸ばして窓から外を見下ろし、その異変に気がついた。

滅多な事ではこんな騒ぎにならない為、好奇心旺盛な子供のモフィーはもちろん、魔女であり探究心が飽きないシャティアもすぐに一階へと降り、玄関の扉を開けて村の入り口へと向かった。

入り口付近では案の定村人達が群がっていた。子供のシャティア達は人々の足下をかいくぐって輪の中に入り、そして異変の根源へと辿り着いた。

そこには騎士の恰好をした男が倒れていた。歳はシャティアの父親と同じくらいか、幾度もの戦をくぐり抜けて来たような傷跡が顔に残っていた。

シャティアはチラリと男の鎧に目をやる。鍛冶屋などで調達したような無骨な鎧ではなく、破損はあるものの綺麗に磨かれた鎧。そして紋章が描かれている事から、この男がどこかの国の騎士である事を見抜いた。

「あ、お父さんだ。お父さん、一体何があったの？」

「ん？　ああ、モフィーか」

丁度モフィーの父親も現れ、モフィーは近づいて来た父親に飛びつきながらそう尋ねた。

どうやらこの男を発見したのはモフィーの父親であるらしく、彼が畑仕事から帰る途中に遠目で騎士の男が村に向かって来るのが見えたらしい。

「この騎士の人が突然現れたんだよ……それで任務がどうだこうだとか言って、北の渓谷《けいこく》が危ないって……その後は気絶してしまって分からないんだ」

後から村長も来た為、モフィーの父親は説明も兼ねて自分が騎士から言われた事をそのまま伝えた。だがそれは断片的過ぎる上に騎士の素性も分からない為、どう捉えるべきか判別の困る物だった。

村長は困ったように倒れている騎士を見た後、自身の長い髭を弄《いじ》りながら村人達に指示を出し始めた。

「ひとまずこの男を儂《わし》の家に連れて行こう。怪我をしているようだし、手当をしてやってくれ」

「良いんですか？　村長」

「構わん……それに、何か胸騒ぎがするんでの」

素性が分からないという事もあって村人達は騎士を村に入れる事を渋ったが、村長の命令である為結局従った。後からシャティアの家庭教師も駆けつけ、村人二人掛かりで騎士を村長の家まで運んだ。

村人達はざわつきながらその後を追い、唯一人を除いて全員が村長の家へと向かった。シャティア、澄んだ瞳をした少女一人を除いて。

「ふぅむ……北の渓谷……はて？」

シャティアは腕を組みながら頭を回転させていた。先程の騎士の言葉を思い出し、一体どのような事態になっているのかを予測する。

北の渓谷はここから少し離れた場所にある。村の禁じられた森とは違い、そこまで危ない所ではなく、魚を釣りに出掛ける村人も居る。そんな場所が危ない。それはつまり何らかの侵入者、はたまた災害のような物が出現したという事であろうか？

「行ってみるか」

恐らく北の渓谷に何らかの異物が現れたのだと推測し、シャティアはそう結論を出す。

幸い今は皆騎士の事を気にしている為、少しの間村を離れていてもバレないだろう。そう思ってシャティアは早速北の渓谷へと向かう事にした。浮遊魔法を唱え、自由自在に宙を舞って村の外へと飛び出す。念の為誰かに見られないように雲の中に紛れ、シャティアはあっという間に渓谷まで辿り着いてしまった。

緑豊かな大地に生い茂る木々、隙間《すきま》から差し込む太陽の光に照らされ、流れている川はキラキラと輝いている。至って平穏で美しい光景。だがシャティアは岩の上に降り立つと、何かが気になったように目を細めた。

「……妙だな。渓谷全体の魔素が薄い……何故だ？」

シャティアは腰を降ろして岩に手を触れながらそう呟いた。

魔素は物体が宿しているエネルギーのような物。魔法はそれを魔力へと変換する事で莫大なエネルギーにする事が出来て、言わば魔素は魔力の根源のような物である。その魔素が薄い。それはすなわち、物が死に近づいているという事である。

その時、シャティアの背後から凄まじい轟音《ごうおん》が鳴り響いた。同時にシャティアが乗っていた岩が爆発し、シャティアの小さな身体は宙へと放り投げられた。煙に紛れながらもシャティアは身体を回転させ、地面へと着地する。そして自分がさっきまで居た場所に目を向けると、そこには黒いローブを纏ったスケルトンの姿があった。

「……!!　ソーサラースケルトンか……！」

「ギギギギギ……！」

手には黒い木の杖を持ち、そこからバチバチと火花のような物が散っている。恐らくアレを魔法の媒体にしているのであろう。シャティアは目つきを鋭くさせ、ソーサラースケルトンと対峙した。

ソーサラースケルトンは顎をカタカタと動かしながら声にならぬ言葉を漏らし、シャティアに何やら罵倒するように声を上げると、杖を振るって雷撃を放った。すぐさまシャティアは片手を突き出して魔法の壁を作り出し、それを防ぐ。

「お前が騎士の言っていた渓谷が危ない、という理由か……？　死人であるお前が山の魔素を搾り取った所で何になる？」

片手で雷撃を防ぎ切り、逆に腕を振るって吹き飛ばすとシャティアは何事も無かったかのようにそう質問した。ソーサラースケルトンは子供の姿のシャティアが自身の一撃を防いだ事に驚き、たじろぐように　肩を震わせる。だがすぐに杖を握り締めると、再び振るって先程よりも強力な雷撃を放った。それを見てもシャティアは先程と同じ様に片手を突き出してそれを防ぎ切る。

「指示を出している奴が居るな？　お前達スケルトンには必ずリーダー各が存在する。山の魔素を吸収させるような命令を出すという事は……人間か？」

「ギギィッ……!!」

同じスケルトンがそんな命令を出すとは思えない為、シャティアは命令を出している者が人間だと考えた。スケルトン達に魔素を集めさせて何をするつもりなのかは分からないが、それで生態バランスを崩されるような事をされては溜まった物ではない。自然や動物を愛するシャティアにとってそれは最も嫌悪する行為であった。故に、彼女は前に一歩足を踏み出してソーサラースケルトンへと近づく。

ソーサラースケルトンは二度も雷撃を受け止められた事に衝撃を受け、目の前の正体不明の敵に戸惑いを見せた。これは今の内に殺しておかなければ手遅れになる、本能的にそう感じ、ソーサラースケルトンは更に強力な魔力を杖に込めた。

「ギィァアアアアアア！！！」

杖を振り上げ、そこから無数の雷撃を放つ。火花が散るようにその雷撃は高速で流れ、シャティアの周りの岩を吹き飛ばして行った。シャティアは浮遊魔法ですぐにその場から飛び立ち、空中へと避難する。

「やれやれ、面倒だな。無駄な魔力の消費は避けたいんだが……」

魔女の生まれ変わりと言えど今はまだ子供の姿。出来ればシャティアは今後の成長の事も考えてあまり過度な魔法の行使は避けたかった。だが目の前の敵を大人しくさせるにはそれなりの魔法を用いなければならない。何せ相手はスケルトンの中でも上位に存在するソーサラースケルトン。通常なら王宮魔術師でも苦戦する程の魔力を秘めている。

それを従えている人間が居るというのだから、恐ろしいものだ、とシャティアはどこか寂しげに笑った。

「良いだろう。我が【叡智の魔女】の魔法を少しだけ披露しよう」

空中で手を広げながらシャティアはそう言い、次の瞬間目にも留まらぬ速さでソーサラースケルトンへと突っ込んだ。ソーサラースケルトンは杖を振りかざして雷撃で撃ち落とそうとするが、シャティアは高速で移動しているにもかかわらずそれを華麗に避け、ソーサラースケルトンの眼前まで迫ると衝撃魔法を放った。骨の身体が吹き飛び、ローブが引き千切れるがギリギリ耐え、ソーサラースケルトンは咆哮《ほうこう》を上げると周囲に魔力波を放った。

「ギィァァアア!!」

「――っと。やれやれ、普通の人間なら即死級の魔法でも骨の身体であるスケルトンでは大した効果は無いか」

瞬時に魔力波だと気づき、シャティアは浮遊魔法で回避する。そして手を握ったり放したりして感触を確かめながらそう感想を零した。

シャティアはあまり戦闘が得意ではない為、加減の仕方が分からない。それ故に魔物や動物と接する時も加減が出来ずにプレッシャーを与えてしまい、シャティアが平等な立場を望んでも必ずそこに主従関係が生まれてしまった。

今シャティアが放ったのは普通の人間なら一撃で倒れる程の魔法。だが魔力で動くスケルトンに物理的なダメージは大した効果が無いようで、彼女は面倒くさそうに首を振った。

「では、これならどうだ？」

手の平を下に向け、腕を突き出してシャティアは力を込める。すると突然ソーサラースケルトンにとてつもない重みが加わった。まるで岩に押しつぶされているような圧迫感に痛覚を感じないはずのソーサラースケルトンは悲鳴を上げた。

バキバキと骨が亀裂が入る音を立てて行き、遂にソーサラースケルトンは立っている事すらおろか、杖を持つ余裕すら無くなってしまった。地面に手を付き、必死に押しつぶされるのを耐える。

「ギァッ……ガァア……ッ!?」

「ほうほぅ、中々頑張るじゃないか。良いぞ良いぞ、その調子だ」

ソーサラースケルトンが地面に伏している間、シャティアは手を向けたまま呑気に岩の上に降り立ち、ソーサラースケルトンの苦しむ様子を見下ろしていた。ちょっと手を下げると、増々重力が加わる。すると更にソーサラースケルトンは悲鳴を上げ、いよいよ骨の腕がバキリと折れる音が響いた。

「……まぁ、こんな物か」

限界だと悟りシャティアは腕を払った魔法を解除した。すると負傷したソーサラースケルトンは地面に倒れ、まるで死んだように動かなくなった。厳密にはスケルトンは死なないしそもそも生きていない。今はただ過度な重力魔法を加えられ、酷い負傷から動けなくなった

だけである。

シャティアは岩の上から地面へと降り、ソーサラースケルトンにゆっくりと近づいた。足で腕を小突き、様子を伺う。やはり力を使い果たしてしまったのか、ピクリともしなかった。

「さて、どうしたものかな。洗脳系の魔法はあまり得意ではないのだが……だからと言ってスケルトンと会話が出来る訳でもないし……」

腕を組みながら頭を傾けてシャティアは悩むようにそう口にした。

スケルトンを動かしていた犯人を知ろうと思っても今のこのスケルトンの状態では聞き出す事は難しそうである。だからと言って洗脳系の魔法が得意ではない彼女は他に手段がある訳でもなく、どうしたものかと頭を悩ませた。

いっその事コレを騎士の所に持って行こうか、と考えたが、それだとこのスケルトンをどうやって倒したのかと聞き出される事になってしまう。やはりどうするべきか、と再び彼女は頭を抱えた。

「……ん？」

考え込んでいるとシャティアの耳に妙な音が聞こえて来た。何者かがこちらに向かって来る足音。しかも複数。

その時シャティアは村長の言葉を思い出した。——胸騒ぎがする。

村長の勘はよく当たる。それは彼の人柄からシャティアは村長がそういう能力を持つ者なのだと見抜いていた。そしてどうやら、今回もそれは当たってしまったらしい。

「おやおや、お友達も一緒だったのか」

シャティアの周りには無数のソーサラースケルトンが集まっていた。数はざっと二十程か、明らかに異常な数である。

珍しくシャティアは頬を引き攣《つ》らせ、自虐的な笑みを浮かべた。


次々と飛んで来る終わりの無い雷撃をシャティアはどこか達観した目をしながら避け続けていた。右へ左へと避け、子供の身体では補えない身体能力を浮遊魔法の移動でカバーし、時折避けきれない雷撃を魔法の壁で防ぐ。

シャティアにとってソーサラースケルトン達の雷撃を避ける事は造作も無い事であった。だが、彼女の悩みはそこではなかった。

「そい」

雷撃を避ける合間にシャティアは指を振るって同じ様に雷撃を放つ。するとそれはソーサラースケルトンの一体に当たり、一瞬で沈黙させてしまった。この調子でシャティアは先程から何度も合間を縫って雷撃を放っているのだが、一向にソーサラースケルトン達が減る様子が無かった。それどころか最初は二十しか居なかったスケルトン達は今や四十程の数になっており、むしろ増えていた。

「やれやれ、幾ら倒してもキリが無いな……」

倒しても倒してもちっとも減らないソーサラースケルトン達にシャティアは面倒くさそうに表情を曇らせた。

この調子では村人達が自分が居ない事に気がついてしまう。シャティアはそう思ってこれ以上時間を掛けるのは不味いと判断した。だからと言って逃げるのも何だか釈然とせず、彼女は困ったように空を切った。一度上空まで避難し、休憩《きゅうけい》時間を取る。

「どうしたものかね。魔力切れを起こす心配は無いが……それでも数が一向に減らんのでは我も流石に疲れるぞ」

上空で腕を組んでソーサラースケルトン達を見下ろしながらシャティアはそう考え込んだ。やはり根源を絶つのが一番楽なのだろうが、その根源の居場所が分からない。流石のシャティアもそれでは動けない為、どうしたものかと顎に手を置いた。首を傾げ、銀色の髪を揺らしながら下を覗いてみる。するとそこにソーサラースケルトン達の姿は無かった。

「んん？」

思わず落ちそうになって慌ててシャティアはソーサラースケルトン達の姿を探す。すると彼らは岩場の一カ所に集まっており、そこで杖を振り上げて魔力を込めていた。それを見てシャティアの額に思わず汗が流れる。

次の瞬間、辺りが光に包まれた。一瞬世界が無音になり、続けて雷が落下したような激しい音が響き渡る。そして光が消えると、ソーサラースケルトン達は杖を掲げて巨大な雷の球を形成していた。

融合魔法。複数の魔術師達が同じ魔法を唱える事で魔法を強力にする方法。その威力は人数が多ければ多い程強くなる。そして四十体近くのスケルトン達が集まったその魔力は当然、凄まじい物となる。

シャティアに向けて雷の球が放たれた。動きは遅い。避ける事は可能。だがこんなどこに落ちるかも分からない物を放っておくのは不味い。最悪村の方にも被害が行くかも知れない。そう思ったシャティアは強靭な魔法の壁を作り上げ、雷の球を真正面から受け止めた。

「ぐ、おぉッ……‼」

魔法の壁と雷の球が衝突すると同時にシャティアの身体に凄まじい負荷が伸し掛かる。流石に四十人が集まった分の魔力だけはあり、その威力は凄まじい物であった。シャティアは徐々に押され始め、後ろへと引く。魔法の壁の強度も段々と弱り始め、ビキビキとヒビが入る音が響いていた。だがシャティアは耐える。圧縮させ、その雷の球を無力化させる。

「……ッ、と！」

強大な魔力をそれよりも強大な魔力で包み込み、魔法の内部魔力を消し去って行く。そうすると原動力を失った雷の球は少しずつ小さくなって行き、やがてプツンと消えてしまった。それを確認してシャティアはどっと疲れたように項垂れ、小さくため息を吐いた。

「ふぅ……中々面白い事をやってくれるじゃないか」

「ギギギッ……!?」

流石にソーサラースケルトン達も魔力切れか、追撃をするような事はしなかった。むしろ自分達の最大の一撃すらも無効化された事に酷く慌てた様子をしていた。シャティアはおもむろに手の平を開き、そこに小さな魔力の球を出現させた。

「では、次はこちらの番だ」

ニヤリと笑みを浮かべてシャティアは魔力の球に更に魔力を込め、先程の雷の球よりも巨大なエネルギーを形成する。そして腕を振り下ろすと、真っ逆さまにソーサラースケルトン達の居る方向へと投げ飛ばした。

ソーサラースケルトン達はそれぞれ魔法の壁を形成して防ごうとするが、圧倒的な魔力波によって壁は一瞬で掻《か》き消され、ソーサラースケルトン達も同様に吹き飛んで行った。

「……いい加減全滅してくれると嬉しいんだがな……ああ、まぁそうだろうな。そう簡単には負けを認めてはくれないか」

辺りの岩や砂利も吹き飛び、そこにはちょっとしたクレーターが出来上がっていた。だが周りからは木々の間や草むらからワラワラとソーサラースケルトン達が再び集まっており、シャティアの前には先程と同じ様にスケルトン達の集団が出来上がっていた。

それを見てシャティアは疲れた様にため息を吐く。すると、突然ソーサラースケルトン達が道を開け、そこから一体の巨大なスケルトンが姿を現した。

「ほぅ……ロードスケルトンのお出ましか」

「グゥゥウ……」

他のスケルトン達よりも黒ずんだ骨をしており、ドス黒い雰囲気を醸し出した鎧に、魔物の目玉らしき物が埋め込まれた杖を持ったスケルトン、ロードスケルトン。言わばスケルトン達のリーダー的なポジションに属する特別なスケルトンだ。シャティアはそれを見て目を細めた。

「お前が指示を出している……という訳ではなさそうだ。一時的にスケルトン達の統率を取っているだけか？」

最初はスケルトン達に指示を出しているのがロードスケルトンかと思ったシャティアだが、魔物であるロードスケルトンがそんな指示を出せるとは思えず、ロードスケルトンもまた操られている魔物なのだと判断した。そう考えを纏めるとシャティアは何かを察したように笑みを浮かべた。

「という事は、お前を倒せば指揮者の所に行けるという訳だ」

「グゥオオオオオオオ！！！」

シャティアがそう言うと同時にロードスケルトンは雄叫びを上げて杖を振り上げた。ギョロリと目玉が動き、怪しい紫色の光を放つ。シャティアはそれを受けて僅かに姿勢を崩すが、落下する程ではない。すぐに立て直すと自身も同じ様に腕を振るって魔力波を放った。

「ふっ……随分なご挨拶だな！」

放たれた魔力波をロードスケルトンは手をかざすだけで受け止める。それを見てシャティアはほぅと感嘆の言葉を漏らした。

明らかにソーサラースケルトンとは段違いの魔力を保有している。極めつけはロードスケルトンが所有しているあの杖。恐らく何らかの魔法を掛けられた特別な杖なのだろう。それで魔力を底上げしているのだ、とシャティアは推測した。ならばまず狙うのはあの杖。そんな事を考えているとロードスケルトンの方が先に動き出した。

「グォアアアアアアア!!」

けたたましい咆哮と共に杖をかざしたロードスケルトンが目玉を血走らせ、眩《まばゆ》い閃光を放つ。すると無数の紫色の雷撃がシャティアを襲った。瞬時に魔法の壁を形成するが一撃だけシャティアの肩を掠る。幸い服が裂けた程度ではあるが、シャティアはその一撃を喰らって僅かに唇《くちびる》を噛《か》んだ。

「やれやれ、母上から貰った大切な服なんだがな……ボロボロにしてしまったら後でどやされる」

怪我をする事よりも後で母親から怒られる方が怖いシャティアにとって服の損傷はもっとも危惧すべき事であった。魔法で服を元に戻す事は出来ない為、ボロボロにしてしまえば取り返しの付かない事になる。シャティアは破れた肩の部分を抑えながらロードスケルトンから距離を取った。

「高く付くぞ？　これは」

「グォォオオオオオオ!!」

「ああ、心配するな。弁償金はお前達の指揮者から頂くとしよう」

シャティアは空いている片手だけ振り上げ、三つの水の球を形成した。それを自分の周りに浮かばせながらロードスケルトンへと接近し、一つ目の水の球を放つ。ロードスケルトンはそれを杖で弾き飛ばし、更に呪文を唱えてシャティアに雷撃を放った。しかしシャティアは二つ目の水の球でそれを防ぎ、最後の水の球をロードスケルトンへと叩き込む。

「本当は火魔法の方が効果があるんだが、森が焼けては困るからな」

水の球の衝撃で岩場まで吹き飛んだロードスケルトンを見ながらシャティアはそう呟き、続けて片手を振ってロードスケルトンに直撃した水の球を弾かせる。飛び散った水は辺りの地面に染み込んで行った。

「さて、少し面白い事を教えてやろう。先程我が放った三つの水の球だが……あれには特別な魔法が掛けられている」

地面へと降り立ったシャティアはそう言って周りのソーサラースケルトン達に顔を向けた。ソーサラースケルトン達は各々杖を持ち、ジリジリとシャティアに近づきながら逃げられないように囲んでいた。にもかかわらずシャティアは逃げようとするどころか何やら妙な解説をし始める。

「水魔法は数ある魔法の中でも特に自由度の高い魔法でな……一番の利点は形成した水をその後も自由に操作出来るという点だ」

手を差し伸べながらまるで授業でもしているかのようにシャティアは水魔法の説明をする。ソーサースケルトン達はその意味不明な動作に疑問を抱くが、そんな事は気にせず敵であるシャティアを倒そうと杖に魔力を込める。

気がつけば岩に寄りかかっていたロードスケルトンも体勢を立て直し、ソーサラースケルトン達の輪に混じって杖を掲げていた。

「先程の水の球は飛び散って辺りの地面に染み込んだ。さて、この意味が分かる者は居るかな？　先に注意しておくが、足下に気をつけろよ」

「ッ⁉」

その一言で気付けたのはロードスケルトンだけだった。彼はすぐさま掲げていた杖を引っ込めるとその場から跳躍して岩の上へと避難した。その直後に地面から突然鋭い刃の形を形成した水が出現し、スケルトン達を貫いてそこに針の山を作り上げた。

「ギィァァアアッ……アァ……⁉」

「おっと、ロードだけは気付いたか。流石だな。だがお前にも注意しておこう。飛び散った水はお前の鎧にも付着しているぞ」

「グォッ⁉」

シャティアはそう言って指を軽く振った。その瞬間、岩の上に居たロードスケルトンは付着していた水が刃に変わった事で貫かれ、うめき声を上げてその場に崩れ落ちた。

針の山で貫かれているスケルトン達も悲鳴を上げて苦しんでいる。痛みは無いはずだが、貫かれているのと骨が損傷しているせいで身体を維持出来なくなって来ているのだろう。シャティアはそんなスケルトン達の無惨な姿の合間を縫い、岩の上に居るロードスケルトンまで歩み寄った。

「ふぅ……これでようやくまともに会話が出来るな。まぁスケルトンと意思疎通が出来るかは分からないが、ひとまずお前」

「ググ……ゥ……」

ソーサラースケルトンが現れないのを見てようやく勝負が付いたと確信したシャティアは岩の上に飛び乗り、ロードスケルトンを見下ろしながら話し掛けた。その顔はまるで良い実験台でも見つけたかの様に清々しい表情をしている。そして彼女は少女の笑顔を見せながら口を開いた。

「指揮者の下へと案内してもらおうか？　ロードならそれくらいの事は出来るだろう」

完全に勝機を失ったロードスケルトンは弱々しく頷く事しか出来なかった。魔物達は弱肉強食の世界、弱き者は強き者によって喰われる。今回は、シャティアの方が強者であった。

シャティアがロードスケルトンによって案内された場所は山奥の洞窟だった。少し肌寒く、辺りにも生物の気配が無い、しんと静まり返った場所。

洞窟の目の前まで来るとシャティアはおもむろに立ち止まった。隣にはロードスケルトン。ソーサラースケルトンは全員針山で拘束されたままの為、付いて来ていない。

「おっと、一応変装しておいた方が良いか」

流石に姿を見られたら色々と面倒な事になるかも知れないと思ったシャティアは変装する事にした。クルクルと辺りを見渡した後、確認を込めて頷き、彼女は自身にある魔法を掛ける。すると霧がかかったようにシャティアの姿はぼやけ、次に姿を現すとそこには銀色の長い髪を垂らした大人の女性が立っていた。

「髪色は……わざわざ変える必要も無いか。ふむ、魔女だった頃とは全然違う姿になったな。もっと前の我はこう……ぼーん、ばーん、って感じをしてたんだが」

自身の変装した姿を見下ろしながらシャティアはそう感想を零した。

実は魔女だった頃はシャティアはかなりグラマラスな女性だった。正に人を誘惑するような見た目をしており、本人はそう言った点は疎い所がある為、服装なども動き易いからというのを理由にとんがり帽子以外は露出の激しい下着同然な服を着ていた。そのせいもあってかシャティアは正に悪い魔女、という印象を抱かれていた。

しかし今の変装したシャティアの姿はどちらかと言うとスレンダーな体型をしており、着ている服も子供の時の服をそのまま大きくした無難な布の服。大人というよりかは幼気《おさなげ》な少女が少し成長して大人びた程度の変化しか見られなかった。

「さして意識をした訳ではないのだが……子供の我が成長したらこんな姿になるのかも知れんな」

生前の頃とは正反対な姿にシャティアは新鮮味を感じ、どこか楽しそうな様子を見せていた。そしてちゃんと幻覚魔法が機能している事を確認し、いよいよスケルトン達の指揮者の所へと突撃する事となった。

「さて、用意も出来たしいよいよ敵陣に殴り込みに行くとするか。出来る事なら我の知らぬ面白い魔法を持った者が居ると良いのだが……案内を頼むぞ？　ロードスケルトン」

「グウゥゥ……」

今回シャティアがわざわざ洞窟まで来た理由、それは気になるという理由もあるがその実彼女はスケルトン達を操る者に興味を抱いていた。強力なソーサラースケルトン達を操り、更にはそのリーダーのロードスケルトンすらも指揮下に置く程の力。果たしてそれはどんな力なのか？　はたまた魔法なのか？　シャティアが最も重要視しているのはそこであった。

故に彼女はこの先にある洞窟の深部へと向かう。そこに自分を満足させる何かがあると信じて。

洞窟の中に入ると長い通路が続いていた。足跡が残っており、何度か行き来しているのだと分かる。シャティアはおもむろに指を立てて小さな火の玉を形成した。その小さな火の球でも十分通路を明るくし、先が見えるようになった。

シャティアはどんどん奥へと進んで行く。やがて開けた場所へと出た。そこは高い天井に祭壇のように装飾が施された何やら神秘的な場所だった。

「……何者だ？」

そしてその空間の中心に一人の老人が居た。しわだらけの顔に眼球が飛び出るように大きく、死人のように痩《や》せこけた男。そんな老人は真っ黒なローブを纏い、シャティアが現れた事に気がつくとゆっくりと振り返ってそう尋ねた。

「この神聖たる場所に儂の許可無く入るとは、何と恐れ多き事か。ここがどれだけ重要な場所なのか分かっているのか？」

「いやはや、すまんな。何分村の外へはあまり出た事が無いんだ。大目に見て欲しい」

老人は突然現れたシャティアに敵意を向けて睨《にら》みつけるが、対してシャティアはろくに警戒もせず呑気に答えながら祭壇の方へと歩み寄った。

炎の灯った柱に囲まれ、棺のようなものが置かれた台。恐らく何らかの儀式をするのであろうとシャティアは見抜いた。

「ところで渓谷を歩いている間にこんな物と出会ったんだが、ひょっとしてお前が操っていた物か？」

「……貴様、ロードスケルトンを退けたというのか？」

「さぁて、どうだろうな？」

シャティアの質問に対して老人は逆に質問し、その質問に対してシャティアはただ笑みを浮かべるだけで否定も肯定もしなかった。

老人はシャティアが連れているロードスケルトンの事を見る。ボロボロで、まるで何かに貫かれた様な跡が鎧にある。目の前に居る女が剣術使いとも思えない為、老人は得体の知れないシャティアに恐怖を感じた。

「女、貴様は騎士団の者か？　この前儂が返り討ちにした騎士共の仲間か？」

「なるほど、あの騎士はお前と戦っていたのか。という事はどうやら我の探し人はお前で間違い無いようだな」

「ちっ……質問に答えんか」

今度は老人の質問にシャティアは答えず、勝手に納得して頷くだけだった。いちいちはっきりとしない言葉に老人は苛立《いらだ》ちを感じるが、それでもすぐに攻撃を仕掛けるような事はしない。

もしもロードスケルトンを退ける程の力を女が本当に持っているのだとしたら、十分に警戒しなければならない。老人は僅かに横へずれ、シャティアとの距離に注意しながら話を進めた。

「ここに何しに来た？　儂の崇高《すうこう》たる計画を止めに来たのか？」

「ほぅ、計画？　是非ともその計画とやらを教えて欲しいな」

ようやくシャティアはまともな感想を返し、老人は僅かに微笑む。自身の崇高たる計画によっぽど自信があるのか、自慢でもするかのように鼻を高くした。シャティアもシャティアで好奇心旺盛な為、こんな敵陣の真っ只中でも構わず平気で老人と会話する余裕を見せていた。

「ククク、知りたいか？……では教えてやろう」

老人は急に警戒心を解き、台に手を置きながら、手をかざして祭壇を見せつけるかのようにして大きく口を開いた。

「儂の計画は、忌々しい勇者によって滅ぼされてしまった魔女様達を再びこの世に蘇《よみがえ》らせ、暗黒の世界を作り出す事だ！！！」

天井を見上げながら老人はそう高々と宣言した。シャティアは思わず自分の腕をつねり、吹き出してしまいそうになるのを堪える。

何せその復活させようとしている魔女の一人は自分である。何とも複雑な気分になったが、シャティアはあくまでも冷静な素振りを見せ、感心したように息を漏らした。

「ほぅ……」

「素晴らしき魔女様達に魔術の理想世界を作ってもらい！　無知で愚かな人間共には消えてもらう……ククク、その願いがもうじき叶うのだ！　この復活の儀式でな!!」

老人が自分の側にある祭壇に手を向けながらそう言ったので、シャティアはやはりこれは復活の儀式であったかと確信を得た。

それにしても人間にしては随分と感心な奴である、とシャティアは自分の認識を改める。てっきり自分達魔女は人間からは忌み嫌われるばかりの存在だと思っていたが、こうして魔女達の事を崇拝してくれる人物が居る。そう思うとシャティアは何とも感慨深い気持ちになった。

「クク、貴様のような女には分かるまい？　魔女様達がどれだけ素晴らしい存在か、どれだけ神々しい存在か……」

シャティアの反応を見て驚いていると勘違いした老人は自慢話のようなよく分からない話をした。その言葉を聞いていると何やらシャティアはむず痒い気分になり、恥ずかしい気持ちになった。

褒められる事に慣れていない彼女にとって、かつての自分をそんな素晴らしいなどと言われると、どう反応すれば良いか困った物があった。とりあえずは笑わないように口元に手を当て、彼女は笑顔を取り繕う。

「いやはや……」

そして老人の自慢話が終わった後、シャティアはゆっくりと手を降ろして顔を見せながらようやく口を開いた。その瞳はキラキラと輝いており、どこか喜んでいる節があった。

「それは実に素晴らしい計画だな！　で、誰を蘇らせるんだ？　お喋《しゃべ》り好きのファンタレッタか？　魔術の研究ばかりしているクロークか？　我としてはエメラルドの奴を蘇らせて欲しいんだがな……」

警戒心の事など忘れ、老人に詰め寄りながらシャティアはそう質問をした。次々と他の魔女達の名前を述べ、老人に驚いた表情をさせる。

老人は困惑した。こんな成人にもなっていない女がスラスラと魔女達の名前を述べた事に。そして何を勘違いしたのか、シャティアもまた魔女を崇拝する者なのだと思い込んだ。

「ほほぅ、若いくせに感心だな。【七人の魔女】の名を知っているとは……」

「うむ、まぁ、知る機会は多くあったからな」

完全に敵意を失ったシャティアを見て老人もそんな言葉を述べてしまい、二人の間に先程の緊張感のような物は無くなってしまった。入り口で呆然と立っているロードスケルトンも戸惑ったように身を引いていた。

「だが、儂が最初に蘇らせるのはその方達ではない……」

老人は指を一本立ててそう言い、祭壇の方に顔を向けるとそちらの方へと歩いて行った。

シャティアはそのままその場で様子を伺っており、何かをする素振りは無い。それどころか復活の儀式を見届けたいとさえ思っていた。

老人は棺の前で立ち止まり、その棺に手を触れながらシャティアの方に目を向けて口を開いた。

「儂が蘇らせるのは、他の六人の魔女様を率いた伝説の御方、【叡智の魔女】シャティファール様だッ！！！」

シャティアがその言葉を理解するのに一瞬間が必要となった。まさか出て来たのが自身のかつての名だとは思わず、誇らしげに鼻を高くしている老人の事を呆然と見つめていた。

そしてようやく復活しようとしているのが自分だと分かり、彼女は再び何とも言えない複雑な気持ちになった。

「お、おぅ……」

「他の魔女様達の統率を取り、魔女の中でも抜きん出た魔力を持つ賢者に匹敵する御方!!ああ、シャティファール様、今すぐに貴方を復活させてみせましょう！」

うっとりとした瞳で、恋い焦がれるように老人は甘ったるい声で天井に向かってそう語りかけた。だが実際はそのシャティファールは老人の目の前に居る女性、更には幻覚魔法を使っている為、その正体は幼い少女。彼女こそが魔女シャティファールである。シャティアは小躍りしている老人を見ながら苦々しい表情を浮かべた。

自分の事を崇拝してくれているのは素直に嬉しい。少々行き過ぎている所や、復活の為に魔素を山から集めていたのは思う所があるが、それに目を瞑《つむ》れば魔女にとって彼は利のある存在だ。だがここで彼が復活の儀式を行った所でシャティファールは蘇らない。何故ならもう存在しているからだ。

それを伝えた所で信じてもらえる訳も無く、どうしたものかとシャティファールは頭を抱えた。そうこうしている内に老人は復活の儀式の準備を初め、杖を手に取って魔力を込め始めた。

「さぁ今こそ！　最強の魔女シャティファール様の復活だ!!」

スケルトン達に回収させた魔素を魔力へと変換し、老人は大量の魔力を杖へと送り込む。祭壇からは淡い光が漏れ始め、神々しく輝いていた。ロードスケルトンは恐れるように身を引き、洞窟の陰へと隠れる。祭壇から風圧が襲って来てもシャティアは相変わらずその場に佇んだまま、ぼーっと老人の事を見つめていた。

さぁどうするべきか？　どうやって老人に儀式を止めさせるべきか？　このまま儀式を行った所で失敗するのは目に見えている。ならば他の魔女を復活させるように誘導するべきか？　だがあれだけ信仰心の高い老人を説得するのは大変だろう。ならばいっそ気絶でもさせてしまおうか？　そんな物騒な事を考え、シャティアはとりあえず声を掛ける事にした。

「おい、一応注意しておくが、止めておいた方が良いぞ」

「フハハ！　今更止めても遅いわ!!」

シャティアが手を振って制止の声を掛けるが、老人は止めようとしない。彼は自分の念願の目的を果たす為、最早部外者の声など一切聞く気が無かった。

突風が巻き起こり、祭壇がその風に囲まれる。逃げ場を失ったシャティアであるが相変わらず能天気で、大して焦った様子も見せず風に煽られない様に祭壇の中心の方へと近寄った。

ふと老人の杖が輝き、彼は魔法を地面に打ち付ける。そして弾けたように光が飛び取り、風が消え去った。祭壇も光を失い、辺りは一度静寂に包まれる。

老人は儀式が成功した、と思ってそのしわだらけの顔を歪《ゆが》ませながら笑みを浮かべた。だが、棺から出て来たのは黒い液状の手のような物だった。

「な、なんだコレは……!?」

シャティファールではなく、黒い気味の悪い物体が出て来た事に老人は驚き、尻餅を付いてその場から引いた。老人がシャティアの側まで逃げると、シャティアは小さくため息を吐いてその黒い物体を見つめた。

最初は手だけが棺から出ていたその黒い物体はやがて足らしき物も外に出し、人間と同じように二足歩行をして姿を現した。だがそれには顔と認識出来る物が無く、黒い物体から手と足だけが生えた魔物とも思えない奇妙な恰好をした。

「やれやれ、喚《よ》んでしまったな」

「ど、どういう事だ⁉　儂はシャティファール様を復活させようとしたはずだぞ⁉　あ、あの黒いのは何なんだ⁉」

明らかにシャティファールとは思えないそれに老人は目を見開きながら指を差して疑問を訴えた。シャティアは相変わらず面倒臭そうな顔をしており、額に掛かっていた髪を払うとゆっくりと説明を始めた。

「復活の儀式は正しい手順を踏まなければ邪《よこしま》な魂を喚んでしまう……憎しみ、恨み、妬み、そう言った負だけの感情が集まった邪悪な生き物」

黒い生き物がピクリと反応を示した。途端にその身体はぶくぶくと突起して変化していき、腕は丸太のように太く、足は竜のように鋭い爪を持ち、胴体だった部分は真っ二つに裂けて口の形となり、それは化け物の姿と化した。

「ようこそ、悪霊よ。そのまま何もせずあの世へ戻るなら我も何もしない。だが、危害を加えようものならそれ相応の対応をさせてもらう」

シャティアは丁寧にお辞儀をしながら黒い化け物、悪霊にそう言った。その言葉が通じているのかは分からないが、悪霊はワナワナと身体を震わせ、次の瞬間身体中から黒い針を出現させた。真っ直ぐ伸びて来た針をシャティアは避け、後ろに居た老人も慌てて物陰に隠れてやり過ごした。

自分のすぐ横にある針をそっと指でなぞりながら、シャティアは小さく笑みを零す。

「返答はノーと受け取った。では、我もやり返させてもらうとしよう」

ぎゅっと握りこぶしを作り、シャティアはそこに精一杯の魔力を込めると勢い良く振り下ろした。するとシャティアの拳から砲撃とも思える程の魔力波が放たれ、悪霊はそれに飲み込まれ、祭壇のはるか後ろの岩の壁へと減り込んだ。

「ヴォォォオォ……ォォ……！」

悪霊や胴体の口から重々しい鳴き声を上げながら太い腕を壁に打ち付け、地面へと降り立った。ズン、と洞窟内が大きく揺れ、シャティアも思わず両手を広げてバランスを取った。

「やれやれ、面倒な事になってしまった……」

地面を蹴って飛び掛かって来た悪霊を浮遊魔力で宙へ避けながらシャティアはそう言葉を零す。攻撃を外した悪霊はそのまま洞窟の入り口付近まで突っ込んで行き、そこに居たロードスケルトンをバラバラに吹き飛ばしてしまった。

手応えはあったものの、倒した標的が違った事から悪霊は不機嫌そうな鳴き声を上げる。それを宙に見つめながらシャティアは冷静に分析を始めた。

「山の魔素を大量に集めて儀式をしたからな……かなり強力な悪霊を喚んでしまったようだ。これは少し骨が折れるな」

復活の儀式の失敗で喚ばれる悪霊は儀式で使われた魔力の度合いによって強さが変化する。今回は老人がシャティファールを復活させる為に大量の魔力を使った為、かなり強力な悪霊が出て来てしまった。言わばシャティアと同等の魔力を持つ悪霊である。シャティアは額から流れた汗をそっと腕で拭き取った。

「そろそろ帰らねば母上に怪しまれる。本気でやらせてもらうぞ」

いい加減そろそろ不味い時間帯の為、シャティアは早く村に戻る為に全力で戦う事にした。とは言っても洞窟が崩壊しない程度の力だが、それでもこの悪霊相手に手加減は出来ないだろうとシャティアは薄々感じていた。

両腕を広げて炎の槍を形成する。そして腕を振り払い、炎の槍を放った。高速で飛ばされた炎の槍は悪霊の身体へと突き刺さるが、全くダメージが通っている様子は無く、更には炎の槍はズブズブと悪霊の黒い身体の中へと飲み込まれて行ってしまった。

「グルゥウウウォォオオ!!」

「……驚いた。魔法を吸収する能力まであるのか」

ダメージが通っていないどころか僅かに悪霊の魔力が増えた事に気が付き、シャティアは悪霊が魔法を吸収する体質なのだと見抜いた。この個体がたまたまそういう能力を持っているのか、それとも全ての悪霊がその能力を持っているのか、それは分からないがいずれにせよ今目の前に居る敵は相当厄介だという事が判明した。

シャティアが面倒くさそうに髪を掻くと、今度は悪霊の方から動き出した。両足で地面を蹴り、先程よりも素早い動きで突撃して来る。それもシャティアは浮遊魔法で軽々避け、更に上へと避難する。

　どうやら悪霊は魔法での攻撃手段を持っていないらしい。先程から物理攻撃ばかりである。

ならばまだ何とかなるかな、とシャティアは考え手の平を悪霊に向けて腕を振り下ろした。

「ふん！」

「グォオオッ……!!」

　ソーサラースケルトンに使ったように重力魔法を使用する。悪霊の巨大な身体が床に突き刺さり、そこにヒビが入った。シャティアは手をもう片方の手で支えながら重力の負可を加え続ける。

「グゴゴゴゴ……！！！」

　重力魔法は本来相手の動きを制止する為に存在する魔法。だが膨大な魔力を持つシャティアだからこそソーサラースケルトンを潰せる程の威力を出す事が出来る。それだけ強大な魔法なのだが、悪霊は一向に潰れる気配が無く、それどころか少しずつ足を踏み出して動きを取り戻して来ていた。

「……動けるのか、この重力下の中で……！」

「ゴァアアアアアアアアアアアッ！！！」

　とうとう悪霊はけたたましい咆哮と同時に身体を起こし、重力魔法を跳ね返してしまった。魔法の反動を喰らったシャティアは軽く吹き飛ばされ、宙を回転する。

体勢を立て直した後、シャティアは信じられないという目で悪霊の事を見た。自分の得意な重力魔法に耐えるどころか魔法を打ち消す程の力。こんな事は初めてだった。

「……ハハッ！　やってくれるではないか!!」

シャティアは思わず笑みを零す。これまで重力魔法に耐えた者など一人も居なかった。だからこそシャティアは自身の重力魔法に自信を持っていた。それが破られたというのに……彼女は笑う。打ち破られるからこそ、魔法の進化に終わりは無いという事を体感出来る。彼女にとってそれが何よりの喜びだった。

「ならコレだ!!」

シャティアはすぐさま両腕を振って辺りにある柱や棺を浮かして悪霊へと投げつける。魔法が効かないのなら物理攻撃ならどうだ、という考えだった。だが悪霊は飛んで来た柱を拳で粉砕し、棺を腕を振るって跳ね返し、全く物ともしなかった。

「グォアアアアアアアア!!」

「……ぐっ!!」

今度はこちらの番だと言わんばかりに悪霊は地面を蹴って宙に居るシャティアへと飛び掛かる。先程よりも速く、シャティアは完璧には避けきれなかった。服の腕の部分が切り裂かれ、幻覚魔法の一部が解ける。つまり幻覚魔法を解いた時同じ様に服が裂けているという事だ。シャティアは表情を曇らせた。

「く……こんなボロボロの服を見せたら絶対に母上に怒られるな」

肩の部分だったら最悪縫ってしまえばどうにかなったが、ここまで裂けてしまえばもう元通りにするのは無理だろう。シャティアは村に戻った後何か上手い言い訳が出来るようにその事を考えながら悪霊の方へと向き直った。

明らかに先程よりスピードが増している。こちらの動きに慣れて来ているという事だ。全く末恐ろしい存在である。短時間で勝負を付けなければ更に厄介な事になるだろう。そう考えシャティアは両方の手の平を悪霊へと向けた。

「お返しだ。とっておきを喰らわせてやる」

魔法を吸収すると言っても限度がある。それに直撃はさせる事が出来るのだ。ならばとシャティアはありったけの魔力を手の平へと集め、それを一気に解き放った。台風とも思える程の激しい魔力波が放たれ、洞窟内を切り裂きながら悪霊に直撃した。

「グゴガァアアアアアアァァァァッ！！！」

雷が落ちたような激しい音が鳴り響き、悪霊の悲鳴も響き渡る。そのまま悪霊は壁へと押し付けられ、辺りの岩を壊しながらその岩の中へと埋まって行った。

壁が崩壊して岩の中に悪霊が埋もれた後、シャティアは小さくため息を吐いて地面へと降り立った。丁度その近くには隠れていた老人も出て来ており、悪霊が埋もれたのを見ると安心したように胸を撫で下ろした。

「な、なんと言う化け物だ……それに貴様、魔術師だったのか⁉」

「……一応な。後、注意しておくがまだ隠れていた方が良い」

「何……？」

シャティアは表情を険しくしながら老人にそう注意した。老人はまさかと思って岩が積もっている所を見る。すると僅かに岩が揺れ動き、一部が粉々に吹き飛んで悪霊の腕が現れた。そこから石ころを退かしながら悪霊の身体が姿を現し、シャティアの前には先程よりも倍大きくなった悪霊が降り立った。

「更にでかくなったな……喰らったのか？　我の魔力を」

「グォォォォオオオオ！！！」

あれ程の衝撃波を喰らいながらも無傷で、更には吸収してパワーアップしてしまう。実に恐ろしい結果であった。流石にあれを吸収されると思っていなかったシャティアの表情から少しだけ余裕が消える。目の前に居る悪霊に意識を集中させながら、いつでも魔法を唱えられるように魔力を手の平に集めていた。

「ゴァァアアッ‼」

刹那、悪霊が動いた。腕を振り下ろしてシャティアを潰そうとする。すぐさまシャティアは魔法の壁を形成してそれを防ぐ。だが凄まじい威力で、シャティアの本体にも僅かに衝撃のダメージが通った。シャティアの子供の身体にはそれは十分なダメージで、彼女の口からは弱々しい声が漏れる。

悪霊は更に拳を振るった。今度は前方から。シャティアは前にも魔法の壁を形成するが、衝撃を受けて後ろへと下げさせられる。更に悪霊は拳を打ち付け、シャティアが魔法の壁で防ぎ、悪霊が殴り続けるのが繰り返された。徐々にシャティアは押され始め、壁の端まで追い込まれる。

「ぬ、ぐっ……！」

「ゴガゴアゴガガァアアアアアア！！！」

悪霊からの絶え間ない拳の雨が降り注ぐ。魔法の壁にもヒビが入り始め、シャティアの限界が近づき始めていた。

さぁここからどうするか？　シャティアは汗を垂らしながらも冷静に考える。平静を保ち、絶対に焦らずに、彼女は逆転の機会を伺う。

通常魔法も駄目、得意の重力魔法も駄目、物理攻撃も跳ね返される……こんな敵を、どうやって倒す事が出来る？　シャティアは思わず目を瞑って思考の中へと飛び込んだ。悪霊を倒せる方法を、この強大な敵を打ち破る方法を考える。そして、一つの答えへと行き着いた。

「アレをやるしかないか……」

ある魔法。通常の魔法とは違う、特別な術式によって行われる魔法。この魔法はシャティアが持つ魔法の中でも異質な魔法であり、他の魔女達すら恐れる程の禁じられた魔法である。

シャティアの性格上、あまりこの魔法は使いたくなかった。だが、この状況ではコレしか手段が無い。シャティアはそう割り切り、目を開いた。

「ゴォァアアアアアアアアアアア！！！」

目の前には怒り狂うように叫び声を上げている悪霊。何度も拳を打ち付け、シャティアの魔法の壁を破壊しようとする。そんな乱暴な敵を見上げながらシャティアはゆっくりと呪文を唱え始めた。焦ってはいけない。確実に、的確に敵を封じる為の、必殺の魔法。

「そう怖い顔をするな。我もこの魔法を使うのは久々なんでな……少し荒れるかも知れん。勘弁しろ」

そう注意をしながらシャティアは腕を払って術式を構築し、着々と魔法の準備を進めて行く。魔法の壁はいよいよ大半が破壊され、悪霊の拳も更に激しく打ち付けられていた。悪霊も何かを悟ったのか、シャティアの行動を止めさせようと必死に拳を振るっている。だが、シャティアは焦らない。ゆっくりと、優雅に、世間話でもするかのように軽口を叩きながら呪文を進めて行く。

「我が名は【叡智の魔女】シャティファール……恐れ、戦《おのの》き、そして去《い》ね」

隠れている老人には聞こえないよう、シャティアは人差し指を自分の口元に当てながらそっと言霊を述べた。そして次の瞬間辺りに光が灯り、その光がシャティアの手の平へと吸収されて行った。ふっと辺りから光が消え、シャティアの手の平に無数の魔法陣が展開される。

「【眠り歌】」

魔法陣が飛び散り、辺りに小さな光の球が舞い散る。そして拳を振るっていた悪霊の動きが次第にゆっくりとなり初め、機能を失ったように動かなくなった。悪霊は苦しむ様に身体を抑えている。そして胴体の口から甲高い悲鳴が鳴り響いた。

「ゴガァアアアアアアアアァァァ……ッ⁉」

やがてその身体は崩壊していき、塵《ちり》のように消え去って行った。

これがシャティアの必殺魔法。【眠り歌】。対象の魔力をゼロにするとんでもない魔法であり、シャティアが編み出した彼女だけの魔法である。

この魔法は他の魔女ですら恐れ、シャティアがリーダーと呼ばれる理由でもある。魔術師や魔力で生きる生き物にとって、力の根源である魔力を消されるのは非常に恐ろしい事であり、魔力と密接な関係にある魔女からすれば天敵とも言える魔法であった。

故に、魔力を媒介として喚びだされた悪霊はその根源を絶たれ、朽ちてしまった。

「ふぅ……久々だったが、上手く行ったな」

悪霊が消え去ったのを見てシャティアは疲れた様にその場に膝を付いた。僅かに彼女の身体もブレており、幻覚魔法が解け掛かっているのが見える。

当然【眠り歌】にはデメリットもある。魔力消費が激しいのと、僅かに呪文を唱えるのに時間が掛かるという点だ。戦いの最中でそんな隙を見せれば真っ先に倒されるのは確実。使用するのにも色々と条件が必要なのだ。もっとも、多才な魔法を持つシャティアからすればそれくらいの時間稼ぎはお手の物なのだが。

「た、倒したのか……というか貴様は、一体何者なのだ⁉　最後のあの魔法は何だ⁉　周囲の魔力が急に消えたように見えたぞ……⁉」

「おお、生きていたか。運が良かったな。すまないがその辺りの事は秘密だ。我も色々と訳ありなんでね」

岩の陰からひょっこりと老人が顔を出し、無事なシャティアに駆け寄ってそんな質問をしてくる。あれだけの戦いをしながらも被害を受けなかった老人にシャティアは感心しながら、詮索しないように注意した。

「だがこれで良い口実が出来た。お前は復活の儀式をしようとして失敗。召喚された悪霊によって祭壇を崩壊させられ、その被害を受けて気絶……よし、このシナリオなら問題無いだろう」

「な、何を言っているんだ？」

辺りの損害を見てシャティアは何やら思いついたようにそうポンと手を叩いた。何を言っているのか分からない老人はぽかんとした表情でシャティアの事を見つめている。

「悪いがお前にも眠ってもらうぞ。復活しようとしてくれたのは嬉しかったが、森の魔素を奪われたら自然が破壊されてしまうからな」

そう言うとシャティアは老人の顔の前で手を横切らせ、呪文を唱えた。それだけで老人がガクリとその場に崩れ落ち、寝息を立て始めた。

シャティアはこれで良しと言って顔を頷かせ、もう一度辺りの様子を伺う。見落としやミスは無いか、自分の痕跡などは残っていないか確認し、満足いくまで確認するとようやく立ち上がった。

「よし、では帰るか」

シャティアは幻覚魔法を解き、子供の姿に戻って村へと戻る事にした。

帰り際、空を飛びながら彼女は母親に服の事を怒られるなと心配に思いながら帰った。


村に戻ると案の定シャティアは母親に怒られた。時間はそれ程経っていなかったものの、やはり服をボロボロにして来たのは不味かったらしい。外で遊ぶのも良いがくれぐれも怪我をしないように、とシャティアの母親は心配そうな表情をしながら娘に深く注意した。シャティアも今回は自分の落ち度を素直に認めており、ごめんなさいと言って頭を下げて謝った。

それからようやく騎士が目を覚まし、北の渓谷の状況を説明した。

どうやら騎士は国から派遣された部隊の隊長だったらしく、渓谷に妙な魔力があるから、という王宮魔術師の進言でそこへ向かう事となったらしい。そしてそこには、かつては魔術師だったが今は大罪を犯したバルバサという老人が居たらしく、スケルトンを率いて騎士達を圧倒した。そして死にかけた彼は何とかこの村まで辿り着き、そこで意識を失うまでがここまでの経緯だったようだ。

「あの老人バルバサと言うのか……極悪人とは、残念だなぁ」

母親から新しい服を貰って着替えた後、シャティアはモフィーと共にまた部屋で遊んでいた。大人達はどうやら騎士と今後の事を話し合わなければいけないらしく、子供は家で大人しくして居なさいとの事だった。

既に事件を解決してしまったシャティアは興味無さげにそんな事を呟き、暇《ひま》なモフィーはシャティアから借りた本を読んでいた。そしてふとシャティアの発言が気になった様に首を傾げた。

「どうかしたの？　シャティア」

「いや、何でもない……惜しい人を亡くしたと思ってな」

せっかくの魔女を好いてくれている人間だったのに、極悪人なら騎士に連行されても仕方が無い。シャティアは窓に寄りかかって外の景色を見ながら本当に残念そうにそう言った。

だが今回は何も収穫無しという訳ではなかった。老人バルバサと出会った事で魔物を使役する魔法があるという事が判明したし、バルバサのように魔女を復活させようとする人間が居る事が分かった。これなら他の魔女とまた会う事も出来るかも知れない。そんな希望を抱く事が出来た。

それから話し合いで村の若者数人と騎士で北の渓谷に向かう事となった。どうやらもう一度バルバサに挑むらしく、皆慣れない手つきで武器を持って村を出て行った。シャティアはどうせ気絶しているバルバサと遭遇するだけだろうと軽く考え、大して重く考えなかった。だが父親が渓谷に向かったモフィーはとても心配した様子だったので、シャティアは彼女を落ち着かせる為に遊びに付き合ってあげた。

結局それから数時間後に騎士と村人達は戻って来て、騎士は拘束したバルバサを連れていた。やはりシャティアの思った通り騎士はバルバサが儀式に失敗して自滅したのだと思い込んでおり、このまま国に戻るらしい。何やら謝礼とかをするとかも言っていたが、魔法以外の事はどうでも良いと思っているシャティアはそれには耳を傾けなかった。

それから村にはまた平穏が訪れたが、僅か数日後、再び村に来訪者が現れた。緑色の埃《ほこり》を被ったローブを纏い、長い髭にフードで目元を隠した老人。そんな乞食《こじき》にも見える老人は村に訪れ、一晩だけ泊めて欲しいと村長に申し出た。

村人達は早速来訪者の怪しい老人が気になり、ワラワラと村長の家へと集まった。

「ほぅ、これは珍しい……賢者か」

モフィーと共にシャティアも村長の家へと集まり、玄関から老人の事を観察した。そして彼女はすぐにそれが賢者だと見抜き、面白そうに笑みを浮かべた。

「賢者？　何ソレ」

「この前本で読んだだろう。魔術師の中でも特に優れた魔力を持ち、魔導を極めた者達の事だ」

聞いて来るモフィーを嗜《たしな》めながらシャティアは説明した。

賢者は通常の魔術師と違い、抜きん出た実力を持つ。その力は神にも匹敵すると言われ、自然との対話や動物との意思疎通など、様々な事を可能にすると言われている。

厳密にはどのような存在が賢者なのかと一般には知られていないが、シャティアは老人から漏れている僅かな魔力からすぐに賢者だと見抜いた。

シャティアも賢者と会った事は生前の魔女だった頃に数回しかない。同じく魔導を極める者である為、賢者と魔女はそこまで仲が悪くない。魔女のシャティアからすれば何故同じ様な存在なのに賢者は人間から敵視されないのか、という不満もあったが、それは言っても仕方ないとどこか諦めていた。

そして村長の家から追い出された後、シャティアは何とか賢者と会えないだろうかと考えた。あらゆる魔法を知りたいシャティアにとって賢者が使う古代魔法は何よりも興味があったのだ。

狙うなら皆が寝静まった夜が良いだろうと考え、シャティアは早めにベッドで眠りに付いた。そして夜中になって部屋から抜け出すと、浮遊魔法で窓から出て村長の家へと向かった。玄関からではなく魔法で窓を開け、中へと侵入する。するとそこにはフードを外し、優しい顔をした賢者の老人がシャティアを出迎えた。

「む、我の存在に気付いていたのか？」

「よくぞ参ったな。逸脱の者よ」

警戒心を高めていたシャティアは少し驚いた素振りを見せたが、賢者の老人は優しく微笑んでシャティアを手招きした。どうやら敵意はなさそうだと判断し、シャティアは言われた通りに座布団の上に腰を降ろす。

「逸脱、か。中々言い得て妙だな」

「お主のような人の身でありながら規格外の魔力を持つ者をそう呼ばずとして何と呼ぶ？ まぁ、儂も他人の事は言えんが」

そう言って賢者の老人は二つの木のコップを取り出した。そこには何も入っていないが、老人が杖を持って何やら呪文を唱えるとあっという間にそのコップには温かいお茶が現れた。シャティアはその魔法に驚いて目を見開く。取り出すのならともかく、お茶を作り出すなどの魔法は初めて見たのだ。

シャティアは渡されたコップを注意深く観察しながらお茶を飲んだ。殆ど味は分からなかった。

「して……お主は何者じゃ？　いや、その魂は何者に染まっておるのだ？」

「ククク、流石は賢者だな。そこまで言い当てるか。が、残念。我は臆病者なんでな。わざわざ名乗る程優しくはない」

別に名乗っても問題は無いのだが、念の為シャティアは自分が魔女だとは明かさなかった。一応この世界では村の少女シャティアとして生きている為、自分の正体が漏れるような事はしたくない。知られれば人間達からまた嫌われるかも知れないからだ。

そう言われたが賢者の老人は別に気にした様子は見せず、相変わらず優しい顔をしたままふぉふぉと笑みを零した。

「そうか。まぁ構わんさ……一応儂は名乗っておこう。村の者達には言っていないが、賢者のヴェザールじゃ。くれぐれも秘密で頼むぞ」

賢者ヴェザールは釘を差しながらシャティアにそう名乗った。どうやら彼もまた他の人にはあまり自身が賢者だと知られたくないらしい。モフィーに教えてしまったがまぁ大丈夫だろうとシャティアは考え、頷いた。

「そんな賢者様が何故この辺境の村に来たんだ？」

出されたお茶を飲みきり、肩に垂れた自身の髪を弄りながらシャティアはそう尋ねた。

賢者はあまり人前には姿を現さない。中には自身の正体を隠して人混みに溶け込む事もある。そんな神秘的な存在の賢者がこんなただの村にやって来たのがシャティアは疑問だった。

ヴェザールは半分まで飲んだお茶のコップを揺らしながら、片手で杖を持ったままポツリポツリと語り始めた。

「予言に導かれてここまで来たのじゃ……北の渓谷の方で何やら禍々しい気が流れているようでな」

ヴェザールの言葉を聞いてシャティアはああそれか、と興味無さげに頭の後ろで腕を組んだ。バルバサならもう騎士が連れて行ってしまった。もしも禍々しい気がバルバサの事なら、もう事件は解決してしまっている。だが、ヴェザールは更に言葉を続けた。

「だがそれだけではない。北の渓谷はまだ始まりに過ぎぬ……近い内に、再び歴史が揺れ動くのじゃ」

「ほぅ？」

予言に続きがある事にシャティアは驚き、少しだけ興味のある素振りを見せた。身体を起こして顔をヴェザールの方に近づけ、言葉を漏らさないようにしっかりと耳を傾ける。

「つまり、どういう事だ？」

「予言も絶対とは言い切れん……だが【七人の魔女】が居なくなった今の世の中は混沌《こんとん》に満ちておる。いずれ世界が再び戦渦に包まれるであろう」

ヴェザール曰く、近い内にまた戦争が起こるとの事だった。魔族と人間の領土を掛けた争い、異種族同士の揉め事、竜達の目覚め。再び混沌が巻き起こるのだ。かつては【七人の魔女】もまたその混乱の内の一つだった。だが今はもう無い。シャティアはまた世の中が荒れ狂うのかと思うと争いは無くならないのだなとどこか悲しげに瞳を揺らした。

「クク、人間は争いを止めぬし、魔族もプライドが高い。異種族も他の者を見下し、いずれ竜も目覚める……無くならないものだな、争いとは」

「左様。だがそれは仕方の無い事じゃ。儂等はただ、少しでも悲しむ者が少なくなる事を願うのみ……」

シャティアの言葉にヴェザールは同調し、杖を持って軽く振った。すると杖からパチリと光の球が弾け、部屋の中に小さな無数の光の球が灯った。シャティアの周りにもそれは浮いており、ちょこんと触れるとそれは弾けて消えてしまった。

「魔導は人を惑わす。大いなる力で足下は見えなくなり、心を曇らせる……悲しき事よ」

杖をトンと床に叩き、ヴェザールは灯っていた光の球を消してしまった。明かりが消える間際に、シャティアはヴェザールがとても悲しそうな表情をしているのが見えた。髭で隠れていたが、確かに彼の優しい顔が悲しみで染まっているのが見えたのだ。

「お主はそれだけの魔力を持ちながら何を望む？　富か？　力か？　はたまた金か？」

「……我か？」

おもむろにヴェザールはそんな事をシャティアに問うた。シャティアは持っていたコップを床に置き、手を強く握り締める。そして僅かに微笑むと力強く返答した。

「我が望みは終わり無き魔導の探究だ。この世の全ての魔術を極め、知り尽くし、そして味わう。ただそれだけよ」

両腕を広げながらシャティアは堂々とそう言い放った。

その瞳は少女のようにキラキラと輝いている。否、元々シャティアは少女である。だがヴェザールはその姿が一瞬銀色の長い髪を垂らした大人の女性に映った。強大な魔力を持ち、それはまるで山のように大きな存在感を放つ。そんな届かぬ存在に映った。そしてヴェザールはハッとなり、正気に戻って目の前の少女の事を見つめる。

「ふぉふぉ、それはまた随分と強欲な者じゃな」

「ああ、我は強欲だ。一度の人生だけでは物足りないと思う程欲深き者よ」

実際シャティアは窮地に立たされたとは言え転生して第二の人生を得た。それはこの世の理を曲げるような事であるが、恐らくそのまま魔女の寿命で死にそうになったとしてもシャティアは自分は同じ事をしただろうと考えた。少なくとも自分が満足するまで魔導を探究出来ぬ限り、彼女は死ぬつもりは無かった。

「……さて、ではそろそろ我は帰らせてもらう。中々面白かったぞ、お前との会話は」

それからまたしばらく語り合った後、シャティアはそろそろ日が昇る時間だと悟り、母親が起きる前に家へ戻る事にした。座布団から立ち上がり、ヴェザールに手を振って窓へと向かう。

「うむ、儂も久方ぶりに楽しい会話が出来た。出来る事なら、またどこかでお主とは相まみえたいの」

「その次が来るまで、お互いが生きていればな」

ヴェザールも笑顔で手を振って名残惜しそうにそう言った。シャティアも笑みを零してそう言葉を返す。

もっとも、賢者は魔導を極めているが故に長寿であり、シャティアもまだ子供の為すぐに死ぬような事は無い。もしかしたら会う事もあるだろう。そんな事を思いながらシャティアは窓から飛び出し、浮遊魔法で家へと戻って行った。

その背を見送りながら、ヴェザールは窓をゆっくりと閉めて言葉を漏らす。

「……不思議な子じゃった。あんな幼い見た目をしておるのに、まるで儂よりも年を積み重ねた風格を持っておったな」

会った時から珍しい喋り方をしているとヴェザールは思っていたが、シャティアと会話する事で彼女が本当にそれが素の喋り方なのだと体感した。そしてその雰囲気や物腰は明らかにヴェザールよりも歳上のあり方であり、彼女が普通の少女ではない事をより感じさせた。

ヴェザールは考える。果たして今夜自分の元に舞い降りた少女は何者だったのか？　もしかしたら精霊が使わせた魔力で出来た生き物なのでは？　はたまた精霊の子供か？　もしや同じ賢者か？　答えは分からない。だが、ヴェザールはあの少女の事をきっと死ぬまで忘れないだろうと思った。

「そう言えば予言の続きがあったの……地が赤く染まり、空から色が消えた時、【七人の魔女】が再び集う……と」

ヴェザールはまだ誰にも言っていない、自分だけが知っている予言の続きを呟いた。

予言では世界が再び混沌の渦の中に巻き込まれるとある。だが実はその続きには死んだ魔女達が再び集まるという恐ろしい内容が残されていた。これが知られれば戦争になる前に混乱が広まると考慮し、ヴェザールはその予言だけは広めなかった。だが、果たして死んだはずの魔女達がどうやって再び蘇るのか？　復活の儀式か？　はたまた転生魔法か？　もしもそのような魔法を使ったというのなら、もしかしたら魔女達は既にこの世界で子供の姿で生き延びているという事なのだろうか？　ヴェザールはそう考える。

「まさか、な……」

何故かヴェザールは先程のシャティアの事を思い浮かべてしまった。腰まで伸ばした美しい銀色の髪に、雪のように白い肌、どこかに飛んで行ってしまいそうにその身体は小さく、瞳はどこまでも見据えるように澄んでいる。そんな彼女から何故かヴェザールは魔女の気配を感じていた。だがすぐにそれは思い違いだろうと考え、小さくため息を吐いた後自身の髭を弄った。そして彼は残っていたお茶を飲み干すと、もう一眠りする為に寝床へと横になった。

第二章　魔女エメラルド

憑依《ひょうい》魔法。ある者の魂を他者や物体に憑依される魔法。それは転生魔法と同じく禁忌とされた魔法であり、また通常の魔術師が唱えた所で反動が激しくて発動しない難易度の高い魔法である。

更には憑依魔法は条件が厳しく、使用者との関わりが深い人物や、肌身離さず身につけていた物だったりしないと憑依出来ない。もしも失敗した場合、魂が消滅して二度と憑依出来ない危険性もあった。そんな禁じられた魔法を、ある者は死にかけた時に使用した。

そしてその結果、その者は己の身体を失い、新しい身体も壊れてしまう事となった。肉は引き裂かれ、身体は捩じ切れ、根源の魔力すら正しく流れない。そんな血に染まった身体になりつつも、彼女は憎悪と執念から無理矢理身体を動かし、血の涙を流しながら立ち上がった。

かの者の名は【純真の魔女】エメラルド。魔女の中でも最も清き心を持った美しい少女である。

「グハハハハ!! この村は俺様が頂いたあぁ！！！」

ある村が火に焼かれ、一番高い屋根の上で一人の男が高らかにそう宣言していた。褐色の肌に魔物の髑髏の装備品を肩に付けたいかつい顔をした男。彼はある盗賊団のリーダーであり、今回は川辺にある村の一つを襲っていた。

「兄貴ぃ！ この餓鬼妙なもんを持ってましたぜ!!」

「やめて！ 返してよ!! それは僕の大切な宝物なんだ!!」

痩せ細った盗賊の一人が少年の服の襟《えり》を掴みながら連れて来て、彼から短剣のような物を取り上げるとそれを屋根の上に居るリーダーに投げ渡した。リーダーは短剣を受け取り、それをまじまじと見つめてハッとした表情をした。

「こいつぁ加護付きのアイテムじゃねぇか！ 売れば高く付くぞ!!」

「返せよ!! 父さんの形見なんだ……返せぇぇ!!」

武器や防具、装飾品などは時に加護付きと呼ばれる物がある。加護付きの道具には特別な能力が備わっており、身につけているだけで邪悪な物を退けたり、呪いから身を守ってくれる事がある。それらの特別なアイテムは商人の間で高く値段を付けられる為、盗賊達からすれば正にお宝であった。

自身の父親の形見を奪われた少年は涙を流しながらそう訴えた。だが盗賊のリーダーは不気味な笑みを浮かべたまま屋根から飛び降りて少年の側に寄ると、彼の頬をがしっと掴んだ。

「坊主、この世はなぁ弱肉強食の世界なんだよ。俺様からコレを取り返したかったら精々強くなって戻って来る事だなぁ。まぁ、それまで生きていればの話だが。グハハハハ!!」

唾《つば》を吐き捨てながらそう言い、リーダーは少年をぶん投げる。少年の小さな身体は地面へと打ち付けられ、彼は悔しそうに泣いた。それを見て盗賊達は汚らしい笑い声を上げる。

「うう、何でこんな事に……」

「誰か……誰か、村を救ってくれぇ……」

柵の横に並べられている村人達はそう悲痛の声を漏らした。

突如現れた盗賊達に村を焼かれ、金目の物を全て奪われた。村の男達も殺され、正に絶望的な状況。地面に転がっている少年もこれは夢だと何度も呟き、現実逃避を始めていた。

そんな時、炎の中から一人の少女が現れた。村の通り道を真っ直ぐ歩き、炎など物ともせず淡々と歩き続けている。彼女は頭から真っ白なローブを被っており、その素顔は拝めなかった。だが奇妙な事にローブの隙間から見えている脚は素足で、彼女は裸足で道を歩いていた。その足取りもどこか弱々しく、時折片足を引きずるような仕草を取っている。だが盗賊達はそんな事を気にせず、現れた少女に対して警戒心も持たず近づいた。

「おうおう嬢ちゃん、何者だい？　村の生き残りか？　だったら死にたくなけりゃぁ、ここに並ぶんだな」

盗賊の一人がナイフを突き付けながら少女に近寄った。だが盗賊の命令にローブの少女は

返答せず、ただ黙ったままその場に立ち尽くしていた。怖がっているのか、それとも戸惑っているのか、その様子もローブで顔が隠れているせいで伺う事が出来ない。

「……は……ぜ」

「ああ？　何か言ったか？」

少女がボソリと何かを呟く。だがその言葉はあまりにも小さ過ぎて聞き取れなかった。盗賊は何だと威圧させる声を上げながら耳を傾ける。次の瞬間、盗賊の身体が吹き飛んだ。

「貴方達、人間は……何故そこまで汚れているのですかッ！！」

突風、否、砲撃が放たれた。盗賊の身体は宙を飛び、村の反対側まで吹き飛ぶと一軒家の屋根に突き刺さった。それを呆然と見つめ、理解が追いつかない盗賊達と村人達はそれが少女の行った事だとは理解出来なかった。

ローブがはだけ、少女の素顔が露わとなる。そこにはとても綺麗で美しい少女の顔があり、黄金色の髪を後ろで二房に纏め、海のように輝く碧眼《へきがん》をしていた。まん丸の顔に小さな鼻と口があり、どこか小動物のような幼い雰囲気を醸し出している。だが、そんな少女の顔は酷く歪んでいた。何より、その綺麗な顔にはあろう事か亀裂が入っていたのだ。

「な、なんだお前……!?　その顔は、一体……」

「ああ、憎い。何て憎いんでしょう、人間……！　そう、貴方達人間はいつもそう。平気で同族を殺し、平気で略奪する……ああ、醜《みにく》い!!」

盗賊達の言葉など耳も貸さず、顔に亀裂が入っている少女は前髪を乱れさせながら狂ったように言葉を吐き出した。

その瞳は明らかに狂気に染まっており、少女が異常である事を物語っている。その恐ろしい姿から思わず盗賊達は武器を構えた。

「無駄です!!」

武器を構えた盗賊達を見て少女は腕を振るう。すると先程と同じように砲撃が放たれた。一列に並んでいた盗賊達はそれだけで吹き飛び、形を失う。残っていた盗賊達はたちまち悲鳴を上げて逃げ出した。だがリーダーとその周りの仲間達だけは逃げない。すぐに少女が魔術師だと見抜くと、各々武器を構えた。

「てめぇ、魔術師か！　くそッ、お前等戦え!!」

リーダーの横に控えていた盗賊達は剣を引き抜いて少女へと襲い掛かる。何らかの加護を持った装備なのか、その動きは目にも留まらぬ程速かった。容赦なく盗賊達は剣を突き立てる。少女のローブに隠された身体に剣が突き刺さった。だが、少女は悲鳴を上げない。反動で身をよじらせながら、ギョロリと瞳を動かした。

「……ッ!?　お前、痛みが無いのか!?」

「痛い？……ああ、痛いですよ？　貴方達の醜き行為を見る度に、私の胸は非常に痛みます」

そう言うと同時に少女は手の平を盗賊の一人に向けた。そこから放たれた魔力の砲撃によって盗賊の身体は吹き飛び、残っているもう一人の盗賊はすぐさま武器を捨ててその場から離脱する。

　剣が突き刺さったままの少女は壊れた人形のようにガクガクと動きながらも剣の柄を握り、無理矢理自分の身体から剣を引き抜いた。大量の血が流れ出し、少女の脚が弱々しく震える。

「ううぅ、憎い……貴方達のせいで私の友達は皆殺された……クロークにも、ファンタレッタにも……もう、皆には会えない……」

　先程まで怒り狂っていた少女は突然泣き出し、その場に崩れ落ちた。本当に悲しむ少女のように涙を流し、頬に垂れている涙を両手で拭う。それは見ていて実に心の痛む光景だったが、そんな彼女の胸からは大量の血が流れている。明らかに異常であった。

　何故死なない？　と盗賊のリーダーは疑問に思う。確かに剣は突き刺さった。治癒魔法を使用した様子も無いし、何か特別な魔法を使っている訳でも無さそうだ。ならば、その身体の構造自体がおかしいのだろうとリーダーは結論を出す。そして苦々しく歯を食いしばった。

「くそ……お前等やっちまえ!!」

「会えない……ああ、皆にもう、会えない……会えないんですよ……」

　いずれにせよ攻撃は通っている。ならば串刺しにして、その身体を引き裂いてしまえば良いと考えた盗賊のリーダーは仲間を率いて一斉に襲い掛かった。その剣先が少女の目に突き刺さる寸前に、突如少女の瞳がカッと見開かれる。一瞬、その青い瞳が真っ黒に染まる。そして気がつけば、盗賊達は一切身動きを取れなくなっていた。

「凍てつけ。そして永遠に苦しめ」

盗賊達はまるで石になったかのように動かなくなった。目も開いたまま、剣を突き刺そうと腕を出しているその状態で皆固まっている。その不思議な現象に村人達は呆然とする事しか出来なかった。やがて悲しそうに少女は立ち上がり、ローブを纏って顔をフードで覆った。

それからまた少女は狂ったようにブツブツと呟きながら村の出口へと向かって行った。まるで嵐の様に、突然現れたと思ったらいつの間にか過ぎ去って行く。

盗賊に奪われた父親の形見の短剣を取り戻しながら、少年は去って行く少女の後ろ姿を見た。その際、ローブが大きく揺れて彼は見てしまった。少女の身体が陶器のように白く、正に人形のように無機質だったのを。

【純真の魔女】エメラルド。誰よりも清き心を持つ魔女と知られ、一部の人間とも交流を持つ唯一善の心を持つ魔女。しかしその瞳は呪われており、見た者を石にするという恐ろしい力が秘められている。

生前は街の人間と協力関係を築いてその街に住み着いていたが、街の人間に裏切られ、勇者によって討伐された。

「【純真の魔女】エメラルド……善い魔女って書いてあるけど、それなら何で勇者様に倒されちゃったの？」

「そりゃもちろん王国の人間が不穏因子と判断したからだろうな。エメラルドも信頼を得れてたのは一部の人間だけだし、結局は多くの者からは恐怖の対象としか見られてなかったという事さ」

今日も今日とてシャティアの家で魔女達の本を読んでいたモフィーはそんな質問をした。それに対してシャティアは困り者を抱えた様に目を瞑ってそう答えた。

エメラルドは魔女の中でも必死に人間に魔女を理解してもらおうと活動していた魔女で、本当に清き心を持った優しい魔女であった。

実際努力の甲斐もあって一部の人間だけであるが魔女が悪い存在ではないと分かってもらい、一緒に交流する事も出来た。だが、結局は彼女もまた人間に裏切られ、勇者によって葬られてしまった。その事は魔女達のリーダーであるシャティアにとって非常に残念な事であった。

信じていたが故に、清き心を持った彼女にとってその裏切りは非常に悲しい物だっただろう。もしも生き延びていたとしたら、彼女の心はどれほど荒んでいるだろうか。それを想像しただけでシャティアは恐ろしさを感じた。

「ねぇねぇ、呪われた瞳って何？　何か見たら固まるって書いてあるけど……」

「常時発動している訳じゃない。エメラルドの感情が高ぶったり殺意を覚えたりすると発動するんだ。何でも幼い時に悪魔といざこざがあったらしくてな」

モフィーが子供なのを良い事にシャティアはペラペラとエメラルドの昔話を語った。

エメラルドの呪われた瞳は見た者を硬直させるという能力が備わっており、エメラルド自身も完全にはコントロール出来ない厄介な呪いであった。他の魔女達ですらその呪いを解く事は出来ず、結局彼女は普段から人を直視出来ずに居た。それでも持ち前の明るさからそんな事全然気にさせなかったのは、流石は純真のエメラルドと言うべきか。

「本当に良い奴だったよ。魔女は皆捻《ひね》くれてたり我が強かったりしたが……あいつだけはいつも皆を気に掛けて笑わそうとしてくれた。ムードメーカー的存在だったな」

目を開き、いつものように窓に寄りかかりながらシャティアはそう思い出話を始めた。モフィーからすれば何でそんな事知ってるんだろうと疑問だったが、子供の彼女は大して気にせずへーそうなんだ程度にしか聞かなかった。

「……ん？」

ふと、シャティアは妙な気配を感じた。いつもの自然に流れている魔力ではなく、何やら禍々しい、毒にも似た気味の悪い魔力を感じ取った。思わずしかめた顔をし、彼女は窓の外を見る。だが大した異変は無い。

そもそもその異変を感じ取ったと言ってもほんの少しだけ、しかも僅かな揺れ程度であった。ならば気のせいという事もあり得る。だが、シャティアの不安がそれだけでは拭えなかった。

「何か……嫌な感じがしたな」

シャティアは表情を険しくしながらそう呟いた。

その異変が何だったのかは分からない。どうも胸がモヤモヤとする感覚で、どうしても気になったシャティアは直感力に優れている村長に後で何か異変が無かったか聞きに行こうと考えた。


モフィーとの遊びが終わった後、シャティアは早速村長の家へと向かった。するとそこには何故か人集りが出来ており、中を覗いてみるといつぞやの騎士の男が居た。仲間も引き連れており、まるで今からどこかに戦をしに行くような雰囲気だった。

確か以前謝礼をしに訪れたから、もうこの村には用は無いはず。シャティアははてと首を傾げながら騎士達の様子を伺った。

「すると、魔女が復活したと言うのですか？」

「まだ決まった訳ではない。だが目撃情報ではこの地域に出没しているようだ。我々も調査しているが、くれぐれも注意して欲しい」

何やら騎士と村長は険しい顔つきで話し合いをしており、口を挟む事は出来ない雰囲気だった。そして魔女という言葉に反応し、シャティアはピクリと眉を顰めた。

いつぞやのバルバサの儀式は失敗に終わった。故に魔女は復活していないはず。なのに何故魔女という言葉が出て来る？　シャティアは騎士の表情を伺う。とても嘘を言っているようには見えなかった。

「では、私はこれで……」

「うむ。そなた達に村の精霊の加護があらん事を」

そして話が終わると騎士は兜《かぶと》を被り、仲間達と共に村を出て行った。村人達は何やら不安な表情に染まっており、村長の顔も浮かなかった。魔女という言葉を聞いてしまったシャティアは何か引っ掛かったような感覚があり、釈然としない。とりあえず当初の目的を果たす為にシャティアは家の中に居る村長の元へと向かった。

「村長、先程の人達は？」

「おお、シャティアか。さっきのは先日の騎士様じゃよ……何でも、まだ断定した訳ではないがこの辺りで魔女と思しき者が現れたらしい」

相変わらず人に対して態度を変えないシャティアだが昔から彼女の事を知っている村長は別段気にした様子も見せずにシャティアを歓迎した。そして先程の騎士が伝えに来た言葉を語り始めた。

「それは確かな情報なのか？」

「魔女と思しき者、とだけじゃ。騎士様達もそれを確かめる為に調査をしているらしい」

何でも先程の騎士達は魔女らしき人物が現れた、という報告を聞いて国からの命令で調査を任されたらしい。故にその噂が真実なのかどうかはまだ分からず、村長も深くは知らなかった。だがシャティアはとってはなんだそうか、と軽く流せる物ではなかった。何せ同胞の魔女が生きているかも知れないのだ。事実だとすればこんな所でジッとしている訳には行かない。

「それともう一つ、魔族の連中も動き出しているようだ。魔女の噂が理由かは分からないが……しばらくは村の者達に外には出ないように注意しないといかんの」

「魔族……だと？」

思わぬ言葉が出て来た事にシャティアは驚きで目を見開いた。

人間と敵対している種族、魔族。高い身体能力と強大な魔力を秘めた種族であり、暗黒大陸と呼ばれる所に住んでいる。魔女のシャティアからすれば種族が違うだけの人間と大して違わない生き物なのだが、どういう訳か人間と魔族は昔から争っている。

そんな魔族がこの辺境の村の近くに居る。それは村人達からすれば非常に恐ろしい事であった。バルバサの事と言い、最近は少々村が騒がし過ぎる。それでいて魔女が復活ともなれば村人達はさぞ混乱するであろう。

シャティアは目を細めてどうすべきかを考えた。

「私が感じたのは同胞の魔力だったのか？……それとも……」

シャティアは顎に手を置きながら先程感じた気配の事を思い出す。嫌な感じ、ドロドロとした、怨念のような何か。それでいてどこか懐かしい気もした。それが同胞の魔女の物だったからかは分からない。だがこれはもう自ら調べなくてはならない物だとシャティアは思っていた。

シャティアはすぐに村の外に行く事にした。幸い今日は母親にモフィーと遊ぶと言っておいたので、モフィーにだけ適当に嘘を吐いておけばバレないであろう。シャティアが誰にも見られていない事を確認してから浮遊魔法であっという間に村の外へと飛び出した。

飛び出したものの、シャティアはどこへ向かえば良いか分からなかった。嫌な気配を感じたと言っても断片的であり、どの方角から感じたものかまでは分からない。騎士達の情報も詳細が分からない為、当てにする事は出来ない。ならばどうするべきか？　シャティアは一旦森の中へと降り立ち、頭を悩ませた。

「さて、どこから調べたものか？」

指で頭をトントンと叩きながら思考し、ふとシャティアは先程の騎士達の気配を感じ取った。どうやら仲間達と共にこの辺りの森を調査しているらしい。ならば彼らの後を付いて行けば魔女と会えるかも知れない。そう考えたシャティアは気配を殺し、草木に紛れながら騎士達の居る方へと向かった。

「ひとまずは騎士達に付いて行くとするか。まぁ、魔女と遭遇したら気絶させれば良いから、問題無いだろう」

騎士の姿を視界に捉えてからシャティアは慎重に彼らの後を追った。時折木の根っこに足を引っ掛けそうになったが、浮遊魔法で体勢を整えたおかげで音を出すのは免れた。

どうやら騎士達の方も魔女の正確な出没位置は分かっていない様で、手探りで探している状態だった。これなら付いて行く必要も無いかな、とシャティアが欠伸《あくび》をしながらそう思ったその時、シャティアは遠くから不穏な魔力を感じた。

一瞬魔女の物かと思ってシャティアは反射的に身構えたが、よく気配を探ってみると違った。もっと別の、悪意が込められた禍々しい魔力だ。それを感じてシャティアは小さく息を吐く。

「魔族の気配……この近くに居るのか。ふむ、少しだけ顔を出しておくかな」

魔族達の目的が何なのかを確かめておく為にも、彼らと接触しておくのは良いかも知れない。もしも彼らの目的が魔女だとすれば対応も色々考えなければならないだろう。そう思ってシャティアは騎士達から視線を外し、浮遊魔法を使って森の上へと出た。魔族達が居る方向へと向かい、途中で幻覚魔法を使う。先日の大人の姿となり、シャティアは魔族達が居る森の中へと降り立った。

「やぁやぁこんにちは皆さん。今日は天気がすこぶる良くて何よりだな」

「!?……何者だッ!?　どこから現れた!!」

そこに居たのは黒いマントを羽織った複数人の魔族達だった。

いずれも青い肌に紅い瞳をしており、魔族特有の翼と尻尾を生やしていた。その中でもリーダーらしき女性。黒髪を一房に纏め、腰に細身の剣を降ろした目つきの鋭い女性がシャティアと対峙した。

「ああ、すまない。別に驚かせるつもりは無かったんがな。我はちょっとした旅人さ。たまたま通り掛かっただけだ」

「……我々の姿を見て何も思わないのか？」

シャティアが適当にそう言うと魔族の女性はマントを強く握り締めながら気まずそうにそう問うた。どうやら自分達が魔族なのに何故そんな平気な反応をしていられるという意味らしい。シャティアははてと首を傾げながら口元に指を当てて答えた。

「君達が魔族と言う事か？　生憎我はお前達のような存在は何度も見た事がある。それよりももっと凄いのだってな……いちいち驚いていたらキリが無いさ」

実際シャティアは魔族にも会った事があり、時には敵対した事もあった。それだけシャティアにもまた歴史があり、今更魔族数人を前にした所でどうと言う事は無い。そうあっけらかんと答えてみせると魔族の女性は少し驚いたように目を開いた。先程よりも鋭さが消え、少しだけ警戒心も解かれる。

「……我々を倒しに来た、という訳ではなさそうだな」

「もちろん。我とて無駄な魔力消費はしたくない。ちょっとした世間話をしに来ただけだ」

シャティアは元より争いは嫌いである。自身が無抵抗である事を示すように両腕を上げながらシャティアは自分の要件を伝えた。魔族の女性はまだ不安そうに剣に手を触れさせていたが、やがて小さくため息を吐いて手を放した。

「良いんですかい隊長？　こんな女、俺達だけでも……」

「やめろ。お前達ではこいつは倒せんさ。分からないのか？　奴の魔力量を……」

一人の魔族の男が魔族の女性に耳打ちしてそう進言したが、魔族の女性は手を出して男を下がらせてからそう言った。

魔族の女性は先程からビリビリと肌で感じていた。シャティアから流れる圧倒的な魔力を。もっとも、その流れている魔力ですらシャティアが抑えて漏れている量なので、実際の実力は魔族の女性が思っている以上に高いのだが。

「話を聞こうか？」

「風の噂で魔女が復活したと聞いた……我も興味本位で見てみたいと思っていてな。何か知らないか？」

ようやく魔族の女性が尋ね、シャティアが自身の髪を弄りながらそう答えた。

とりあえずは魔女の事を聞き出す。魔族達の目的が何なのかはそれからだ。最悪魔女の情報だけ聞き出して先回りすれば問題無い。シャティアはそう考えていた。

魔族の女性は魔女という言葉を聞いてもさほど反応は見せなかった。隠しているのか、それとも本当に知らないのか。シャティアにはそれは見抜けなかった。

「さぁ……知らんな。魔女が復活したなど聞いた事も無い。それが事実だとすればとても恐ろしい事だ」

「ククク、魔族ですら魔女を恐れるのか？」

「ああ、アレは災害だ。我々ですら手に負えん程のな」

意外にも魔族の女性がそんな弱気な事を言うのでシャティアはそう尋ね返した。すると今度は災害という言葉を飛び出し、シャティアは自分達魔女が他の種族からどれだけ危険視されているのかを痛感した。

「そうか……それはそれは、悲しい事だ」

シャティアは顔を俯《うつむ》かせて本当に悲しそうに言葉を零した。しかしすぐに顔を起こすとまた普通の表情に戻し、魔族達に何も悟られない様に偽装する。

分かっていた事である。魔女は災いを呼ぶ者。異端者である魔女を理解してくれる者は少ない。シャティアはこんな時こそエメラルドのように笑う事が出来れば、とそんな事を考えてしまった。

「うむ、有り難う。我の用件はそれだけだ……ところで、お前達魔族は何故こんな森の中に？」

パンと手を叩いてシャティアは自分の用事は終わりだと告げ、さりげなく魔族達の目的を尋ねた。さして興味も無いように、今すぐにでも去ってしまいそうに脚を動かしながら、シャティアはそう尋ねる。すると魔族の女性は額に掛かった髪を払いながら口を開いた。

「それを貴様に教えて、我々に何か利があるか？」

「……クク、無いな。いやはやすまんすまん。野暮だった。少し気になっただけさ」

あらら、とシャティアは残念そうに肩を落とした。どうやら魔族の女性はシャティアが思っていた以上に手強いらしい。これは長居するのは不味いなと思い、シャティアは本当に去ろうと後ろを向き始める。だが顔だけ振り向かせ、最後にシャティアは魔族の女性にある事を尋ねた。

「では最後に一つだけ、お前の名前だけでも教えてくれんか？」

もう一度会う事があるかどうかは分からないが、シャティアは魔族の女性の名前だけでも知る事は出来ないだろうかと思ってそう尋ねた。自分は名乗っていないのに虫の良い話だと思ったが、シャティアは別に偽名でも良いから魔族の女性に対しての呼び名が欲しかった。

魔族の女性は今度は意外そうに目を開き、少し考えるように顔を俯かせるとゆっくりと顔を起こし、答えを出した。

「シェリスだ」

魔族の女性シェリスの答えを聞いてシャティアは満足そうにほぅと言葉を漏らした。本名かは分からないが良い名前だと思い、うんうんと首を頷かせる。

「そうか、実に良い名前だ。ではシェリス。縁が会ったらまた会おう」

シャティアはそう言い残すと今度こそ走り出してその場から去った。後から魔族の何人かが追おうとしたが、シャティアは浮遊魔法で空へと逃げてしまった為、すぐに姿を見失った魔族達は辺りを見渡していた。


シェリス達と別れた後、シャティアは幻覚魔法を解いてまた森の中を捜索していた。こんな調子で同胞の魔女と会えるかどうかは分からないが、お互いの魔力を感じられれば向こうからも来てくれるはずだ、と考えてシャティアは行動していた。

だが、シャティアの表情は何やら気難しい。丁度良い切り株を見掛けると、彼女は手に肘《ひじ》を置きながらそこに座り込んだ。

「恐らく魔族達の狙いは魔女の捕獲だろうな……あいつ等は膨大な魔力源を欲している。人間達は、例のごとく魔女狩りか……ふぅ、中々難しい状況だな」

シャティアは顎を手の平の上に乗せながらそう独り言を呟いた。

魔族達はあの時マントの下に特別な道具を持っていた。あれは捕獲用の魔法道具。シャティアはしっかりとそれを見抜いていた。故に彼らの目的が魔女の魔力回収だと睨んだ。

まずここまで周りが動いているのだから魔女が居る事は確実。もっとも、魔女らしき存在、魔女を模した別人、という線もあり得るのだが。シャティアは感じる魔力から恐らく同じ魔女で間違い無いと睨んでいた。

では、何故向こうはこちらに会いに来てくれないのか？それがシャティアの疑問だった。同じ魔女なら向こうもこちらの魔力に気付いているはずだ。遥か遠方ではあるものの、それでも僅かながらに感じる物はあるはずだ。なのに向こうは一向にこちらに近づいて来る気配が無い。まるで隠れる様に、その気配が途切れ途切れになっている。一体何が起きているのだ？　とシャティアは苛立ったように爪を噛んだ。

「まさか……堕ちているなんて事は無いだろうな？」

シャティアは自分が危惧している最も恐ろしい推測を口にした。

以前モフィーとの話し合いの時にも思った事であるが、魔女達は皆人間を恨んでいる可能性がある。何せ卑劣な手段を用いられ、処刑同然のような殺され方をしたのだ。恨んで当然……なのだが、シャティアは出来れば復讐《ふくしゅう》のような事はして欲しくなかった。

もしも魔女が人間を襲う様な事をすれば、今度こそ魔女は人間にとって害ある存在として認識されるようになる。エメラルドのような一部の理解者など今後絶対に出来るはずも無く、ただでさえ少数の種族である魔女は窮地へと追いやられるのだ。そのような事だけはシャティアはあって欲しくなかった。だが、もしも……もしも目撃情報にある魔女が人間に恨みを持っているのだとしたら？

「……その場合は、騎士や魔族よりも先に仲間を見つける必要があるな」

間に合うかどうかは分からないが、討伐目的の騎士や捕獲目的の魔族達に見つかる前に同胞の魔女と会わなければならない。話し合いで、説得や交渉をすれば人間達の恨みを収めてくれるかも知れない。その場合、相手が誰であるかによって運命は左右されるが。

シャティアは切り株から立ち上がって辺りの魔力の気配を探った。僅かだが同じ魔女の気配を感じる。先程よりも大きく感じるという事は、近くに来ているという事だろうか？　シャティアがそう考えた時、近くの草むらがガサガサと揺れ動いた。

まさかと思ってシャティアは思わず腕を振り上げる。いつでも魔法を発動出来るようにそこに魔力を込める。だが、その草むらから現れたのは茶色の髪に葉っぱがたくさんくっついたモフィーだった。

「シャティア、見つけた！」

「……モフィー？」

突然現れたモフィーにシャティアは目をぱちくりとさせ、心底驚いた表情をした。込めていた魔力を消し、振り上げたままの腕を力なく降ろす。そんな呆然としているシャティアにモフィーは涙目になって抱きついた。

「良かった〜、私心配したんだからね〜。いつまで立ってもシャティアが戻って来ないから私村長さんの所に行ったの。そしたら魔女の話を教えたって言うから……私、シャティアが魔女を見ようと村の外に出たんだと思って……」

土がくっついている頬に涙を垂らしながらモフィーはそう言った。

どうやら遊ぶ約束をしたシャティアが全然来ない事から村長に詳しい事を聞き出し、シャティアが魔女の事を見ようと思って外に出たんだと考えたらしい。シャティアはモフィーにしては珍しく頭が回転したなと思い、感心の息を漏らした。そして同時に申し訳ない気持ちになった。

「そうか……すまんな、心配を掛けて」

「本当だよ〜。ここまで来るの凄い大変だったんだからね……あ、私帰り道分かるかな〜？」

モフィーは急に自分が来た道の方を振り向き、不安そうな声を漏らした。それを見てシャティアはやれやれと呆れた様に首を横に振るう。

もしもシャティアが途中で騎士を追いかけるのを止めて魔族の方に行かなければきっとモフィーと出会う事は無かっただろう。随分と不思議な奇跡だなとシャティアは感じた。

「だが何故我が魔女を探していると分かったんだ？」

ふとシャティアはそれが疑問に思ったのでモフィーに尋ねてみる事にした。

確かに村長から魔女の事は教えてもらったが、それだけでは魔女を探しに行ったという答えを導きだせる程判断材料は揃っていない。シャティアはそう考え、純粋な好奇心からモフィーに答えを求めた。

「え？　だってシャティアはいっつも魔女の話してるじゃん。だから魔女の事が好きで、それで見たいんだろうなーって、思って」

「そ、そうか……」

クルリと振り返ってモフィーは何で？　と逆に問い返すような仕草を取って答えた。

どうやらモフィーからすればシャティアは魔女好きの女の子と言う印象になっているらしい。確かに家で本を読む時よく魔女の本を貸したり読んであげたりしていた。

いかんいかん、とシャティアは自分の額を叩く。村の人達に魔女好きなどと噂が広まればどんな目で見られるか分かったもんじゃない。もう居ないとは言え、魔女は未だに人々から恐れられている存在なのだから、注意しなければならない。シャティアはそう気を引き締め直した。

「……あれ？」

ひとまず今日はもう魔女を探す事は出来ないな、とシャティアは諦め、帰ろうとするモフィーに付いて行こうとしたその時、歩き出していたモフィーが突然立ち止まり、不思議そうに首を傾げて前方に広がる木々を見つめていた。

「どうした？」

何故モフィーが立ち止まったのか分からず、シャティアは腕を組みながらモフィーにそう尋ねる。モフィーはうーんうーんと困ったように唸り、首を振り子のように左右に振りながら答えた。

「あのさぁシャティア、私がさっき通って来た道ってこんなんだったっけ？……なんか、木が凄く多くなってる気がするんだけど」

「…………ッ!!」

モフィーの言葉を聞いた瞬間、シャティアは身の毛もよだつような凄まじい程の魔力を感じ取った。何故急に魔力を感じ取ったのかは分からない。だがシャティアはすぐさまモフィーの肩に手を伸ばした。

「モフィー！　下がれッ！！！」

まずはモフィーの安全を確保する為に彼女を後ろへ下げようとする。だが遅かった。気がつけば辺りの景色が歪み、木だと思っていた所から人の腕が伸びて来た。その腕はモフィーの事を掴み、連れ去るように自分の元へと引っ張った。モフィーは何かの呪文を掛けられたのか、眠ってしまったように動かなくなっている。

シャティアは舌打ちをして魔力の球を放った。奪われたのなら、取り返せば良い。そう思ってモフィーは傷つけない程度の攻撃を行った。だが人の腕を生やした木はその魔力をもう片方の手で打ち払い、次の瞬間強烈な魔力波を放った。

「ぐッ……!!」

突風のように強い衝撃の魔力波。シャティアの小さな身体は宙へと吹き飛ばされ、彼女はすぐさま浮遊魔法を使って綺麗に地面へと降り立った。

シャティアが顔を上げるとそこは先程とは景色が変わり、暗いジメジメとした森の中になっていた。更に目の前には、モフィーを抱えたローブを羽織った背の低い少女が立っていた。

その少女の姿を見て、シャティアは衝撃を受けたように肩を震わせた。

「随分と……幻覚魔法が上手くなったな……エメラルド」

それはシャティアが良く知る仲間の魔女、【純真の魔女】エメラルドだった。

フードから覗ける美しい顔立ちの少女の顔、垂れている金色の髪、宝石のように輝く綺麗な碧眼。間違いなく、シャティアの知るエメラルドだった。だが、少し違うのはその表情、雰囲気。昔のエメラルドは笑顔が似合う明るい少女だったのに対して、今のエメラルドの瞳は狂気に駆られて禍々しく歪み、まるで全てに絶望したかのように暗い雰囲気を纏っていた。

「その喋り方……この魔力。貴方、シャティファール？」

目の前に居るシャティアの事を見つめ、エメラルドは考えるように首を傾けた。その動きは機械的で、時折キリキリと嫌な音が響いた。そしてようやくエメラルドはシャティアが魔女シャティファールだと気づき、嬉しそうに口元を引き攣らせた。だが、それもまた禍々しい。笑顔の似合うはずの彼女の今の笑顔は、酷く悲しそうだった。

「ああ……嬉しい。会えた……仲間に会えた。生きてたんですね、シャティファール」

「ああ、我も会えて嬉しいよ」

ぎこちない笑顔をするエメラルドだがそれでも仲間の魔女に会えた事は本当に嬉しい様で、涙を流しそうに瞳を揺らしていた。肩を震わせ、喜びに打ち震えるような動作を取る。シャティアも実際嬉しく、珍しく笑みを零した。だが、シャティアは油断しない。先程から感じるエメラルドの気配が酷く歪んでいるのだ。それに彼女は未だにモフィーの事を抱えている。シャティアは何やら嫌な予感がした。

「エメラルド……お前、その身体は？」

ふと、ローブがはだけてエメラルドの身体が見えた。驚くべき事に彼女はローブの下は何も着ていなかった。だが、そこにあったのは少女の白い肌ではなく、陶器のように無機質な人体の形をした何かだった。その姿はまるで人形のようで、シャティアは思わずそんな事を尋ねてしまう。

「これですか？　私、死ぬ間際に憑依魔法を使ったんです……人形の身体にね。それで何とか生き延びたんですけど、それでもまだ本調子じゃなくて」

そう言ってエメラルドは恥ずかしそうに俯きながら自分の腕を見せて来た。まるで骨のように白く、生気の無い冷たい腕。人形のその腕はカラカラと中が揺れる音を立てながら指を動かした。本当に人形の身体なのだ。だがシャティアはそれでも疑問が続く。

「……まさかお前、人形の身体に自分の肉体を付け足しのか？」

「はい。人形と言ってもその辺に転がってた奴ですから……憑依魔法は使用者と縁のあるも

のじゃないと憑依出来ませんからね。私の顔と臓器を付け足したんです」

まさかと思ってシャティアが尋ねると、エメラルドからは驚くべき答えが返って来た。

どうやらエメラルドは憑依したは良いものの、やはり何の思い出も無い人形に憑依した為、すぐに死にかけたらしい。その際に彼女は必死の策で自身の死体を分解し、人形の身体に詰め込んだようだ。

確かによく見ると彼女の首辺りにはまるで縫ったような跡がある。時折不気味な音を立てているのは骨がくっ付いていないからだろうか？　シャティアはあまりにも衝撃的過ぎて身震いをした。

「……辛かったな。エメラルド」

「……はい」

あまりにも酷過ぎるエメラルドの境遇にシャティアは思わず涙を流した。あれだけ人間との交流を大切にし、魔女を理解してもらおうと努力した彼女が、その人間に裏切られ、更には人形の身体へとなってしまった。あまりにも悲し過ぎる。

出来る事ならシャティアは元の身体に戻してあげたかった。だがきっとそれは復活の儀式と同じくらい難しいだろう。シャティアはその無慈悲な運命を恨んだ。だが、それでも希望はある。同じ仲間が居る限り、自分達は本当の意味で死ぬ事は無い。昔からシャティア達のような魔女はそうやって仲間を大切にしていた。

「でも大丈夫です！　私、やっとシャティファールに会えたんですから、もう怖い物なんてありません!!　リーダーのシャティファールに、私どこまでも付いて行きます!!」

エメラルドは胸に手を当てながらそう力強く言って退《の》けた。

昔から彼女はそうやってどこまでも信じてくれた。その友情が変わっていない事はシャティアにとっても嬉しい事だった。ああやっぱり大丈夫だ、エメラルドは優しい子のままだ。思わずシャティアはそう思い込んでしまった。

「じゃあ、とりあえずその子を離してもらえるか？　一応私の友人なんだ」

シャティアはそう言ってモフィーの事を指差した。怪我などさせてしまったら村で騒ぎになる。それに先程の事もあるし、またモフィーには嘘を吐かなければならない。とりあえずまずは彼女の安全を確認する必要があると思い、シャティアはそう尋ねた。だが、返って来たエメラルドの言葉は意外な物だった。

「……え？　駄目ですよ。だってこいつは人間ですよ？　私達魔女を殺した憎い存在。殺さないと」

一瞬、シャティアはエメラルドが何を言っているのか理解出来なかった。あの温厚でいつも人間との交流を大切にして来たエメラルドから、人間を殺すなどという趣旨の言葉はとてもではないが信じられなかった。

シャティアは硬直する。エメラルドの邪悪な笑みを浮かべる顔を見て、あってはならない事が起こってしまったと直感した。

「……エメラルド？」

「そうだ、まずはこの子の村を焼きましょう。それから私の事を探してるらしい騎士団の奴らと、ああ後魔族も居るんですか？　面倒ですからぜーんぶまとめて殺しちゃいましょ！」

抱えているモフィーの頬を突きながらエメラルドはまるで今晩の献立を考えるかの様にさらりとそう述べた。

不味い。これは非常に不味い。シャティアは予感が的中してしまった事に冷や汗を流し、エメラルドの様子を伺う様にじっと彼女の顔を見つめた。

「大丈夫です！　私、シャティファールとなら何だって出来ますから!!」

本当に、優しい笑みを浮かべている。一度は死んだその肉体だが、それでもエメラルドは精一杯の笑顔を作っていた。だが、その内側は酷く黒ずんでおり、悪しき思いに満ちている。これは完全に堕落した魔女の姿だった。

シャティアは悟った。ああエメラルド、お前はもう、後戻り出来ない所まで来てしまったんだな、と。小さく目を瞑り、シャティアは首を左右に振った。

「……エメラルド」

「はい？」

シャティアが名を呼ぶと、エメラルドは何の疑いも無しにシャティアの方に顔を向けた。

昔は本当に可愛らしい妹のような存在だった。その何も染まらない綺麗な青い瞳で、いつも平和を夢見ていた。そんな可愛らしかった少女の瞳が、今は酷く歪んで見える。シャティアはおもむろに腕を横に振るった。

「……ぐっ⁉」

突如小さな魔力の球が放たれ、エメラルドの肩に直撃した。彼女はうめき声を上げてモフィーと離し、木々の方へと吹き飛んで行った。

シャティアはすぐにモフィーを抱きかかえ、彼女が無事がどうかを確認する。そしてエメラルドが飛んで行った方向を見つめ、悲しそうに口を開いた。

「悪いが、それは駄目だ。昔から言い聞かせたはずだぞ。やり返すような事だけは駄目だと。それに、この子は私の大切な友人だ。傷つける事は断じて許さん」

珍しくシャティアの声には怒りが籠っていた。だがその怒りはエメラルドに向けた物ではない。自身に対しての物だった。仲間を守れなかった自分、純粋な少女だったエメラルドがここまで変わり果ててしまうのを止められなかった自分。実に、情けない。だがだからこそ、止めなくてはならない。

覚悟を決めたシャティアはエメラルドの野望を阻止する事にした。出来る事なら、今の一撃で気絶でもしていて欲しい。だがその願いはどうやら叶わない様で、木々がバキバキと音を立てて崩れ落ち、その中からローブがはだけ、人形の肉体が露わとなったエメラルドが起きあがった。

「そうですか……シャティファールは人間の味方をするんですか……でも、いくら貴方と言えど私の邪魔をするなら……殺す!!」

エメラルドの瞳が黒く染まった。反射的にシャティアは目を閉じ、エメラルドと視線が合わないようにする。だがその突如鋭い衝撃が身体に走った。思わず目を開けてみるとエメラルドが魔力砲を放っており、シャティアはそれに巻き込まれて抱えていたモフィーと共に森の中へと吹き飛んで行った。


「……ぐッ!!」

シャティアにとって痛いという感情は滅多に抱かない物であった。何せ防御魔法を常に薄く展開し、何かあろうとも魔法でそれを未然に防いでしまうからだ。故にシャティアはそうそう怪我をするような事は無かった。あったとしても服がボロボロになってしまうとか、裂けてしまうとかその程度であった。

だからこそ、シャティアは今感じている痛みはエメラルドの怒りそのものなのだと理解した。あれだけ人を傷つける事を嫌い、治癒魔法だけに特化していた彼女がここまでの攻撃魔法を行う。事態は自身が思っている以上に深刻だとシャティアは理解した。

潰れた木々から脱出し、シャティアは抱えていたモフィーをそっと草むらの上に降ろした。

怪我はしていない。ギリギリ防御魔法を施したのでモフィーの身体に傷は一切無かった。その代わりシャティア自身が深刻なダメージを負う事になったが、彼女からすれば友人が無事なだけで満足だった。

ひとまずモフィーを戦いに巻き込まない為にその場所に隠し、シャティアは再びエメラルドの方へと飛び出す。そこではかつての純粋な少女とは程遠い醜い表情をした人形が立っていた。

「あくまでも歯向かうんですね……この私に!!」

「ああ……お前は私が止める」

エメラルドはそう言って青い瞳を揺らした。呪いは発動していないようだ。またいつ発動するか分からない為、シャティアは警戒心を高める。

先に動いたのはエメラルドだった。両腕を振るうと一気に強烈な魔力砲を放つ。シャティアは森の中に居るモフィーにも被害が行かないよう、それを真正面から受け止めた。手の平に防御魔法を張り、包み込むように耐える。だがエメラルドの攻撃は想像以上だった。苦肉の策でシャティアは手を弾き、魔力砲の射線をズラして上空へと飛ばす。

「……ちっ!!」

自分の防御魔法よりもエメラルドの攻撃魔法の方が威力が高かった事にシャティアは舌打ちをした。出来れば魔力の元を切って攻撃を打ち消したかったのだが、どうやらエメラルドは本気で殺しに来ているらしい。これは自分も手加減は出来ないな、とシャティアは辛そうな表情をする。

「あまり私を……舐《な》めない方が良いですよ!!」

カラカラと音を立てながら身体を有り得ない方向に曲げ、エメラルドは異様な動きをする。そして突如腕が突き出てそこから魔力砲が飛び出した。すぐさまシャティアは先程と同じ様に防御魔法を展開する。だがその魔力砲が捻り動き、下からシャティアを突き飛ばした。

「……うぐッ!?」

「治癒魔法に特化していた私が戦えないと思いましたか？【叡智の魔女】らしくありませんね。シャティファール」

上空に吹き飛ばされたシャティアは浮遊魔法で体勢を取る。だがエメラルドも同じ様に浮遊魔法で宙を飛び、いつの間にかシャティアの目の前まで迫って来ていた。

月のように煌びやかな黄金の髪を靡かせながら、死人のように白いその顔を近づけてエメラルドはそんな事を言う。そして唇を引き攣らせて歯茎を見せながら悪魔のような笑みを浮かべると、指を走らせた。

「【罪の枷《かせ》】」

エメラルドがそう言うと指先から小さな魔法陣が飛び出し、それがシャティアの四肢に触れた。その瞬間シャティアの身体は鉛になったように重くなり、浮遊魔法を使っているにもかかわらず落下しそうになった。

　すぐさまシャティアは魔力波を放ってエメラルドを遠くに突き飛ばす。そして自身の肩を手で抑えながら辛そうに息を吐いた。

「はぁ……はぁ……」

「その魔力の枷は貴方を縛り付け、魔力を吸収する……覚えていますよね？　貴方が私に教えてくれた魔法です」

　エメラルドは口元に手を当てながら懐かしそうにそう言った。もちろんシャティアもこの魔法は覚えている。何せ自分が考案して作った魔法であり、一番適性があったエメラルドに教えた魔法だから。言わばこれは二人の思い出の魔法である。そんな魔法の対象に自分がなるとは、とシャティアは悲しそうに唇を噛んだ。

「もっとも、無尽蔵の魔力を誇るシャティファールなら大した枷にもなりませんよね？　せいぜい身体が重くなるくらいです」

　パンと手を叩いてエメラルドはあっけらかんとそう言った。大した問題でもなさそうに、まるで世間話でもするように軽くそう言う。

　事実、シャティアにとって魔力を吸収されるという行為は然程痛い物ではない。悪霊との戦闘の時も魔力を吸収されようが全く問題は無かった。だが、今の子供の身体のシャティアにとって重り、という物は一番厄介な物だった。魔力の塊《かたまり》で出来た枷なだけあって浮遊魔法を使っても重みを感じ、辛い物がある。シャティアは冷や汗を垂らした。

「どうしました？　かつての仲間を傷つけられませんか？　当然ですよね。貴方はとても優しい。私達魔女を率いた貴方にとって、私達は娘同然……」

いつまで立っても動き出さないシャティアを見てエメラルドは嗜めるようにそう言った。

邪悪な笑みを浮かべ、小馬鹿にするように目を細める。

シャティアは何も言えなかった。エメラルドの言っている事は的を射ていたからだ。

「でも私は違います」

エメラルドはそう言うと突如シャティアに向けて強烈な魔力砲を放った。今までで一番大きな魔力の塊。シャティアは重たい腕を無理矢理上げてそれを受け止めた。だが、身体の重みのせいで全力を出す事は出来ない。今度のは射線をズラす事も出来ず、シャティアは魔力砲の衝撃を受けて吹き飛ばされた。

「ぐっ、がッ……！」

「人間の味方をすると言うのなら、たとえ母親のような存在であった貴方でも私は躊躇《ちゅうちょ》無く殺せます。分かりますか？　私の怒りは、貴方ですら止められないんですよ」

またもや服が破け、シャティアは堪らなそうな表情をする。何とか防御魔法のおかげで傷は負わずに済んだが、着々と追い込まれている。

見下しながら言葉を述べるエメラルドを見上げ、シャティアはどうしたものかと考えた。

怒りや恨みの力によってエメラルドはかつて無い程の力を発揮している。否、元々素質はあった。だが彼女の優しい性格がそれを戦いではなく癒《いや》しに向けていただけだ。だが堕落した今の彼女は違う。人間を殺す為だけに魔法を使い、全てを滅ぼそうとしている。その時の魔法の威力はとてつもない物だろう。

シャティアはエメラルドの覚悟が本物なのだと察し、流れた汗を拭った。チラリと森の方を見てモフィーが居る辺りを確認する。今の所被害は行っていない。もう少しだけ全力を出しても問題無いだろう。

「クク、ククク……」

「……？」

突然シャティアはお腹を抱えて笑い始めた。その奇行にエメラルドも眉を顰め、何かして来るつもりかと警戒心を高める。シャティアは笑いで目に涙を浮かべながら、それを拭って口を開いた。

「これが娘の反抗期、という奴か……うむ、なるほど。確かに、中々辛いものだ」

「……何を言っているんです？　頭がおかしくなりましたか？」

「フフ……ああ、そうだな」

シャティアはそう言って自身の母親の事を思い浮かべた。普段から好き勝手する娘のシャティアを育てている彼女は、さぞかし苦労している事だろう。申し訳ない気持ちになりながらシャティアはそっと目を瞑り、次の瞬間エメラルドの背後へと移動した。

「……ッ!?」

「確かに、私はお前達を傷つけるのは辛い」

魔法陣を展開してそこから魔力の鎖を解き放ち、それをエメラルドへと巻き付ける。そして更に腕の魔力を込め、思い切り彼女を殴り飛ばした。遠くに吹き飛ばされたエメラルドは鎖でまた引っ張り戻され、元居た場所に戻ると再び拳で殴り飛ばされた。

「ッ、ぅう!?」

「だがそれ以上に、私はお前達が人を傷つけるのを見たくないんだ」

上空に飛ばされたエメラルドを鎖で引っ張り戻し、森の中へと叩き付けた。そして依然鎖は巻き付けたまま、拘束されて動けなくなっているエメラルドにシャティアは精一杯の魔力波を放った。眩い光が森の中に落ち、落雷のような轟音を立てて爆風が巻き起こる。

衝撃が収まった後、そこにはボロボロの姿になったエメラルドが居た。ローブも焼け焦げたように見窄《みすぼ》らしくなり、人形の身体にもヒビが入っている。だがそれでも無事なのは、ギリギリ防御魔法を使ったからだろうか。

シャティアは警戒心を高めながらゆっくりとエメラルドの側まで下降した。エメラルドは苦しそうにうめき声を上げながら、身体を起こして立ち上がる。

「か、はッ……フフ、流石……強いですね。シャティファール」

エメラルドは口から血を垂らしながら弱々しくそう言った。

何故人形の身体なのに血が流れるのだろうか？　とシャティアは首を傾げる。恐らく首までの部分はまだ魔力で生きていた頃を再現しているのだろうと勝手に推測する。そこでシャティアはふとある事に気がついた。今のエメラルドは人形、という事はその身体は何で動いている？

そこまで考えてシャティアは視線をエメラルドに戻した。彼女が何かを企む様に笑っていたからだ。

「だけど……強過ぎるが故に貴方は足下に気が回らなくなる事がある……皮肉ですね。強者が故の油断ですか？」

シャティアはエメラルドが何を言っているのか分からなかった。モフィーの事を言っているのだろうか？　それなら十分距離を取って居る。安全の確認も取れている。問題は無い。では単なる嘘か？　動揺を誘う為の罠か？　否、エメラルドはそう言った戦法は得意ではないはず。ではその言葉は一体何を意味しているのか？

シャティアが疑問に思っていると、背後から足音が聞こえて来た。そして同時に聞き覚えのある声が聞こえて来た。

「こっちから光が見えたが……ッ！　なんだコレは⁉」

「た、隊長！　あの女の身体……人形じゃ……⁉」

シャティアは振り向かなくとも背後に居るのが誰だか分かった。騎士達だ。彼らはこの状況を見て驚いたように声を上げ、エメラルドの事を指差して驚き戸惑っている。

シャティアはすぐに自分の姿を見られる前に隠れるか幻覚魔法を使おうとした。だがその前にシャティアの身体にはエメラルドから放たれた魔力砲が直撃し、彼女はそこら一帯から遥か遠くまで吹き飛ばされた。

「それが貴方の弱点。小さな魔力しか持たぬ者達の存在に気付けない……彼らはずっとこちらに近づいていたんですよ？　ですが貴方は、自身の膨大な魔力が邪魔してその気配に気付けなかった」

エメラルドは嘲笑《ちょうしょう》するように口元を歪めながらそう言った。

シャティアは規格外の魔力を持っている。その魔力は放出してしまえば外部に影響を与えてしまう程。故にシャティアは普段からそれを抑えていた。だがエメラルドの戦闘ではその余裕は無かった。力を出してしまったが故に、彼女の膨大な魔力は自身の感覚を惑わせ、遠くから近づいて来ていた騎士達に気付く事が出来なかった。その僅かに出来た油断と隙をエメラルドは狙っていたのだ。

「貴様……まさか魔女か⁉」

「黙れ人間。貴様等のような薄汚い生物に名乗る名など無い」

騎士達は剣を抜いてエメラルドと対峙した。だがエメラルドは塵でも見るかの様に蔑《さげす》んだ瞳をし、その碧眼を真っ黒に塗りつぶした。その瞬間、騎士達はピクリとも動かなくなり、その場で硬直した。

呪いを解除し、エメラルドはガクリと肩を落とす。そして疲れきったように息を吐いた。

「……っく……流石、我らが魔女を率いる者、シャティファール……何とか遠くまで追いやったけど、どうせ貴方ならすぐ戻って来るんでしょうね」

エメラルドは弱々しくそう呟いた。彼女もまた無傷とは言えなかったのだ。防御魔法を使ったとは言えエメラルドはシャティアの全力の魔力波を受けた。そのダメージはかなりでかい。それに魔力砲で吹き飛ばしたと言えど、シャティアならその程度すぐ戻って来るだろう。まだ戦いは終わっていない。その事を感じ、エメラルドは気を引き締め直して立ち上がると森のある方向を見つめた。

「でも……それで時間稼ぎは十分。その間に私は貴方を絶望の淵へ落とす……あの娘を使って」

禍々しい笑みを浮かべながらエメラルドはそう言葉を零し、フラフラと頼りない足取りでモフィーが眠っている方向へと向かって行った。

シャティアは夢を見ていた。まだ魔女が全員生きていた頃、日々魔術の研究や自然の営みについて調べたりして過ごしていたあの頃を思い返していた。

美しい銀色の長い髪が肩に掛かり、流れるように垂れている。人を魅了するような見た目をしたその女性は、黒いとんがり帽子を深く被りながら椅子に寄りかかっていた。近くでは木の上で小鳥達がさえずっている。その日は日向ぼっこには最適の日だった。

「シャティファール〜！」

シャティアが椅子に腰掛けながら静かに瞑想していると、どこからともなく少女の声が聞こえて来た。耳障りに思いながらシャティアが目を開けると、目の前には金色の髪を後ろで二房に纏め、丈の長いワンピースを着た可愛らしい少女が涙目になりながら歩み寄って来ていた。

「どうかしたか？　エメラルド」

「ファンタレッタが私に水を掛けて苛《いじ》めるの〜」

近寄って来たエメラルドを受け止め、頭を撫でながら落ち着かせると彼女の髪は確かに濡れていた。はて、と首を傾げてシャティアが何があったのか質問すると、エメラルドは鼻水を垂らしながら時折泣き声を交えて説明した。どうやら悪戯ばかりするファンタレッタがまた仕出かしたらしい。シャティアはやれやれと深いため息を吐いた。

「全く……あのお調子者は。相変わらずだな」

シャティアはそう言うとパチリと指を鳴らした。するとエメラルドの濡れていた髪は一瞬で濁いた。エメラルドは驚いたように自分の髪を触る。

「良いかエメラルド。ファンタレッタの奴もお前を苛めたかった訳じゃない。ちょっと遊びたかっただけさ」

「……うん」

シャティアは懐から取り出したハンカチでエメラルドの鼻水を拭きながらそう言い聞かせた。エメラルドは納得出来なさそうな顔をしているが、それでも大好きなシャティファールが言う事なので渋々頷く。シャティアはそんな彼女を見て優しく微笑んだ。

「良い子だ。やり返すのだけは絶対に駄目だからな。ちゃんと覚えておくんだぞ」


その言葉を最後に夢は途切れた。気がつけばシャティアの視界には青空が広がっていた。すぐさま彼女は身体を起きあがらせる。するととてつもない痛みが身体に走った。よく見るとまたもや服が裂けてしまっている。まるで嵐にでもあったかのような状態だった。シャティアは自身の状態を確認し、疲れきったように額に手を当てて肩を落とした。

「……夢か」

嫌な夢を見てしまった、とシャティアは悲しそうに言葉を漏らした。

これが昨日見た夢とかだったらまだ良い思い出として捉えられただろうが、このタイミングでは最早悪意しか感じえない。それとも、自身がエメラルドの事を考えてしまったからこんな夢を見てしまったのだろうか？　とシャティアは自分自身を疑った。だがそんな事を考えている暇は無い。シャティアは痛みに耐えながら身体をゆっくりと起こし、事態を確認する事にした。

「少し気絶してしまっただけか……まさか教え子にここまでコテンパンにされるとはな。我も老いたものよ」

正確には子供になって若返ったはずなのだが、シャティアは状況が状況なのでついそんな事を呟いてしまった。

ひとまず命を拾った事には感謝しよう。隙を突かれたとは言え、あんな一撃を喰らったのは不味かった。シャティアは自分のタフさに感謝した。そして浮遊魔法を唱え、自分が飛んで来た方向へと戻った。

森の一部がクレーターになっている部分。つい先程エメラルドと戦闘した場所まで戻ると、シャティアはそこで固まっている騎士達を発見した。触れてみてもぴくりとも動かない。正に石になったようであった。

「エメラルドの呪いか……解くにはエメラルド自身が解除するか、後もう一つ方法があったな」

固まってしまっている騎士達に申し訳なく思い、シャティアはそっと瞳を閉じた。

彼らを解放するにはエメラルドに呪いを解除してもらわなければならない。だが今のエメラルドがそれに従ってくれるとは到底思えない。という事は最悪の手段、呪いの使用者を殺害し強制解除という方法を取るしかない。シャティアはそれだけはしたくなかった。だが、罪も無い人々をこのまま石のように立たせておく訳にも行かない。彼女は頭を悩ませたが、ふとある事に気がついた。いつも感じているあの魔力の反応が無い。それに気がついた瞬間シャティアは表情を真っ青にしてある方向へと飛んで行った。

「モフィー……ッ!!」

自身がモフィーを隠した草むらまで移動すると、そこにはモフィーの姿は無かった。案の定と言うべきか、抜かったと言うべきか、シャティアは唇を噛み締めて己の無力さを呪った。守ると言ったはずなのに、傷つけないと決めたはずなのに、幼馴染みを魔女の戦いに巻き込んでしまった。それを防ぐ事が出来なかったシャティアは自分を無性にぶん殴りたかった。だが彼女は冷静に考える。

モフィーの姿は無いが、だからと言って彼女が無事ではないという訳ではない。まずモフィーを攫ったのは十中八九エメラルドの仕業。そしてその目的は自身に絶望を味合わせる為。それなら死体でも置いておけば良いはずだ。それをしないという事は、もっと別の手段を用いようとしているのだろう。例えば儀式の生《い》け贄《にえ》にするとか、分かり易いくらい残酷な方法で、モフィーの死を弄《もてあそ》ぼうとしているのだ。

今ならまだ間に合うかも知れない。そう思ったシャティアは周囲の魔力を深く探った。遠方であるが僅かにモフィーの反応がある。そこにエメラルドも居るだろう。

「ちっ……枷のせいで動きづらいな」

すぐに浮遊魔法で向かおうと思ったが、シャティアは足を躓《つまず》かせて体勢が傾いた。自身の四肢に描かれている魔法陣。【罪の枷】の効力によって魔力を奪われ、身体の自由も拘束されている。シャティアはそれをうっとうしく思い、手の平に魔力を込めると魔法陣に手を突っ込んだ。

「あまり我を舐めるなよ、エメラルド。モフィーも、お前の事も……両方必ず救ってやる」

ガラスが割れるような音を響かせてシャティアを拘束していた魔法陣は全て破壊された。彼女は瞳に小さな炎を灯らせ、固く誓いを立てる。

もう誰も、失いたくないから。


エメラルドは山の古い神殿に訪れていた。

既に崩壊し、廃墟《はいきょ》と化したその神殿は所々が崩れ、天井も突き破られ、壁の一部も剥《は》がれている程の惨状であった。だが、エメラルドにとってはこの場所は十分過ぎる程自分の理想が揃っている場所であった。

子供のモフィーを腕に抱きながら、エメラルドは台座の前まで来るとその上に彼女を寝かせた。静かに眠っているモフィーは突き出ている天井の日差しに当てられ、眩《まぶ》しそうに眉を顰めている。そんな彼女の頬をエメラルドはそっとなぞった。

「こんな可愛い顔をしてるのに……人間の心には必ず悪が潜んでいる。悲しい事ですね。貴方みたいな女の子でも、いずれは醜い化け物となるんですよ」

言い聞かせる訳でもなく、エメラルドはモフィーにそう語りかけた。当然眠っているモフィーからは返事は無い。だがエメラルドは悲しそうな、辛そうな表情を浮かべて拳を握り締めた。

「シャティファールはきっと貴方を救おうとする。そして私の事さえも……あの人はそういう方です。とても優しい……本当に優しい……」

エメラルドは次にシャティアがどう行動するかを見抜いていた。彼女の性格なら絶対に自分を殺すような事はしない。そういう事だけは最も彼女の嫌う行為だからだ。故に、その甘さとも言える彼女の弱点をエメラルドは突く。拳を握り締めながら、彼女は唇を震わせて語り続けた。

「だからこそ、あの人には人間の醜さを知ってもらわなければならない。またあの人が人間に裏切られるような事は無い様に、人間に弄ばれるような事は無い様に……私が証明しないとならない」

台座の上に拳を叩き付け、モフィーの事を睨みながらエメラルドはそう言葉を発した。

大好きなシャティファールだからこそ、自分を育ててくれた人だからこそ、また人間に殺されるような事だけはあって欲しくない。故にたとえ敵対するような事になったとしても、エメラルドは証明しなければならないのだ。人間がどれだけ愚かで醜い生物かを。

その結果、自分が死ぬような事になっても良い。シャティファールが人間に邪魔される事無く生きられるようになるならそれで良い。それだけで良かった。エメラルドの瞳からポツリと涙が零れる。人形の身体になっても、涙だけはまだ出る。

「貴方には生け贄になってもらいます。古の儀式……心の悪を増幅させる、悪魔の儀式によって、貴方は醜き獣となるのです」

エメラルドはそう言うと自分の人形の手をモフィーの顔の前にかざした。これから行うのは悪魔の儀式。実に簡素な儀式であるが、それでも効果は顕著に出る恐ろしい儀式。だからこそエメラルドはこの廃墟の神殿へと訪れたのであった。

そして儀式を行おうと魔力を込めた時、エメラルドはふと神殿の壁に目をやった。何やら不穏な気配がする。エメラルドは目を細め、その壁を凝視した。

「……何者です?」

そこにあるのは明らかに普通の壁である。だがエメラルドは何か別の者が居ると見抜いていた。そして語りかけると、その壁がグニャリと揺らいだ。するとそこから黒いマントを羽織った魔族の女性が現れた。

「気付かれてしまったか……流石は【七人の魔女】の一人、エメラルドと言うべきかな?」

それはシャティアが森で出会ったシェリスであった。シェリスは腰にある細身の剣を握りながら試すようにそう言った。そしてそれが合図だったかのように別の所から魔族達が姿を現した。

「魔族ですか……何故この大陸に貴方達が居るのです？」

「何、ちょっとした用事があるだけさ。そう手間取りはせんよ」

ここは確か人間の大陸。それを思い出しながらエメラルドは警戒心を高めて彼らにそう語りかけた。するとシェリスは剣を引き抜きながら何て事の無いように答えた。エメラルドは腕に力を込めていつでも魔法を放てるように構えた。

その場に静寂が訪れる。だが空気はピリピリとしており、今にも爆発しそうな緊張感が流れていた。そしてシェリスが片足だけ前に出すと、挑発するようにニコリと微笑んだ。

「魔王様の命により貴様を捕獲する。ただそれだけだ」

そう言うと同時にシェリスは勢い良く地面を蹴り、振り上げて疾走した。仲間の魔族達もそれに続く。そしてエメラルドの身体には、シェリスの細身の剣が突き刺さった。

「……その程度で、魔女が死ぬとお思いですか？」

剣で胸を貫かれ、エメラルドはガクリと背中を曲げて天を仰いでいた。だが顔だけ異様に動かして起こすと、目を歪《いびつ》に光らせながらシェリスにそう問うた。

シェリスは驚愕《きょうがく》する。いくら恐ろしい魔法を使う魔女と言えど、身体を剣で貫かれれば無事ではないはず。その考えがあったと言うのに、目の前の魔女は全く痛みを感じた様子を見せず、冷ややかな視線を向けて来る。

「隊長、一旦下がってください！　ここは俺等が……」

剣で貫かれても無事なエメラルドを見てシェリスの仲間の魔族達はそう声を掛け、シェリスの事を庇う様に前に出た。だがエメラルドはそんな彼らを見ても全く動じる事無く、自分の瞳に手を当てるとそっと笑みを零した。

何かして来ると思ってシェリスはすぐさま剣を引き抜いてその場から離脱した。だが仲間達は魔女と対峙したままピクリとも動かない。何かがおかしいと思って彼らに引くように命令を出すが、反応が無い。思わずシェリスはエメラルドの方を見た。そこではエメラルドがクツクツと邪悪な笑いを零していた。

「私の部下に……何をした？」

「少し眠ってもらっただけですよ……まぁ、もう二度と起きる事は無いでしょうけどね」

試しにシェリスが尋ねてみるとエメラルドは残酷な真実を告げた。そして動かない魔族達の事を指差し、シェリスはその指を追って彼らの姿を見た。

シェリスの部下はまるで石になったかのように固まっていた。呼びかけても全く反応が無く、死んでいるように静かであった。シェリスはそれを見て歯ぎしりをし、持っている剣を強く握り締めた。

「驕らないで頂きたい、魔族の方。人間よりも多少魔力が秀でていた所で、魔女の私達からすれば大した差は無いんです。どちらも等しく塵ですよ」

絶望に陥っているシェリスにエメラルドは冷ややかにそう言葉を発した。

シェリスは改めて認識する。魔女がどれだけ恐ろしい存在かを。姿形は人間と似ていようと、その中身は全く別もの。まさしく化け物とも思える程の恐ろしい力を秘めている。

こんな物に勝てる訳が無い。シェリスの直感がそう告げていた。

「ああ……貴方もそうやって私に化け物でも見るかのような目を向けるんですね。貴方達の王、魔王だって同様の力を持っているのに……何故貴方達は魔女という括りで私達を迫害するのですか？」

シェリスの様子を見てエメラルドはまたか、と悲しそうな表情をし、彼女にそう語りかけた。

何故多少の魔力差があるだけでここまで怯えられるのか？　同じくらいの魔力を彼らの王だって持っているのに、どうして魔女という存在だけでここまで態度に違いがあるのか？

エメラルドは理解に苦しんだ。そして最早理解しようとも思わなかった。理不尽な人間、異物を嫌う魔族、隔たりのある異種族、彼らは等しく愚かな存在。故に、排除しなければ。

「昔からそうでした。訳の分からない力を持って生まれ、悪魔の呪いを掛けられ……私は他の人とは違う存在として見られて来た。怖がられ、怯えられ、仲良くしたいのに石を投げられて蔑まれる……」

エメラルドは手の平を掲げ、そっと握り締めて語った。人形の身体はカラカラと力無い音を立て、彼女の悲しい風貌を物語っている。

「もう分かり合うつもりはありません。阻まれるのなら、私の方から突き放してあげます。暗雲の闇の底へと」

エメラルドはそう言うと握り締めた拳に魔力を込めた。辺りを振動させる程の強大な魔力が蓄積されて行く。

最早エメラルドは他者に魔女を理解してもらおうとは思わなかった。一度は街の人間と分かり合ったはずなのに、彼らは王国の人間の命令でエメラルドを裏切り、勇者の手によって魔女を葬った。その出来事はエメラルドにとって死よりも衝撃的な物だった。

もう裏切られるような事はされたくない、傷つきたくない。その思いからエメラルドはもう繋がりを持とうとはしない。どうせ、無駄だから。

「【罪の枷】」

エメラルドは指を走らせ、シェリスの身体に魔力の枷を出現させる。魔法陣に四肢を拘束されたシェリスは抵抗するが、次々と魔力を奪われ、岩にでも繋がれた様に腕が上がらなくなった。

「ぐっ……う!?」

「呪いの瞳だと意識まで凍り付きますからね。貴方には意識を保ったままで居てもらいます。そこで見ていなさい」

【罪の枷】はそもそも対象の行動を制限するのが主軸の魔法。シャティアの時は大した影響は出なかったが、普通の人であれば動けない程の効力を発する。

枷によって動きを奪われたシェリスは悔しそうに歯を食いしばった。このままでは殺されてしまう、そんな恐怖に襲われるが、意外な事にエメラルドは彼女に背を向け、妙な言葉だけ発するとカラカラと人形の腕が揺れる音を立てながら台座の方へと向かって行った。

「何を、するつもりだ……？」

「ただ殺すだけでは怒りは収まらないですから、貴方には人間がおぞましい悪へと堕ちる瞬間を見届けてもらいます。まぁ、敵対している種族の子供が醜い姿になるだけですから、そこまで怖くはないでしょう？」

シェリスの質問にエメラルドは何て事の無いように答え、賛同を求めるように小首を傾げた。その言葉を聞いてシェリスは絶句してしまう。

いくら敵対している人間達と言えど、まだ争いも知らない子供が儀式の生け贄とされるような状況はとてもではないが見ていられない。なおかつ今は少しも動けない状況である。シェリスの額に冷や汗が流れた。

その間にエメラルドは儀式の準備を初めて行く。眠っているモフィーの前に改めて立つと、腕を上げて目を瞑ってブツブツと呪文を唱え始めた。

「貴方もどうせ魔女の私の力を狙ってここに来たのでしょう？　愚かですよねぇ。私達の事は蔑んでいる癖に、その力だけは欲するんですから。本当に貪欲な生き物達です」

時折呪文の手を止めるとシェリスの方に目をやってエメラルドはそう言葉を投げ掛けた。その事に対してシェリスは何も言う事が出来ず、ただ黙ってエメラルドが儀式を進める様子を眺めるしかなかった。

「さて……準備は完了しました。後は魔力が蓄積されるのを待つだけ……その間、昔話でもしてあげましょうか」

呪文を唱え終え、台座の真上に巨大な魔法陣が浮かび上がるとエメラルドは頬に一筋の汗を垂らし、満足そうに顔を頷かせた。儀式の準備は完了し、後はあの巨大な魔法陣に必要な分の魔力が注がれるだけ。その間エメラルドはシェリスとの会話で暇を潰すのも良いだろうと考えて彼女に話し掛けた。

「昔話……だと？」

「そうです。まぁよくあるおとぎ話みたいな物ですよ。ただし、ハッピーエンドではありませんが」

シェリスの質問に自分の脇に手を当てながらもう片方の手を振ってエメラルドは注意事項を先に言った。ハッピーエンドではない、という言葉が気になったがシェリスはここで拒否権が無い事は分かっており、ただ黙ってエメラルドが語り出すのを待った。

「あれは五百年……いえ、七百年前でしたっけ？　それくらい大昔の事、ある村に一人の少女が住んでいました」

エメラルドは目を瞑り、思い出に浸るようにゆっくりと話し始めた。その喋り方はとても優しく、それでいて悲しそうな儚い喋り方であった。

「少女は他の人達とは違いました。膨大な魔力を持ち、成長も遅く、いつまで経っても少女の姿のまま……そんな少女の事を人々は化け物と呼んで蔑みました」

上げていた片方の手を胸に当て、エメラルドは悲しそうに言う。実際泣いているような表情をしていた。どれだけ彼女が壊れようとも、その純粋な心だけはまだ保たれている。ただし、純粋と言っても悪の方向の物だが。

「やがて少女だけを残して村の人達は皆寿命で死んでしまいました……時に置き去りにされた少女は孤独に苦しみ、一人泣き続けました」

エメラルドの話を聞いてシェリスは妙な話だと感想を抱いた。歳を取らない少女。おとぎ話にしてはおかしな登場人物である。ちっともおとぎ話らしくない。普通ならここで勇者様なり、騎士様なり、誰かしら助けてくれるような存在が現れるはずだ、と思った。そしてそのシェリスの疑問を察したように、エメラルドは小さく微笑むと胸に当てていた手を今度は天に仰ぐように伸ばした。

「……けれども、少女の前に救世主が現れました。その人もまた少女と同じ存在で、他人とは違う不思議な力を持ち、少女と同じ様な子達を探して集めていたのです」

一瞬エメラルドの瞳に光が灯る。口調も優しい頃に戻り、その姿は普通の少女の様であった。本来なら、この優しい笑みを浮かべたエメラルドが彼女の本当の姿だったのかも知れない。だがすぐにその光は消えてしまい、彼女は腕を降ろしてカラカラと無機質な音を立てた。

「少女は五人の姉妹達と、一人の母親を手にしました。今まで感じた事の無い程、そこは温かくて、優しい世界でした」

エメラルドはおもむろに顔を俯かせる。しばらくその先の言葉は続けず、彼女は何かを考え込むように黙り続けていた。シェリスも話し掛けようとはせず、エメラルドが何をするか分からない為、迂闊《うかつ》に口を開かなかった。

「なのに……人間達がその優しい世界を壊した。少女を殺し、その姉妹達も殺し、その子達の母親代わりだった女性をも殺した……」

急にエメラルドの声が低い物となって恐ろしい言葉が発せられる。先程までは本当におとぎ話のような物語だったのに、急に禍々しくドス黒い残酷な物語へと変わり果てた。それを聞いてシェリスはハッと何かに気付いた様に目を見開く。

「まさか、それは……」

シェリスはその先の言葉を言おうとしたが、その前にエメラルドが手の平を向け、魔法によってシェリスの口を塞《ふさ》いでしまった。突然口を塞がれてしまったせいでシェリスは呻き声を上げ、苦しそうに身体を震わせた。

「少女は絶望しましたが、まだ希望が残っていました。母親が生き残っていたのです……だから、もう残酷な仕打ちをされない為にも、少女は母親を守ろうと誓った……まぁ、昔話はここまでです」

「……ッ」

エメラルドが手を降ろして魔法を解除するとシェリスはぷはっと息を吐いて呼吸を整えた。押さえつけられるような、喉まで締め上げられるような感触がまだ残っている。シェリスは汗を垂らしながらエメラルドの事を見た。彼女の表情はここからでは伺えない。だが、酷く悲しそうな雰囲気を出していた。

「さて、問題です。母親を守る為、人間の愚かさを理解してもらうには、どうすれば良いでしょうか？」

急に背中を曲げて顔をキリキリと動かしながらエメラルドはシェリスに問うた。その意味不明な質問にシェリスは答える事は出来ない。だが、嫌な予感だけはしていた。

眠っているモフィーの上にある巨大な魔法陣が回転し、神々しく輝き始める。遂に魔力が溜まったのだ。エメラルドはそれを見て笑みを深める。そしてゆっくりと口を開き、答えを出した。

「正解は、人間を悪魔の儀式によって化け物に変える、でした。さぁ！　魔力は溜まりました。儀式を始めましょう！」

「なに、を……く、狂ってる……お前は、狂ってるぞ……！」

どうしたらそんな解答が出るのか理解出来ず、シェリスは怯える様に首を僅かに横に振ってそう口にした。だがその言葉はエメラルドには届かない。輝く魔法陣に腕を伸ばし、エメラルドは最後の儀式の呪文を唱えた。

「目覚めなさい、悪の心よ‼」

魔法陣が動きを止め、紋様が激しく揺れ始める。そして眩い光を放ち、モフィーの身体は光の中へと消えて知った。

儀式が始まった。増幅される悪の心によって、その身体は醜い化け物へと化す。

眩い光に包まれ、モフィーの中にある悪の心が増幅し、その影響で姿形も魔物と化す……はずだった。だが光が収まるとそこには何の変化も無いモフィーの姿があり、彼女は先程と同じ様に静かに眠っていた。

「……ッ⁉」

天を仰いでいたエメラルドは体勢を立て直し、思わず目を疑った。

対象が変貌《へんぼう》するのには個人差があるものの、ここまで反応が無いという事は有り得ない。

では何故何も起きないのか？　儀式が失敗したか？　魔力が不十分だったか？　何らかの不具合が生じたか？　エメラルドは様々な可能性を予測して分析するが、原因は判明しなかった。

「な、何故……!?　何故何も起きないんです!?　悪の心が増幅し、怪物に変貌するはずなのに……」

　自身の黄金の髪を掻きむしりながらエメラルドは狂ったようにそう叫んだ。地面を蹴り、思う様に事が運ばない事に苛立ちを目立たせる。

　有り得なかった。儀式は全て上手く発動した。失敗する要素など一つも無い。エメラルドの実力は足らなかったという事は断じて無い。なのに、モフィーに何の変化も起こらないのは何故か？　薄々と勘づいているエメラルドは思わず唇を噛み千切った。

「有り得ない……有り得ない有り得ない有り得ない！　こんな事ある訳が無い！　絶対におかしい、何かが、何か……ッ!!」

　エメラルドの口から次々と否定の言葉が吐き出された。起こった現実を受け止めきれず、目を泳がせて壊れた人形のように繰り返し同じ言葉を言い続ける。

　その時、神殿内が大きく揺れだし、壁の一部が爆風によって吹き飛ばされた。瓦礫《がれき》が飛び散り、衝撃にエメラルドは身を低くして免れる。そして腕を降ろして顔を上げると、そこにはあの銀髪の少女のシャティアの姿があった。

「確かに、お前の儀式は完璧だった。だがエメラルド……お前は一つだけミスをしたんだよ」

シャティアはコツコツと足音を立てながら神殿の中を歩き、台座の方のエメラルド達に近づいて行く。その途中、魔法の枷によって動きを封じられているシェリスを見掛けるとシャティアは軽く手を振った。

「悪いがシェリス、お前は眠っていてくれ」

「なに……うっ……」

誰が現れたのか見ようとシェリスが首を曲げる前にシャティアは魔法で彼女を眠らせ、何事も無かったかの様に再びエメラルドの方へと近づいた。エメラルドは警戒心を高める。先程は一時的に退ける事は出来たが、シャティア相手に同じ技は二度も通じない。今度ばかりは運は味方してくれないのだ。エメラルドはシャティアに気付かれない様に手の平に魔力を込めた。

「シャティファール……ミスですって？　一体、私がどんなミスをしたと言うのですか!?」

時間を稼がなければならない。それにシャティアの言うミスという言葉も気になる。エメラルドは空いているもう片方の腕を振るってシャティアにそう語りかけた。シャティアは歩みを止め、呑気に腕組みをして口を開く。

「簡単な事だ。お前がかつて信じていた人間も存外、純真だったお前のように清らかな心を持つ者も居るという事さ」

シャティアはいとも簡単にそう言ってのけた。あれだけ裏切られ、あれだけ人間の愚かさを見つつも、まだその人間達を信じていた。エメラルドは切れている唇を更に噛み締める。黒ずんだ血が首筋まで伝って行った。

「嘘だ……そんな事ある訳が無い」

「大人ならともかく、子供は誰もが清き心を持っている。お前だって覚えてるはずだぞ？昔は街の子供達と良く遊んだじゃないか。その事はお前自身がよく分かっているはずだ」

「違う……そんなのある訳が無い……人間は、人間はぁ……！」

シャティアの語り掛けをエメラルドは首を振って否定する。頭に手を当て、まるで駄々をこねる子供のように、ただただ否定を続ける。その姿はとても痛ましく、かつての彼女を知っているシャティアからすればとても辛い物だった。

「いい加減目を覚ませ、エメラルド。お前がやっている事は争いを増やすだけの、我が最も嫌悪する無意味な行為だ。今すぐ、モフィーを解放しろ」

前に一歩足を踏み出し、シャティアは堂々とそう言い放った。エメラルドはまるで言葉の衝撃でも受けたかの様に小さな悲鳴を上げて後ろに下がる。台座に眠っているモフィーを見つめ、またシャティアの方に顔を戻して信じられないとでも言いたげに首を振った。

最早エメラルドには確かな目的と言う物は存在しない。復讐心によって理性を失っている彼女は自分がどうすればこの苦しみから解放されるか分かっておらず、ただ狂気によって思い浮かんだ殺戮を行っているだけである。故に彼女はこれからどれだけ人間を殺してもその狂気が収まる事は無い。永遠の殺戮者として、彼女は恐怖の魔女として人々に認識されるのだ。それだけは絶対にシャティアは許せなかった。そんな事だけは断じてさせない。シャティアは目を鋭くさせ、拳に力を入れる。

「私はっ……私は、ただ……ぁぁ……ぁあぁッ!!」

エメラルドは身体を縮ませ、ワナワナと震え始めた。彼女の蓄えていた魔力が浮き彫りになり、黒色の禍々しい影のような形を作り出しながらエメラルドの身体から吹き出す。それは魔力の暴走を意味していた。意味を失った彼女は、自身の中にある膨大な魔力を手放してしまったのだ。

暴走した魔力が巨大な魔力の塊と化してシャティアを襲う。しかし、シャティアは片手を振り上げると同じ様に魔力でその塊を受け止めた。その空間にギリギリと魔力同士がぶつかる音が響き、辺りに振動を伝わらせる。

「あああああぁぁぁぁあああああ！！！」

「魔力の暴走、か……まるで子供だな、エメラルド」

エメラルドは悲鳴を上げてその場に崩れ落ちた。対照的に魔力の塊が更に歪み、エメラルドの身体から溢れ出ている魔力がシャティアに降り注いだ。まるで弾丸の雨のように、巨大な魔力の塊が一斉に襲い掛かる。

シャティアはもう片方の手を振ってその魔力球を弾き飛ばす、次いで伸びて来た魔力の蔓を切り裂き、自身はズカズカと躊躇無くエメラルドへと近づいて行った。

「来るな……来るな来るな来るなぁあ!! 私は、私はッ……!!!」

遠慮なく近づいて来るシャティアを拒絶し、エメラルドは泣きつくように腕を前に押し出した。すると魔力の塊は巨大な人の腕となり、シャティアを握りつぶそうと掴み掛かった。

だが途端にその魔力の腕は弾けてしまった。シャティア自身が発した強烈な魔力波によって一瞬で消されてしまったのだ。またもやエメラルドは怯える様に悲鳴を上げる。

「何故……何で……どうして!? どうしてなの!? 嫌だよ。私はただ皆とまた平和に、誰にも邪魔されず……過ごしたいだけなのにッ!! 悪いのは人間だ! 愚かで。邪な心を持つ、欲深いあいつ等がッ……!!」

エメラルドは一心不乱に魔力を投げ飛ばす。それは最早魔法と言う事すら怪しく、ただ力任せに自分の要求を押し付けるような乱暴な戦い方だった。当然そんな杜撰な戦い方ではシャティアを倒す事は出来ない。どれだけの魔力波を飛ばされようとも、シャティアはそれらを簡単に受け流し、弾き返した。そしてその間にどんどん歩みを進ませ、もう後数歩の所まで近づく。

「私達が何をした!? ただ異質な力を持つだけで迫害されて……だから大人しく森や山奥に

身を潜めて暮らしてたのに……危険だからって理由だけで人間共は私達を裏切った!!」

魔力の鞭を無数に作り出し、エメラルドは両腕を振り下ろしてそれを振るう。しかし魔法の壁によってそれは受け止められ、今度はシャティアが腕に力を込めると前に押し出し、巨大な衝撃波がエメラルドを襲った。吹き飛ばされはしなかったものの、魔力の塊を剥がされ、エメラルドの身体は無防備となる。その間にシャティアはもう目の前まで迫って来ていた。

そんな小さな少女を見上げ、エメラルドは泣きつく。

「何で……何で私は、こんな力を持って生まれちゃったの?」

最後にエメラルドの口から出たのは人間達への憎しみではなく、自身の魔女の力に対しての疑問だった。その言葉を聞いてシャティアは硬直する。それはかつてシャティアも聞いた事があった言葉だった。初めて会った時、エメラルドと出会った時、彼女は今と同じ様な言葉を発した。その時の表情は酷く悲しそうで、今もまたその時の表情をしている。シャティアは静かに瞳を揺らした。

「エメラルド……」

「……う、ぐ?……ぁぁぁあああああっ」

一瞬の躊躇。シャティアはまたもや隙を作ってしまった。本来なら近づいた瞬間にエメラルドを気絶させるなり行動不能させるなり何らかの行動を取るべきだった。だがシャティアはエメラルドの言葉を聞いて動揺してしまった。その結果、事態は最悪の結果を招いた。

エメラルドは突然胸を抑えて苦しみの声を上げた。先程の魔力の暴走とはまた違う、別の暴走。それは暴走よりも酷い物であった。

「これは、暴走……違う。まさか……〝崩壊〟か！」

シャティアはエメラルドの症状を見て汗を垂らしながらそう言葉を発した。

エメラルドは馴染みの無い人形の身体に無理矢理憑依魔法を使った。だがそれは本来失敗だった。魔女であるためか、エメラルドは憑依魔法の失敗の反動で魂を失くさずに済み、自身の元の身体を移植する事で生き延びたが、それでも限界があったのだ。そしてその限界が魔力の暴走によって今来てしまった。

魂を憑依させておく事が出来なくなった人形の身体は崩壊が始まる。ボロボロと鱗が剥がれるように部品が崩れて行き、エメラルドは体勢を保つ事が出来ずにその場に踞《うずくま》った。加えて魔力暴走もしている為、彼女の身体からは絶えず強大な魔力が漏れだしている。正に最悪の状況であった。

「あああぁぁぁ！　嫌だッ……ぁあ……死に、たく……なッ、ぁあああ！！！」

「エメラルド……！」

魔力の突風に押され、シャティアは後ろに吹き飛ばされた。何とか耐えるが、エメラルドは悲鳴を上げて魔力と崩壊を抑えきれずに居る。このままではエメラルドの身体は崩壊してしまうだろう。そして魂も失い、彼女は本当に死んでしまうのだ。更に不味いのは魔力の暴走も起こっている事。最悪、ここ等一帯が吹き飛ぶ程の自爆が起こってもおかしくはない。何とかしなければならないとシャティアは悟り、突風に耐えながらエメラルドに近づいた。

「すまない……我の力量不足だ。お前を救ってやれる程の器を我は持っていなかった」

「シャティ……ファール……違う、私が……私が悪いんです……私がッ……」

苦しむエメラルドの頭にそっと手を乗せ、シャティアは申し訳なさそうに告白した。するとエメラルドは苦しそうに藻掻《もが》きながらも初めて正気の瞳で声を発した。あれだけ狂気に駆られていたエメラルドの瞳に光が戻ったのだ。

「私は、人間達を最後まで信じる事が出来なかった……忘れてしまったんです。私がかつて信じた人間の可能性を……愚かな復讐心のせいで」

エメラルドの人形の身体はまず足から崩壊した。体勢を崩し、床に伏しながらエメラルドはシャティアを見上げて言葉を続ける。その一言一言がシャティアの胸に突き刺さり、彼女は泣きそうになりながら口を手で覆った。

「何でかなぁ……どうして上手く行かないのかなぁ……私は、人間と仲良くしたかったはずなのに……何で、こんな事になっちゃのかなぁ？」

「……心配するな……お前が次目覚めた時は、きっと平和な世界になっているはずさ」

エメラルドは自分の願望を零す。かつては人間との共存を望み、誰よりも平和を願っていたはずだった。なのに、一体何を間違ってこんな事になってしまったのか？　どうしてこんな取り返しの付かない事になってしまったのか？　彼女は黒ずんだ涙を流す。シャティアはそんなエメラルドにそっと笑い掛けた。優しげな声を掛け、そして彼女は、手の平を広げて無数の魔法陣を解き放った。

「だから、今は眠れ……【眠り歌】」

眩い光が辺りに飛び散り、世界が白に染まる。そして再び光が一点に集中し、全てが消え去る。そして飛び散った光の球と共にエメラルドの魔力の暴走も収まり、動力源であった魔力を失った彼女は瞳から光を失わせ、静かに顔を俯かせた。


光の届かぬ暗闇が広がる部屋。カーテンは閉められ、窓や扉もしっかりと閉められたその部屋には一人の男が玉座に座っていた。

屈強な身体付きをし、鬼のような恐ろしい顔つきをした男。その青白い肌に、血のように紅く輝く瞳から彼が魔族である事が伺える。そんな彼の隣にどこからともなく、まるで影から這い出て来たかの様に一人の女性が現れた。長い青色の髪を肩まで垂らして一本に結び、それを腰の辺りまで伸ばしており、紅い瞳に黒色のコートを羽織った女性。彼女は首を傾けながら男が座っている玉座に手を置き、腰を曲げながら口を開いた。

「アタシの忠告を無視してエメラルドの奴を捕獲しようとしたらしいな？　さっき報告が来たぜ……物の見事に失敗したとさ」

女性らしからぬ口調で、どこか疲れた様な雰囲気がある言葉使いでその女性はそう語った。その言葉に男はピクリと眉を顰ませ、僅かな反応を見せる。それを見ただけで女性は落胆したようにため息を吐き、肩を落とした。

「………」

「だから言っただろう？　魔女を舐めるなって。アタシ等はあんたに匹敵する程の魔力を持ってるんだ。親玉のシャティファールなんかはあんた以上の力を持ってるんだぞ？　そんな奴らを一兵隊の隊長に過ぎないシェリスにどうにか出来るわけねーだろ」

べぇと舌を出して馬鹿にするようにその女性は男に指を突き立てた。完全に挑発しているが、男はただ黙ったまま、前を見据えて何かを考えているように眉を顰ませている。他に反応が無い事に女性はつまらなそうな顔をしたが、玉座から手を放すと姿勢を整え直してそっぽを向いた。

「あんた等は人間よりはマシだが、それでも甘く見過ぎている。魔女が嫌われるのは当然だ。何せ国一つを滅ぼす程の力を持ってるんだからな……だから、大切なのは接し方なんだよ」

口ではそう言うが何故か女性は指で丸を作り、まるで金をせびるかのようなポーズを取った。その仕草を目を捉えつつ、男は相変わらず黙ったまま肘掛けに肘を乗せ、手に顎を乗せた。その表情は何かを迷っているようで、おもむろに女性の事を見上げる。

「お前の事は信用しても良いのか？　【探究の魔女】クローク……」

「ああ、もちろんだぜ。あんた等がアタシの研究に必要な資金を提供してくれる限り、アタシは全力であんた等をサポートしてやる」

男が前々から気になっていた事を質問すると、クロークと呼ばれた女性は満面の笑みを浮かべてそう堂々と返事をした。

彼女の名は【探究の魔女】クローク。【七人の魔女】の一人にして、勇者によって葬られたと思っていた者の一人であった。だが彼女はエメラルドと同様に生き延びていた。彼女とは違うまた別の方法で。そして今、ある理由からこの魔族の男と協力関係を結んでいる。

「そもそもエメラルドなんか魔女の中で一番弱いんだぜ？　治癒魔法に特化してるから、魔法は攻撃型じゃない。それに手こずる様じゃ、魔女の力を手に入れるなんて永遠に無理さ」

クルリと背を向けて長い髪を揺らしながらクロークは嘲笑《あざわら》うようにそう言った。

今回、男は魔女の力を手に入れる為に目撃情報があった魔女エメラルドの捕獲を部下に命じた。だが結果は失敗、更にクロークの発言からエメラルドが魔女の中で最弱だという事を告げられる。それは多少なりにも動揺する物があった。

「アタシに任せろよ。あんたの望みはいずれ叶えてやる、魔王サマ」

顔だけ男の方に向け、ニヤリと笑みを浮かべながらクロークはそう言った。魔族の王、魔王はその笑みに恐怖を覚える。魔族を束ねるリーダーですら恐れを感じる程の威圧感。魔王は自分はひょっとしてとんでもない奴と手を組んでしまったのではないか、と不安を抱いた。

エメラルドとの戦いが終わった後、眠っているシェリス達を安全な場所に置いてシャティアはモフィーと共に村へと戻った。モフィーはともかく、シャティアは当然のごとく母親に叱られ、またもや服をボロボロにし、あまつさえ怪我をして帰って来た為にしばらく外出禁止という罰を受ける事となってしまった。

シャティアは自室に籠もり、どこか力が抜けてしまったかのように呆然と窓の外を眺めている。遊びに来たモフィーはそんな彼女を見て意外そうな顔をした。

「大丈夫？　シャティア」

「……ああ、平気だよ」

心配になってモフィーがそう話し掛けると、一応は顔を起こしてモフィーの方に向けてシャティアは返事をした。完全に呆けてしまっている訳では無いらしい。だが明らかにいつものシャティアとは違った。堂々とした態度もせず、本を読んだり自身の知識を披露しようともしない。モフィーの心配は増した。

「それにしても昨日のは何だったのかな？　私、シャティアを探して森に行った記憶があるんだけど……その後の事を全然覚えてなくてさー」

話題を変えようと思ってモフィーは昨日の事件の事を口にした。モフィーが覚えているのは魔女を探しに行ったと思ったシャティアを追いかけて森に入った所まで、どうやら彼女はエメラルドと遭遇した時の事を忘れているらしく、自身の曖昧な記憶に疑問そうな表情をしていた。

「どうせまた居眠りでもしたんだろう。お前は眠たがり屋だからな」

「もー、またそうやってー！　私そんないつも眠たそうな感じしてないでしょ！」

クスリと笑ってシャティアがそう言い、モフィーは怒ったように頬を膨らませて反対した。以前の森での事もあり、モフィーはシャティアにやたらと眠たがり屋な印象を持たれている。本人はその自覚は無い為、よく否定していた。

「でも結局魔女も見つからなくて、騎士さん達も帰ってっちゃったねー。やっぱり嘘だったのかな？　魔女が出たってての」

モフィーはお菓子のクッキーを口にしながらそう疑問を口にした。シャティアも無理矢理渡されたクッキーを嫌々齧《かじ》り、煩わしそうに口を動かした。

結局、騎士達はあの後も魔女の捜索を行ったが一向にその痕跡らしき物は見つけられなかった。何故か記憶も途切れ途切れになっており、彼らは一度城へと戻る事となったのだ。噂されていた魔族達の姿も無く、まるで嵐が過ぎ去ってしまったかのように不穏な空気は消えてしまった。この事に村の人達は皆疑問を抱いた。

一体何が起きたのか？　その真実を知るのはシャティアだけ。そしてその彼女は窓に頭を寄せながらぼうっと生気の無い表情を浮かべていた。いつもの堂々とした態度は完全に薄れ、大人しい少女のような雰囲気である。そして彼女は後悔したようにポツリと言葉を零した。

「上手く行ったみたいだな……記憶操作……」

モフィーには聞こえないよう、小声でそう言ってシャティアは自身の手の中に小さな魔法陣を出現させた。魔法陣はまるで時計のように文字が小刻みに動いており、シャティアにだけその変化が分かる。

エメラルドとの戦いが終わった後、シャティアは真っ先に証拠隠滅に取りかかった。まず魔族達の事は心配要らないだろう。だが問題は騎士達の方である。そこでシャティアは記憶操作魔法を行った。本当はあまり得意な魔法ではなく、更に言うと人体に影響を与える危険性がある為、シャティアはあまり使いたくなかった。だが背に腹は変えられない為、あまり負荷を掛けない為に騎士達に少しだけ記憶を失ってもらう事にした。そして全ての証拠をうやむやにした後、シャティアは念の為モフィーにも記憶操作の魔法を掛け、村へと戻って来たのだ。

たった一日の間に禁断魔法を何度も行使してしまった。罪深いものだな、とシャティアは達観したように薄笑いを浮かべた。

それから数日後、シャティアはある目的の為に家庭教師の元へと向かった。今更魔法を教わるなんて事は無いが、彼女は別に知りたい事があったのだ。

「人の身体を作る魔法、かい？　それはまた随分と興味深い話だね。だけどどうしてそんな事を聞くんだい？」

シャティアの知りたい事を聞いて家庭教師は大層驚いた素振りを見せた。読み途中だった本を閉じ、机の上に置くと椅子に座って丁度シャティアと同じ目線になって会話をした。

「単純に興味があるだけだ。我は全ての魔法を知りたいからな」

「なるほど……だがその魔法は王宮魔術師でもそう簡単には知る事の出来ない神聖な魔法だ。シャティアちゃんが知る為には、少なくとも王都に行かないといけないいな」

顎に手を置きながら家庭教師は考え込むように髪を掻いてそう答えた。やはりそう簡単には知る事の出来ない魔法のようで、元王宮魔術師だった彼ですら知り得ない魔法らしい。そしてシャティアが知る為にはわざわざ王都にまで行かないといけないようだ。この村から王都までは大分離れている。中々困難な道のりだ。

「構わない。どうしても知りたいのだ」

「ほぅ……君がそこまで言う程か」

家庭教師はシャティアの迷い無い発言を聞いて何らかの理由があるのだと察した。だが彼自身もまた元王宮魔術師だったのに今は辺境の村の住人と言う過去がある為、敢えて詳しく聞こうとはしなかった。家庭教師は椅子から立ち上がった棚の方に向かうと何やら中を漁り始めた。大量の紙束がポイと投げ捨てられては次々と紙が舞い散った。

「……当然、王都に行った所ですぐにその魔法を知れるという訳では無い。君なら習得するのは可能かも知れないが、ただの一般人が特別な魔法を所持する事は禁じられている。ところでシャティアちゃん、君は何歳だっけ？」

「もうすぐ八歳になるが……それが？」

棚を漁りながら家庭教師はそう注意した。シャティアもそれは予想しており、何の反応もせずにただ黙って過程教師の後ろ姿を見つめていた。そして年齢を聞くという妙な質問をし、彼は無数の紙束の中から紋様が描かれた封筒を見つけ、それを大切そうに取り出した。

「シャティアちゃん、王都の魔法学園には興味あるかい？」

家庭教師は封筒を指で挟み、シャティアに見せるとそんな事を尋ねて来た。

結論から言うとシャティアが人体を生成する魔法を学ぶ為には王都の魔法学園に入学し、優秀な成績を収めて王宮魔術師達から認められる必要があるという事が判明した。何とも回りくどい方法であり、既に王宮魔法を習得しているシャティアからすれば学園での生活は酷く徒労な時間であった。だが、彼女はどうしても王都に行かなければならなかった。

いずれにせよシャティアの母親とも相談する必要がある為、家庭教師は手続き書や重要な書類が入っている封筒だけシャティアに手渡して「この話はまた今度」と言ってシャティアを家へと帰らせた。

家庭教師自身はシャティアの才能を認めている為、王都に行く事は大歓迎だった。だがやはり問題は母親であろう。あの心配性のシャティアの母が、王都行きを認めてくれるかどうかは怪しい。シャティアは家に帰った後、自室に戻ってベッドの上に寝転がった。

「魔法学園、か。難儀な物だな……人間社会の仕組みと言う物は」

天井を見上げながらシャティアは疲れたようにそう言葉を零す。

何をする為にもまずは周囲から認められ、必要な手続きを済まさなければならない。我が侭を通す事は出来ないのだ。そのせいで、自分が真っ先に知りたい事をすぐに調べる事が出来ない。シャティアはもどかしそうに腕を上げて拳を握り締めた。

「だが、尻込みしている訳には行かないな。約束してしまったんだ……平和な世界を見せてやるって」

シャティアは目を瞑ってエメラルドの事を思い浮かべながらそう呟いた。

約束したのだ。次目覚めた時は、平和な世界になっていると。だからシャティアはその準備をしなければならない。大切な娘にもう一度幸せな人生を送ってもらう為に、どうしてもしなければいけない事がある。

シャティアはおもむろに懐からある物を取り出した。それは可愛らしい少女の姿をした人形だった。金髪の髪に、美しい青色の瞳をした少女、その姿はエメラルドに似ていた。

「なぁ、エメラルド」

シャティアは人形を見つめてそう語り掛けた。

あの時、エメラルドの魂が消滅する時、シャティアはギリギリの所でエメラルドを再び別の物へと憑依させた。応急処置であり、なおかつ魂を定着させる為だけの魔法行使だった為、この小さな人形に憑依してもエメラルドが再び蘇る事は無かった。だが、魂だけは無傷でこの中に残されているのだ。だからシャティアはエメラルドに元の姿に戻って元気に生きてもらう為に、人体生成の魔法を知る必要がある。

彼女の新たな戦いが始まろうとしている。今度は人間達の中心都市、王都で。

存外シャティアの王都行きの件については母親の説得は簡単に進んだ。家庭教師も同行するという事になり、それなら安心だと彼に任せたのだ。だが問題は幼馴染みのモフィーだった。シャティアがしばらくの間村から離れてしまうと知ると、シャティアに抱きついて泣き叫び始めたのだ。

「嫌だ嫌だ嫌だ～、シャティアと離れたくない～！」

「……モフィー、頼むから離れてくれ。お前の涙と鼻水のせいで服がベタベタだ」

じたばたと暴れながら泣き叫ぶモフィーにシャティアは困ったようにため息を吐き、彼女の頭を撫でながらそう言った。

予想していた事ではあったが、流石にこれはシャティアもお手上げの状態だった。別に黙って行ってしまえば良い事なのだが、何分良心という物が存在しているシャティアにはそん

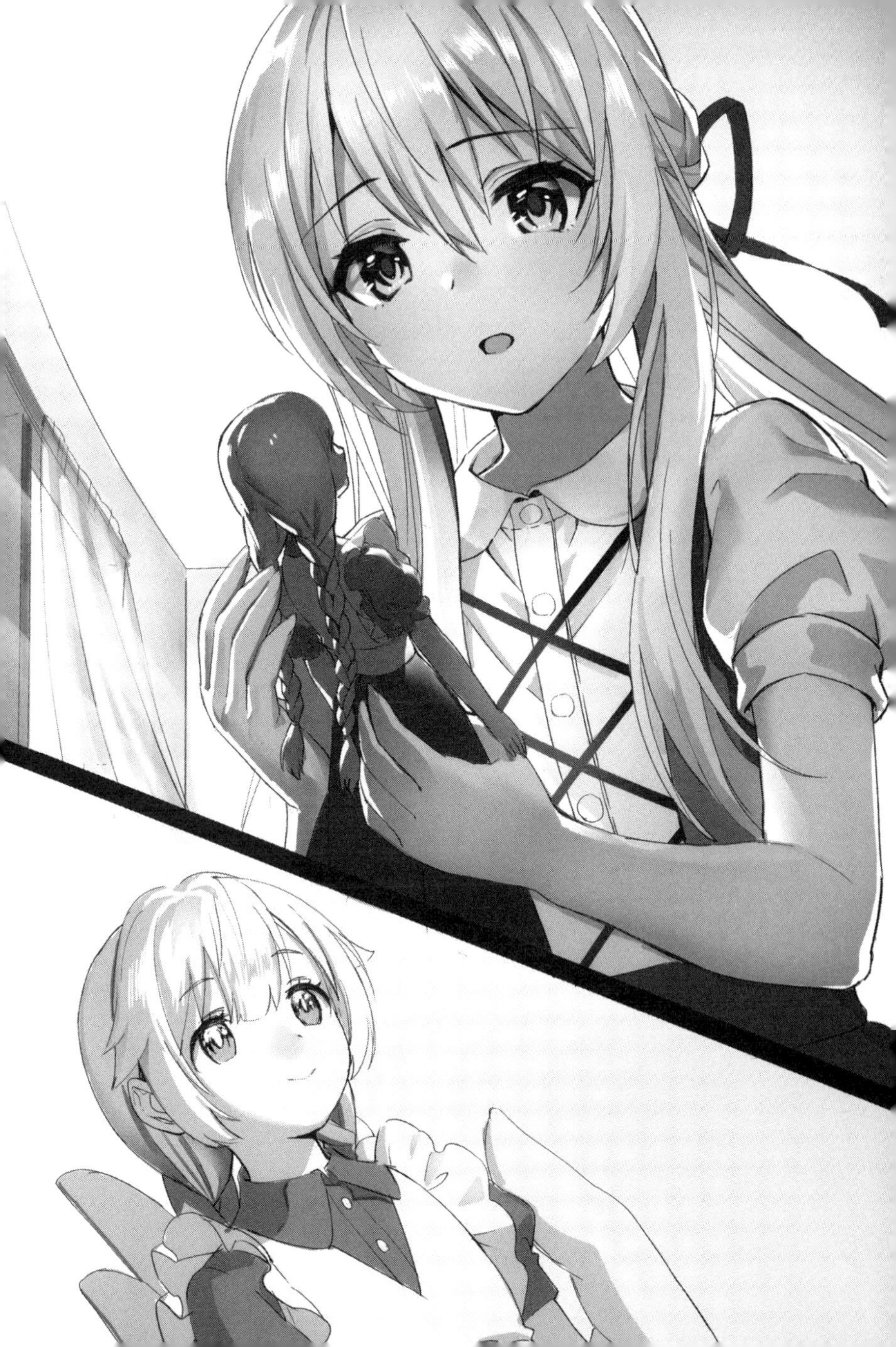

な裏切りの行為は心苦しい物であった。故にシャティアはどうしてもモフィーを悲しませずに村を出て行ける方法を模索しているのだ。

「何もずっと村に居ない訳じゃない。ほんの六、七年程王都で暮らすだけさ。用が済んだら戻って来るよ」

「六、七年もじゃん〜！　そんなに待ったらロヴおじさんも死んじゃうよー‼」

シャティアはそう言ってモフィーを説得するが、彼女はポカポカとシャティアの胸を叩いて反論した。その言葉を聞いてシャティアは人間にとっては七年は長い年月なのか、と思い出した。何分千年以上を生きる魔女だった為に時間の流れには疎い部分がある。七年も経てば子供のモフィーもお姉さんになる年月だ。そう考えると何とも複雑な気分になった。だがシャティアは王都行きを中断する訳には行かなかった。エメラルドを復活させる為にもどうしても人体生成魔法を習得しなければならないのだ。その思いはもう幼馴染みのモフィーですら止める事は出来ない。

「ふむ……やれやれ、困った物だな」

この調子では家に居座って眠る時も離さない勢いである。シャティアは疲れたように肩を落とした。

乱暴を振るう訳には行かない。何とかしてモフィーが納得する理由を用意するしかないのだろう。シャティアは考えるように顎に手を置き、ぴんと閃《ひらめ》いたように目を見開いた。

「ではこうしよう。我が王都に行っている間、モフィーには宿題を出しておく」

「宿題……？」

泣いているモフィーにシャティアがそう言うとモフィーはぴくんと耳を動かして顔を上げた。泣きじゃくった酷い顔がそこにはある。シャティアは彼女の頬に垂れている涙を拭いながら言葉を続けた。

「よく家に遊びに来た時に教えてやっただろう？　魔法だよ。モフィーには我の魔法を特別に教えてやろう」

シャティアが指をちょんと動かすとモフィーのぐしゃぐしゃになっていた顔が途端に綺麗になった。着ている服もくっ付いていた涙と鼻水が消えて新品のようになっている。モフィーは目をぱちくりとさせてシャティアを見た。彼女はニコリと微笑んでシャティアの頭を撫でた。

シャティアの魔法。それはすなわち【叡智の魔女】と呼ばれた伝説の人物の魔法である。天地を裂く程の威力を持つ強大な魔法。それを知る事は他の六人の魔女ですら難しく、完璧に習得出来た者は少ない。当然モフィーにはその事は理解出来なかったが、シャティア自身は自分に出来る精一杯の贈り物のつもりだった。

シャティアは本棚からある本を取り出した。黒く分厚い本で表紙には白い線で文字のような物が彫られていた。それを手に取ってモフィーに見せるとシャティアは説明を始めた。

「これは我が作った魔法書だ。特殊な魔法が掛けられていてモフィーにしか読めない。これを読んでしっかりと勉強すれば、モフィーは立派な魔術師になれる」

「え……本当⁉　私魔法を使えるようになれるの⁉」

魔術師になれるという言葉を聞いてモフィーは途端に目をキラキラと輝かせてその本を凝視した。

幼馴染みのシャティアが魔法を使えるという事もあって当然モフィーも魔法を使いたいと思っており、前々からシャティアに教えてもらったりもしていた。だがシャティアが面倒くさがったりする所もあった為、あまり進展は無かった。それ故にモフィーからしてみれば魔法書というのは自身が最も欲しい物だったのだ。

「ああ。ただし七年間しっかりと勉強しなきゃ無理だがな……やれるか？」

「もちろん！　私頑張る！　頑張ってシャティアと同じくらい魔法使えるようになる‼」

シャティアがもったいぶるように本を掲げながらそう尋ねるとモフィーは間髪入れずに返事をした。いつの間にか立ち上がって先程の泣きっぷりはどこへ言ってしまったのか、輝く様な笑顔を浮かべている。シャティアはそんな彼女を見て思わずクスリと笑った。

「では約束だ。我が王都から戻って来るまでに、モフィーはたくさんの魔法を使えるようになっておくんだぞ？」

「うん、分かった！　シャティアが居ないのは寂しいけど……私、シャティアがびっくりするくらい魔法使えるようになって待ってる!!」

「ククク……それは楽しみだ」

二人はそう言って指切りをして固く約束を結んだ。

シャティアからすれば自分と同じくらい魔法が使えるようになる為には天候を操る魔法も習得しなければならないがな、とモフィーの事を小馬鹿にするように考えていたが、ひょっとしたら化けるかも知れない為、何も言わない事にしておいた。


こうしてモフィーの説得は成功し、シャティアは家庭教師と共に王都へ行く為の準備を進めた。

何でも家庭教師は元王宮魔術師なだけあって色々と顔が利くらしく、既に魔法学園に手続きを進めていた。後はシャティアが学園に行って必要な試験を受けるだけ。無論シャティアの実力ならそんな試験程度造作も無い事であった。

持って行く本などを整理している間、シャティアの部屋で手続き書の準備をしていた家庭教師を見てつい気になり、シャティアはある事を尋ねた。

「ところで……先生は王都に行っても大丈夫なのか？　昔色々あったのだろう？」

シャティアの質問を聞いて家庭教師は動かしていた筆をピタリと止めた。癖なのか眼鏡を掛け直すような仕草を取り、どこか気怠そうな顔をして口を開く。

「ああ、まぁ……大分年月も経ってるしね。そこまで気にする事じゃないよ。多分……僕が目立たなければ問題は無いと思う」

「…………」

その言葉は何とも信用性の無い震えた声であった。実際眼鏡の奥で家庭教師の目も泳いでおり、いつもの聡明そうな雰囲気をした顔つきが不安に染まっていた。シャティアはその分かり易過ぎる態度をジト目で見つめた。何なら魔法で聞き出す事も出来るが、敢えてここは子供の特権を使って気になるような仕草をする。すると沈黙に堪え兼ねたのか家庭教師は参ったと言って足を崩して語り出した。

「分かった、分かった。教えるよ……と、言っても子供のシャティアちゃんにはちょっと分からないかも知れないし、面白くも何とも無い退屈な話なんだけどね」

「構わない。我はそう言うのは大好物だ」

家庭教師は指を立てて注意するようにそう言ったが、長い年月を生きていたシャティアからすれば暇つぶしにそういう類いのくだらない話を聞くのは大好物であり、むしろ有り難い物であった。シャティアは興味津々な顔をしてベッドの上に座り込む。そして家庭教師はポツリポツリと自身の過去を告げた。

「知っての通り僕は昔王宮魔術師として王都で暮らしていた……これでも当時は【鬼才の魔術師】って呼ばれててね。まあまあ有名だったんだ」

家庭教師は別に自慢する訳でも無く、むしろ恥ずかしそうにかつての自身の二つ名を述べた。

そもそも王宮魔術師は数人の選ばれた者しかなれない為、それだけで彼が優れた魔術師であると分かる。それに家庭教師の実力の事はシャティアも薄々と感じていた。家庭教師の王宮魔法を見せてもらった時、シャティアはその魔法よりも効率良く詠唱する家庭教師の方に目が行っていた。同じ魔法でも魔力量の限界値によってその威力は大きく変わり、術式の構築や詠唱の仕方でも変化する。少なくとも家庭教師はシャティアが感心する程の技術力を持っていた。それならば鬼才と呼ばれてもおかしくはないとシャティアは顔を頷かせて納得する。

「とても順調に歩んでたよ。友人も出来たし、僕の研究に投資してくれる貴族も居た。本当に何一つ不自由の無い人生だった」

語られる内容は家庭教師の思い出。それも幸せそうな日々だった。念願の王宮魔術師になり、自身の好きな事が出来るのはまさしく幸せと言っても過言ではないだろう。だが何故か家庭教師の顔は優れない。幸せな内容を語っているはずなのにその表情は正反対だった。

「ただ、一つだけミスをしてしまった。僕は国一番の厄介な女性に惚《ほ》れられてしまったんだ」

家庭教師から重々しく告げられた言葉にシャティアはキョトンとした表情をした。いまいちその言葉が何を意味しているのか理解出来ず、ノロけ話だと思ってしまったのだ。だが家庭教師の表情を伺う限りどうやらそうではないらしい。

「……惚れられて、しまった？」

「うん……自慢とか何でもなくてね。本当に、僕は大変な人と付き合ってしまったんだ」

シャティアが確認を込めて尋ねると家庭教師は顔を伏して答えた。

シャティアは大変な人なんて言葉初めて聞いたと呑気な事を考えているが、家庭教師は相変わらず重たい雰囲気を纏ったまま話を続ける。

「彼女はある有力貴族の娘で結構な地位と権力を持ってた。だから僕もその気になっちゃってね。当時恋人も居なかったから言い寄られて付き合う事になったんだ」

だけど、と手を上げて家庭教師は一旦話を区切る。相当辛い過去があるのか、非常に言いにくそうに口を引き攣らせていた。だが溜まっていた物を吐き出すように彼は大きくため息を吐き、ようやく続きを語り始めた。

「だけど……彼女はかなり過激な性格をしていた。自分の欲しいと思った物は何が何でも手に入れたいって言う欲求を持ってたんだ。その結果、僕は監禁に近い生活を強いられた」

簡単に恐ろしい言葉が転がって来た為、シャティアはどう反応すれば良いか分からなかった。好きな人と一緒に居るだけのはずなのに何故監禁なんて言葉が出てくるのか？ 人間の心を未だに完全に理解出来ないシャティアはただ驚くしか出来なかった。

「当然、僕は彼女と別れる事にしたよ。だけど彼女はそれを許さず、権力を使って僕に言われの無い罪を着せた。そのせいで王都を追われ、僕はこの村に隠れる事になったんだ」

懐かしいなぁ、と結構重い話をしたのにもかかわらず軽く言う家庭教師にシャティアは呆れ、何も言えなかった。意味の分からない恋愛感情によって王宮魔術師の地位を奪われ、辺境の村まで追いやられるなんて。もしも自分がそんな目に合えば正気を保てないだろうとシャティアは身震いした。

「それなのに王都に戻っても良いのか？　濡れ衣でも罪人扱いなのだろう？」

「正式にじゃないよ。それに関係者は皆その令嬢がどういう性格か知ってる……だけどなまじ権力があるから、見て見ぬ振りしか出来ないんだ」

「……つまり野放し状態という訳か。面倒な事だな」

罪を着せられてると聞いてシャティアは王都に行っても大丈夫なのかと尋ねたが、家庭教師は首を振って問題無いと答えた。

どうやらその令嬢の事は王都の殆どの人達が知っているらしく、彼女が何か騒いだ所でそれは彼女の身勝手な押しつけなのだと理解していた。だが彼女の父親が地位の高い貴族の為、人々は反論出来ずに居るようだ。

要は家庭教師は周りからは無実だと知られているが、令嬢のせいで表立った生活が出来ないという訳だ。だからこそ今回はその令嬢に見つからない様に、裏方に回ってシャティアのサポートをするつもりなのだろう。

「まぁシャティアちゃんには迷惑掛けないよ。僕はあくまで仲介人だからね。シャティアちゃんを王都まで連れて行き、学園に入れるのが僕の役目だ」

既に王都に思い残しは無いのか、後ろめたさを感じさせずに家庭教師はそう言った。その真っ直ぐな瞳を見てシャティアも顔を頷かせる。

「ああそうだな、我の目的の為にもくれぐれも頼むぞ。先生」

「フフ、その先生って呼ばれるのも、もしかしたら後少しかも知れないね」

ふとシャティアの言葉を聞いて家庭教師はどこか寂しげにそう言った。

彼からすれば学園を卒業して自身と同じ様に王宮魔術師になってしまえばもう先生と生徒と言う関係は本当に無くなってしまうのだ。実際既にシャティアは王宮魔法を完璧に習得しており、家庭教師は完全にシャティアに追い抜かれている。だがシャティアの意向で今も先生と生徒と言う関係を続けているのだ。それが後数年も経てば終わってしまうと思うと、家庭教師は何とも言えない寂しさを覚えた。

第三章　王都魔法学園

賢者ヴェザールは自身が羽織うローブを揺らしながら風の強い崖を歩いていた。ほんの数センチしかない崖の切れ目に沿いながら真っ直ぐに歩き、彼は前へ前へと進んで行く。その瞳には迷いは無く、恐怖する事も無く強い意志で突き進んでいた。すると突風が巻き起こった。ヴェザールは僅かに身体を揺らして崖にしがみつく。そして天を見上げると、その雲で覆われた空を見て目を見開いた。

「また……歴史が一つ動いたか」

何かを悟るように目を細めてヴェザールはそう呟く。彼は今確かに感じ取ったのだ。大きな力が揺れ動く瞬間を。それは何かの誕生か、それとも消滅か、どちらにせよ大きな出来事には変わりない。大きな事象は世界に影響を与える。果たして今回の出来事はどのような異変な世界に齎《もたら》すのか？　ヴェザールは不安そうな顔つきで自身の髭を触った。

「やはり世界は揺れ動いておる。魔女が死んでから人間達は領土を拡大し、魔族達も活発に動き始めた……このままでは、世界が滅びてしまうぞ」

不安そうに、本当に恐れるようにヴェザールはそう言う。髭を触っている自身の腕は震えており、本人ですらそれに気付いていなかった。賢者は大きな事象を感じる能力を持っており、元々この現象は昔からあった。昔は年に数回程しかこのような現象は無かったのだが、ここ最近は一ヶ月に数回の感覚で行われている。あまりにも異変が多すぎるのだ。

「バランスが崩れた事によって、人々は争いの中に飲み込まれておる……彼らは気付いていないのじゃ。自分達が破滅の道を進んでいる事を」

人は何かに夢中になっている時、自身がどのような事をしているか全く理解して居ない。綱渡りで神経を集中させて突き進んだ後、途中で突然正気に醒める様なそんな感覚。それが争いによって行われてしまっているのだ。彼らは気付けない。他人を傷つければ傷つける程自身も傷を負う事を。他人に剣を突き立てた時、自身の身体にも剣が突き刺さっている事を気付けない。そしてようやく理解した時はもう手遅れになっているのだ。

「いずれ竜が目覚める……その時までに、間に合えば良いが」

ヴェザールは気がかりの事を呟いてもう一度天を見上げた。相変わらず雲で覆われ、光は差さない。もう少しで雨も降って来そうだ。急がなくてはならない。ヴェザールはフードを深く被り、また歩き出した。

予言にあった魔女の復活、そして運命によって定められている竜の覚醒……どちらも決して無視出来ない事象である。故に賢者ヴェザールは進み続ける。世界を救う為に。

「シャティアちゃん、王都が見えて来たよ」

手綱を握りながら馬車を操縦し、家庭教師は見えて来た王都を指差して車内に居るシャティアにそう教えた。するとシャティアは気怠そうな顔をしながら自身の結わいている髪を顔の前に垂らし、疲れ切った表情をして顔を起こした。その姿は明らかにいつものシャティアらしくない。実はシャティアは村から出た後、途中の街で借りた馬車に乗った途端体調を崩してしまったのだ。どうやら馬車の揺れにやられてしまったようで、今の彼女は時折口を手で塞いで顔を俯かせたりと散々な有様だった。

シャティアは自身の重たい頭を動かして窓から王都を見た。巨大な街。地平線まで続くその巨大な都市は壁によって囲まれており、その大陸に君臨している。中央には城らしき物が見え、恐らくそれが人間達の王が住む城なのだろうと推測される。実に壮観だ、とシャティアは感想を零した。

「すっかり忘れていたな……我が乗り物が苦手だという事を」

シャティアは顔に掛かった髪を退かしながらそう悔やむように言った。実はシャティアは乗り物が苦手なのである。何分魔女だった頃はそこまで乗り物に乗るような機会は無かった為、すっかり忘れてしまっていたのだ。

「アハハ、まぁ仕方ないよ。二日間も馬車に揺らされてれば、そりゃ体調も悪くなるさ」

家庭教師は手綱を手にしながら水の入った袋を取り出し、それをシャティアに手渡した。

シャティアはそれを受け取って有り難く思いながら口に水を含んだ。

馬車はゆっくりと丘を下がり、壁に近づくと一つの門に向かって行った。そこだけは造りが砦《とりで》のようになっており、壁の上では門番が立っていた。家庭教師は声が届くまでの距離に近づくと、立ち上がって門番に話し掛けた。するとすぐに門番は門を開いてくれた。親しそうな会話をしていたから、もしかしたら知り合いなのかも知れない、とシャティアは勝手に考えた。

門が開き、いよいよシャティアは王都へと足を踏み入れた。正確には馬車の中で寝転がっているのだが、入った事には変わりない。窓の外には活気そうな町並みが広がっており、時折元気な子供達が走り回っていた。誰もが明るい顔をしている。商人らしき人や旅人の恰好をした人が歩いていたりもしていた。シャティアはそれを観察したかったが、何分体調が優れない為、寝転がったまま景色を眺める事しか出来なかった。

やがて馬車がようやく止まり、シャティアと家庭教師は人気の無い街の奥に辿り着いた。その空間には巨大な屋敷が建っており、シャティアはそれを見上げてほぅと息を零した。

「さて着いたよ。ここが僕の別荘だ。いやぁ久しぶりだな～」

「……随分と大きいな」

「まぁ当時はお金が一杯あったからね。でも使用人とか居ないし、埃っぽいだろうけど我慢してね」

家庭教師は腕を伸ばしながら懐かしそうにそう言った。シャティアからすれば夢中になって読書をすると平気で一週間くらい掃除などをしなくなってしまう為、むしろそのような空間は慣れていて落ち着いた。

試験を受けるまでの間シャティアが世話になる屋敷、今夜はここで寝て明日試験を受ける予定であった。村でずっと過ごしていた為、シャティアは巨大な屋敷を見て少しだけ緊張感を覚えた。

屋敷の中に入ると二階に続く螺旋《らせん》階段があった。所々に騎士の甲冑《かっちゅう》やよく分からない装飾品が飾られており、壁には絵画が掛けられていた。シャティアはそれらを見て改めて王宮魔術師というのがどれだけ凄い物なのかを実感した。ただし意味の無い装飾品を飾る事だけは理解出来なかったが。

「試験は明日。僕は途中までしか付いていけないけど、大丈夫かい？」

部屋を回っていると、持って来た荷物を机に広げて整理している家庭教師がそう声を掛けた。

「ああ、問題無い。さっき貰った地図で王都の構造は大体把握した」

その事は既に聞かされていた為、シャティアは頭をトントンと指で叩いて返事をした。既に彼女の頭の中には馬車の中で見た王都の地図が記憶されており、一人での行動も何ら問題無い状態になっていた。故に彼女は何の不安も抱かない。

「この屋敷は好きに使っていいからね。あ、そうだ。何ならこの後街でも見て来たらどうだい？」

「ふむ……確かに人間の街を観察するには絶好の機会だな」

家庭教師の提案を聞いて、顎に手を置いてシャティアは小さく呟いた。元々彼女の目的は全ての魔法を知る事だが、だからと言って人間の生活に全く興味が無い訳ではない。街の暮らしを観察する事で得る事が出来る物もあるし、何かの拍子で魔法を知る事が出来るかも知れない。いずれにせよこの機会を逃す訳には行かないとシャティアは判断した。

たとえ何かに遭った所でシャティアなら簡単に解決出来る。その信頼があったからこそ家庭教師も安心してシャティアを一人で街に送り出した。シャティアも全く不安は無く、頭に記憶した地図を頼りに街を探索した。まずは明日行く予定の魔法学園の下見をする事にした。柵に覆われたその空間には城のように大きい学園が建っており、天辺には巨大な魔法陣の時計が魔素の粒子を漏らしながら針を動かしていた。

「随分と派手な魔法だな。一体誰が詠唱しているんだ？　まさか永続魔法？　なら魔力供給はどうやって……」

その魔法の時計を見てシャティアは一人思考に耽る。初めて見る魔法なだけに興奮してしまい、彼女はすぐに自分の世界へと浸ってしまった。だが横の方から子供の声が聞こえる。シャティアは一旦思考を停止し、そちらに意識を向けた。そこには小さくてか弱そうな女の子を囲む男の子達の姿があった。制服を着ている事から魔法学園の生徒だと推測される。そして背格好から大体同い年くらいだろうかとシャティアは考え、さてどうしたものかと頭を悩ませた。

「リィカは本当に情けない奴だな～」

「何でお前ってそんな落ちこぼれなのに学園に入れたんだ？」

男の子達は何やら小馬鹿にするように笑みを浮かべながらリィカと呼ばれる少女を囲んでいた。

クリーム色の柔らかそうな少し癖っけのある髪を肩まで伸ばし、翠色《みどりいろ》の瞳をした大人しそうな少女。全体的に細身で、握ってしまえば折れてしまいそうな白くて細い手足をしていた。

「う、うぅ……」

「なんか言ってみろよ。何なら僕が教えてあげようか？　魔法のやり方を」

リィカという少女は反論も出来ずに手でもう片方の腕を掴み自身を守るようにして黙りこくっていた。男の子達はケラケラと笑い、一人が一歩前に出るとそんな事を言い出した。腕を振り上げて手を開くとそこから炎の球が現れる。とても小さい球だが、もちろん燃えている為に危険である事には変わりない。男の子はそれをゆっくりとリィカに近づけて行った。

彼女は怯えた様に肩を震わせ、固まったようにその場から動かない。

仕方なくシャティアはその虐めの現場に乱入する事にした。明日は試験がある為出来るだけ問題が起こりそうな事は避けたいのだが、だからと言ってこんな現場を見逃す事は出来ない。良心に従ってシャティアは彼らに歩み寄り、男の子の持っている炎に手を伸ばすとそれをそのまま握り潰した。

「全然成ってないな。術式の構築が甘過ぎる。詠唱も省いたせいで魔力が不安定だ。こんな危険な物は人に近づける物じゃないぞ？」

「……えッ⁉」

男の子達は二つの意味で驚愕した。一つは突然シャティアが現れた事、そしてもう一つは炎の球が握り潰された事であった。水魔法で消すとか、同じ様な炎の魔法で相殺するとかでも無く、シャティアは何て事も無いように炎を手で握り潰してしまった。シャティアからすれば単純に圧倒的な魔力差で魔力を打ち消しただけなのだが、その事を知らない男の子達からすれば異様な手段を取ったと捉えられ、警戒するようにシャティアから離れた。

「だ、誰だお前は⁉　リィカの友達か……⁉」

かろうじて男の子は大きな声を上げてシャティアにそう問うた。警戒しているようで、相変わらずシャティアからは距離を取ったまま。シャティアは別に気にする事も無く、リィカの前に立つとはて、と首を傾げた。

「いいや、単なる通りすがりだ。虐めの現場を見てしまったからちょっと口を出させてもらっただけだ」

「い、虐めてなんかねーよ！　リィカに魔法を教えてやっただけだ！」

「ほぅ……」

男の子の反論に対してシャティアはまた反対方向に首を傾げて言葉を返した。その瞳はどこか冷たく、シャティアからすれば珍しくどこか男の子を蔑むような視線を送っていた。

「お前達にとってはアレが魔法を教える、という物なのか？　不安定な魔法を近距離で見せ付け、何かの拍子で魔力が暴発すれば女の子の顔に一生残る傷が出来る……そんな物を教育と言うのか？」

シャティアは鋭い口調で男の子達にそう言い放った。明らかにいつものシャティアらしくなく、その声には怒気が混じっていた。男の子達は反論出来ずに悔しそうに歯ぎしりし、拳を握り締める。

今回シャティアが怒っているのは男の子がなりふり考えずに魔法を行使した事にあった。本来魔法は特別な力であり、しっかりとした技術が無ければ使用出来ない危険な能力である。だからこそシャティアはモフィーに魔法を教える時もそこまで深く教えず、彼女には危険な目に遭って欲しくないと思っていたのだ。結局は魔法書を託す事となってしまったが。

もしも今回、男の子が間違えて出力を強くして炎を増加させた場合、リィカの顔には火傷が出来ていた事であろう。もしも魔力が暴発すれば、小規模ではあるが爆発が起こり、男の子達もただでは済まなかったはずだ。そんな危険性が在るのだ、魔法には。

「ぐっ……く、覚えてろよ……!!」

結局何も言い返す事は出来ずに男の子達は気まずくなってその場から退散した。捨て台詞も去る事ながら、中々に滑稽な人物であったとシャティアは小さくため息を吐いた。

「全く、謝罪くらいしたらどうだ。最近の若者は礼儀がなってないな……」

「……あ、あの」

自分も若者であるという事を忘れ、シャティアはそんな言葉を漏らした。出来れば床に頭を付けるなりして強制的に謝らせたかったが、そこまでしたら問題になるだろうと思ってシャティアは彼らを見逃した。そしてリィカの方に振り返ると、彼女はモジモジと指を弄りながらシャティアの事を見ていた。

「助けてくれて有り難う……えと……」

「シャティアだ。別に気にする事は無い。たまたま通りかかっただけだしな」

人見知りなのか、それとも元々そういう性格なのか、彼女は恥ずかしそうに顔を俯かせながらもお辞儀をしてシャティアにお礼を言った。シャティアも気にするなと言ってぽんと彼女の肩を叩く。僅かにリィカの肩が震えたが、それでももう一度お礼を言って安堵したような表情をした。

「あ、あの、シャティア、ちゃんも……学園の子？」

「いいや、まだ違う。リィカは学園の生徒のようだな。何故虐められていたんだ？」

リィカの質問にシャティアは一応の否定だけはし、逆に質問を返した。せっかく学園の生徒と会えたのだからどうせなら色々と情報収集がしたい。本人は気付いていないがシャティアの瞳はキラリと怪しく輝いていた。リィカはちょっとだけ怖がったように肩を竦ませた。

「私、その……あまり魔法が得意じゃなくて。それで皆と、仲良く出来ないの……」

言いづらそうに顔を俯かせながらリィカは少しずつ語った。何でもリィカは魔法学園に居るにもかかわらずあまり魔法が得意ではないらしく、クラスでも落ちこぼれで周りと馴染めないらしい。そして先程のように、虐めとも言えるお遊びをさせられていたようだ。魔法学園は一応試験を通して審査が行われる為、一応は最低限の魔法が使えるはずだが、それでもリィカが虐められるという事はよっぽど学園のレベルが高いか、リィカが合わないだけかのどちらかなのだろう。シャティアはここでも人間の社会はこういった集団性を重んじる傾向を嫌々と感じた。

「ハハハ、それは難儀な物だな。魔法学園で魔法が不得意とあっては、それは確かに忌み嫌われるだろうさ」

シャティアは笑いながらそう言ってのけた。

「うぅ……そんな直球に言わなくても……」

虐めは絶対に駄目だが、それでも仕方が無いと思える部分もある。魔女だってどれだけ人間と友好に接しようとしても結局は裏切られて死んだ。世の中には絶対に何ともならない壁と言うものがあるのだ。ただし、問題はそこから……その壁にどうやって対処するのかが重要なのだが。

　エメラルドは復讐でその壁を壊そうとした。それは最もシャティアが忌み嫌う方法である。だが完全に否定出来る訳ではない。エメラルドの気持ちも理解出来る部分がある。結局はどのような行動を取るかは人それぞれだ。リィカも今まさにその状態である。虐めを受けながらもそれに反発するか、それとも受け入れて新しい自分を模索するか。どのような手段を講じるかはリィカの意思である。少なくともシャティアはそう考えた。

「仕方が無いさ。世の中にはどうしようもない事がある。肝心なのはその後だ。人はただ自身のやりたい事を貫き通そうとするしかない。リィカはあるか？　やりたい事」

「……私の、やりたい事……」

　魔法学園に入学したのがリィカの意思かどうかは知らないが、それでも彼女はまだこの学園に残り続けている。ならばシャティアは彼女は何らかの目的があるのだと推測した。将来は王宮魔術師になりたいとか、賢者になりたいとか、そういう夢と言える目的があるはず。それを目指している限り人は腐らない。

　シャティアはそれ以上のアドバイスはしなかった。そもそも今日会ったばかりの人にゴチャゴチャと言われた所で気に食わないだけだろう。最低限の忠告だけ言い、後は本人の意思を尊重させる。それだけで良い、とシャティアは判断した。

「では、我はこれで。また近い内に会おう、リィカ」

「えっ……あ、うん……近い内に？」

シャティアは手を降りながらその場から立ち去った。リィカも手を振って見送ったが、シャティアの最後の言葉が気になって自身もその言葉を口にしながら首を傾げた。


編入生がやって来る。それは魔法学園の生徒には衝撃的なニュースであった。

魔法学園ではよっぽどの異例が無い限り編入が行われる事は無い。あったとしても貴族の子供や何らかの特例で特殊な子が来るとかそれくらいであった。故にクラスの子供達は一体どんな子がやって来るのかとてんやわんやの騒ぎであった。

教室の扉が開くと、担任の先生がやって来た。先生は生徒達に席に着くように言う。そしてぱん、と手を叩くと今日は編入生が来ますと告げた。途端に教室内がザワつき、先程まで話し合っていたどんな子が来るかという話題が広がった。

一度先生は咳払《せきばら》いをし、生徒達を静かにさせると合図をして編入生を呼んだ。扉が開かれ、そこから美しい銀色の長い髪をした可愛らしい少女が現れた。

「シャティアだ。宜しく頼む」

その少女は可憐に教壇の前に立ち、恥ずかしがる事なく堂々と言い放った。生徒達はシャティアの姿を見て妖精のような子が来た、と感想を抱いた。月のように輝く銀色の髪を腰まで伸ばし、整った容姿、澄み切った水のように綺麗な瞳、細身で白い肌。まるでガラス細工で出来た人形のような完璧な姿をしていた。

「げっ……」

シャティアの姿を見て一人の男の子が気まずそうな顔をして声を漏らした。シャティアもその男の子の存在に気が付き、ほぅと面白がるように目を細めた。男の子は先日リィカを虐めていたあの男の子であった。リィカも同じクラスにおり、彼女はシャティアだと気付くと驚いたように、そして同時に嬉しそうに目を見開いた。

「また会ったな。リィカ」

「シャティアちゃん……！」

先生の指示でシャティアの席はリィカの隣になった。リィカの隣に来るとシャティアはそう言って挨拶をし、ニコリと微笑んだ。リィカも知り合いのシャティアが隣の席になってくれたのが嬉しかったのか、同じ様に微笑み返した。だがその笑みは少しぎこちなく、どこか遠慮がちな部分が見られた。

「びっくりしたぁ。編入生ってシャティアちゃんの事だったんだ……」

「うむ。これから六年間宜しく頼むよ」

軽く握手をしてからシャティアは席に座った。それから基礎的な授業が始まり、休み時間になるとリィカに校舎を案内してもらう事になった。本当は既に校舎内の地図を記憶している為、案内されなくても問題は無かったのだが親交を深める為にシャティアはリィカに付き合った。

時折通り過ぎる生徒が編入生のシャティアの事が気になり、話し掛けて来る事があった。シャティアは無難に返事をしてやり過ごすが、その時にある事に気がついた。生徒達が皆リィカと目線を合わせないのだ。別に極端に無視している訳ではないが、やり辛そうな態度が目立つ。リィカも同じ様で、お互いに極力無干渉で居ようとする節があった。その状況にシャティアはふむと息を漏らして腕を組みながら頭を悩ませた。どうやら人間社会というのは自分が想像していたよりもよっぽど難しいようである。

「えっと、ここが食堂。何でもあるし凄く美味しいんだよ。後トイレがあっちにもあって……」

「リィカ。そっちは男子トイレだぞ」

「へっ!? わわわ！」

食堂の隅にあるトイレを指差してリィカはそう教えるが、彼女が進む先には男子トイレが。すぐにシャティアが指摘したから良いものの、教えるのが遅れていたら女子としては中々に恥ずかしい状況であった。更に驚いたリィカは慌てて下がった反動で転んでしまい、床に尻餅をついてしまった。痛そうな顔をしているリィカを見下ろしながらシャティアはほぉとむしろ感嘆したような息を漏らした。

「魔法が苦手な上に鈍臭いのか……中々な曲者だな。リィカ」

「うぅ……ごめんなさい」

馬鹿にする訳ではなく、面白がるようにそう言いながらシャティアは手を差し伸べた。それを見てリィカは少し戸惑ったような顔をしたが、謝った後にその手を取って起きあがった。ぽんぽんと制服を叩き、汚れを払う。すると背後から足音が聞こえて来た。それも複数。別に気にした様子も見せずに自然とシャティアが振り向くと、そこには数名の女子生徒が集まっていた。いずれも目つきが悪く、何だかニヤニヤと悪そうな笑みを浮かべている。

「相変わらずリィカはドジね。編入生にあまり恥ずかしい所を見せないで欲しいわ」

「……ッ」

一人の女の子が前に出てリィカに冷たくそう言い放った。腕を組み、片方の手を頬に当てながらやれやれと首を振った仕草を取る。リィカは怖がるように片手でもう片方の腕を掴み、縮こまるように後ろに下がった。シャティアは黙ってその様子を眺めている。

「ホントホントー、リィカは魔法もろくに使えないしおまけに運動も音痴。あんたに一体何が出来るの？」

「この前なんか何も無い所で今みたいに転んでたよね。その内階段からも転げ落ちちゃうんじゃないのー？」

他の女の子達もリィカを囲むように集まって口々にそう言い放った。明らかに馬鹿にしている言葉使いではあるが、直接的に虐めるようなやり方ではない。何ともむず痒いものだな、とシャティアは呑気に考えた。そしてチラリとリィカの表情を伺う。彼女は相変わらず顔を俯かせ、怯えた様に身体を震わせていた。完全に戦意を無くしてしまっている。彼女達を前にして自分の意思という物が折れてしまっているのだ。

「貴方も大変でしょう、シャティアさん？　こんな落ちこぼれの隣の席にされるなんて。何だったら私達が先生に席を変えてくれって言っておくけど」

ニヤニヤと笑みを浮かべながら女の子の一人がそう言ってシャティアに尋ねた。急に質問され、シャティアは正気に帰ってハッとした表情になる。また何とも奇妙な質問であった。シャティアからすればどうしてそれが席を変える理由になるのか分からないが、とりあえずここは何かしら答えておいた方が良いだろうと判断した。まず彼女達からすればこの質問は勧誘を意味しているのだろう、とシャティアは予測する。ここで彼女達に同調するような発言をすれば、自分達と同じ側と言う事になる。彼女達は残酷にもそう判断するのだ。そしてもしも断れば、リィカと同じ様な扱いをするかも知れない。シャティアは冷酷だな、と思いながら小さくため息を吐き、口を開いた。

「いや……遠慮しておこう。我はあの席が気に入っているんでね」

「あら？　そうなの。なら良いけど」

シャティアの返答を聞いて明らかに女の子は不機嫌そうな表情をした。けれどすぐにニコニコ顔に戻り、首を傾げてあらそうと返事をする。そして女の子達はもう用は無いと言わんばかりにその場から立ち去ろうとした。だが一人の女の子がシャティアの横を通り過ぎる際、女の子はシャティアの腰に紐で何かが付けられている事に気がついた。

「何これー？　わ、人形じゃん」

女の子は手を伸ばし、シャティアの腰に結われていた人形を手に取った。立ち去ろうとしていた女の子達は突然きゃぃきゃぃと騒ぎ始めて集まり直し、面白おかしそうにその人間を見つめた。

「えー、シャティアちゃんってまだお人形遊びしてるのー？」

「変な人形。何かこわーい」

シャティアの銀色の髪が揺れ、前髪で顔が隠れる。彼女の表情を伺えない。女の子達はこぞとばかりに一斉に喋り始めた。やれ人形が変だとか、趣味が悪いとか、もっと可愛いのが良いだとか、好き勝手に喋り続けた。そして乱暴に人形を扱い、時には髪を引っ張ったりなどその勢いは壊してしまうのではないかと不安になる程だった。

「私達がもっと可愛くしてあげるよ。あ、それともこんなの捨てて私のお古の人形あげよっかぁ？」

女の子はシャティアの肩に手を置きながら小馬鹿にするようにそう言った。だが、直後にその女の子は凍り付いた。同時に周りの女の子達も動きを止め、隣に居たリィカですらその場で硬直してしまった。

シャティアは静かに、前髪で表情を隠しながら、そっと口を開いた。

「返せ……それは大切な形見だ」

シャティアは至って冷静であったが、その声は酷く低かった。怒っているとかでは表現出来ない程、まるで死人が絞り出したかの様なドス黒い声であった。女の子達はまるで何かに縛り付けられるような感覚になり、声を出せずにいた。かろうじて人形を持っていた女の子が涙目になりながらはいと返事をし、震える手で人形をシャティアに返した。

「ふむ……ああ、いや、すまんな。これは友人から貰った物なんだ。傷つけたりすると怒られる。空気を悪くしてすまなかった」

「あ、ああ……そうなの……いや、私達の方こそ……その、ごめんなさい」

人形を受け取り、シャティアは傷ついていない事を確認するとそう言ってニコリと笑顔を見せた。だがもうその笑顔を見ても誰も笑い返す事が出来なかった。女の子達はそう言うと逃げるようにその場から立ち去り、今度こそシャティア達の前から姿を消した。人形を大切そうに懐にしまった後、シャティアは小さく息を吐いて気まずそうに喉を鳴らした。

「シャティアちゃん……何か凄く怖かった」

「すまんな。我もあそこまで低い声が出るとは思わなかった。クク、我もまだまだ未熟という事だな」

リィカの言葉を聞いてシャティアは冷静さを失った自分を呪った。ただでさえ目立つような行為は避けなくてはならないのに、編入初日にしてあんな事をすれば噂が広がるに決まっている。もっと第三者の視点で物事を見れらるようにならなくては、とシャティアは自身の頭を軽く小突いた。

「でも、そのお人形凄く大切にしてるんだね……お友達の形見、なの？」

「ああ……大切な友人の、大切な宝物なんだ。本当は木箱なりに入れておくべきなんだろうが、我は掃除が苦手でな。なくしてしまうのではないかと不安なんだ」

リィカの質問にシャティアはあまり詳しくは答えず、適当な理由を付けて常に持っている大切な物という認識をさせた。間違ってもこの人形に魔女の魂が込められているなどと言える訳も無く、出来るだけ忘れてもらうように誘導する。最悪の場合は記憶操作の事もシャティアは考慮していた。

「だがやはりリィカは虐められるようだな。いつもあんななのか？」

「う、うん……まぁ……今回はシャティアちゃんが側に居たからそこまで酷くなかったけど……大体いつもあんな感じ」

「ふむ……なるほど、そうか」

話題を変えてリィカの虐めの事について質問し、彼女は言い辛そうな顔をしながらも素直に答えた。それを聞いてシャティアは少し考えるように顎に手を置いた。

「よし……たまには人に教えるのも一興だろう。リィカ、お前に魔法の神秘を教えてやる」

「……え？」

ニヤリと笑みを浮かべてシャティアはそう言った。その言葉の意味が理解出来ず、リィカは首を傾げて困ったような顔をする。魔女は気まぐれで少女を育てる事にした。かつては六人の魔女に魔法を教えた伝説の魔女は、再びその指揮棒を手に取る。

「リィカ、私達用事があるから掃除一人でしてね」

「ちゃんと綺麗にしてよー。汚したままだったら許さないんだから」

放課後の教室でリィカは女子生徒達にそう言われ掃除を押し付けられていた。本来なら決められた班がやるべき事なのだが、女子生徒達は私情を優先してリィカに全てを押し付けた。当然気弱な彼女が断れる訳も無く、箒を強く握り締めたまま力無く頷いた。

「…………」

リィカは泣かない。悲しい訳ではない。むしろ仕方の無い事だと割り切っていた。彼女は窓から差し込む太陽の光を眩しく思いながら箒をせっせと動かした。

魔法学園で魔法が苦手な子は虐められる。それはある意味必然な事であり、優秀な生徒からすればリィカのような子が学園に居るのは目障りであった。魔法学園は優秀な生徒は卒業後そのまま王宮魔術師への道が用意されている。生徒の多くはそれを目指して日々勉強しているのだ。そんな中でリィカのような落ちこぼれが混ざっていると、どうしてもうっとうしいと感じてしまう事があるのだ。その事をリィカは分かっており、自身の力の無さを悔やんだ。依然泣かないまま彼女はきゅっと唇を噛み締める。

掃除を終えた後、リィカは下校せずある空き部屋へと向かった。普段そこは物置室として使われており、滅多に人は寄らない。リィカは誰にも見られていない事を確認してから小さくノックし、その部屋へと入った。

「ん、来たか。では今日の授業を始めるぞ」

そこで待っていたのは銀髪の少女シャティアであった。箱の上で優雅に座りながら本を読んでいたらしく、リィカが来た事に気がつくとニコリと微笑んで本を閉じた。

「遅れてご免ね、シャティアちゃん。掃除が長引いちゃって」

「どうせまた押しつけられたんだろう？　ほったらかせば良いものを……リィカは本当にお人好しな性格をしているな」

リィカは遅れた理由を掃除だと言って謝罪するが、シャティアは見抜いていた。呆れたようにため息を吐き、ジト目でリィカの事を見る。リィカは恥ずかしそうに顔を俯かせ、最後にもう一度だけごめんねと呟いた。

「まぁ良い。さっさと始めるか……今日は火魔法の応用編だったな」

シャティアは話を打ち切ると箱の上から飛び降り、リィカと目線を合わせながら授業を始めた。

リィカの秘密。それは先週からシャティアに魔法の勉強を教えてもらっている事であった。シャティアが編入したあの日、彼女は唐突にリィカに魔法を教えてやると宣言したのだ。最初はリィカも色々と戸惑ったのだが、シャティアの教えはとても分かり易く、見た事も無い魔法を見せてくれたりする為、今ではこうして放課後に空き教室を使って教わる程になっていた。

「リィカは魔法が苦手なんじゃない。魔法を知らないだけだ。火を知らぬ者が薪と火打石を渡されても使い方が分からないだろう？　それと同じだ」

シャティアはリィカが全然魔法の事が分からなくとも付きっきりで優しく教えてくれた。ある時は実践して見せたり、ある時は分かり易いように絵で書いて見せたりとあらゆる方法で伝えてくれた。その度にリィカは申し訳ない気持ちになったが、それ以上に嬉しさがあった。

リィカにとってシャティアは初めての友達だった。同時に先生でもあり、唯一自分に優しくしてくれる存在だった。だからこそ、シャティアに認めてもらう為にもリィカは必死に魔法の勉強を頑張った。

「では今日は実践でやってみるか。昨日教えた通り火魔法を使ってみろ」

「わ、分かった……」

指示を聞いてリィカは早速腕を前に出し、手の平に魔力を込める。火魔法は初歩的な魔法で扱い易く、更に汎用性の高い魔法の為、魔術師ならば誰もが覚えている魔法である。更に言うと火魔法が使いこなせて初めて一人前として認められる傾向がある為、一年生の生徒は特にこの魔法を極めようとする。

リィカは目を瞑って強く火を想像した。そのビジョンが体内の魔素と結びつき、魔力に変換されて火魔法として発動される。まだ変化は無い。だがリィカは耐えて必死に魔力を込め続けた。そしてバチリ、と指先から火花のような物が散った。

「……ッ！」

リィカはピクリと肩を震わせた。今、明らかに手応えがあった。その感覚を忘れずにリィカは魔力を込め続ける。そして遂にリィカの手の平から小さな火の球が飛び出た。

「や、やった……出来たよ！　シャティアちゃん！」

「うむ、まぁまぁだな。その感覚を忘れるなよ。コツさえ掴めば他の魔法もその調子でやれるはずだ」

初めてまともに魔法を使えた事からリィカは飛ぶように喜んだ。シャティアは火の球が零れない事を不安に思いながら良かったなと声を掛け、リィカを落ち着かせる。そしてシャティアはまじまじと火の球を見つめた。筋は悪くない。むしろあれくらいの教えでここまで綺麗な火炎球を作れるのは見事と言うべきである。やはりリィカは魔法の根本が分かっていないだけで、やれば出来る子なのだ、とシャティアは確信した。

「さて……それじゃあ今日はこれくらいにしとくか。続きはまた明日だ」

「うん、分かった。有り難うシャティアちゃん」

それからしばらくしてシャティアは授業を終わりにし、今日はもう下校する事にした。シャティアは後片付けがあるから、と言ってリィカを先に帰らせ、一人静かに廊下を歩く。もう教室には誰も残っておらず、シャティアの足音が廊下中に響いていた。ふと、前方から影が現れた。それは数人の女子生徒だった。

「あれシャティアちゃん。こんな時間まで学校に残ってたの～？」

女子生徒の一人はあたかも偶然シャティアと遭遇したかのように振る舞う。だがシャティアはそれを嘘だと見抜いていた。途中から気がついていたのだ。魔力の反応で彼女達が待ち伏せしている事を。だから先にリィカを帰らせ、標的が自分になるように仕向けた。シャティアは慌てる様子も見せず、凛《りん》とした態度で腕を組む。

「ああ、掃除が長引いてな。我に何か用か？」

「別に私達もちょっと用事があっただけ～。でもシャティアさん、本当に掃除してたの～？」

シャティアは適当に嘘を吐くが、その嘘に別の女子生徒が噛み付いた。と言うよりも嘘だと決めつけるように舐めた言葉使いでシャティアの事を睨みつける。しかしシャティアからすれば女子生徒の睨みなど子供が大人ぶっているようにしか見えず、むしろ可愛らしいと思

えた。

「もちろんだ。それとも我が嘘を吐く必要があるか？」

シャティアは腕を広げてそう問いかける。相変わらず女子生徒達は睨みつけるようにシャティアの事を見つめ、不機嫌そうな顔をしていた。そしてとうとう最初の女子生徒が前に出て口を開いた。

「私達知ってるんだよ？　シャティアちゃんがリィカと何かしてるって」

「物置部屋で何か秘密の事してるんでしょ？　正直に言いなさいよ」

ようやく本題に入り、女子生徒達は次々と疑問を口にした。シャティアはやれやれと首を横に振ってどうしたものかと首を傾げる。

別に素直に答えても良い。こちらは何も悪い事はしていないのだ。先生に言い付けるような内容でもない。だがその正当性を訴えた所で彼女達は納得しない。シャティアはそれが分かっていた。だからこそ頭を悩ませ、どうやって穏便に済ませるかを考える。

「別に何も……少しお喋りをしてるだけだ。それが悪いか？」

結局シャティアは適当に答える事にした。正直に答えた所で意味が無いし、それならばわざわざ本当の事を言う義理も無い。彼女達は溜まっているストレスを発散したいだけで、正当な理由を求めていないのだ。シャティアのいい加減な解答を聞くと、案の定女子生徒達は不機嫌そうな眉間《みけん》にしわを寄せた。

「あまり調子に乗らないでくれる？　編入生でちょっと頭が良いからって……あんたに【鬼才】ロレイドの後ろ盾が無ければ平気で潰せるのよ！」

指を突き付けて女子生徒はそんな言葉を放って来た。一体何を潰すつもりなのやらとシャティアは手を上げて困ったようなポーズを取る。そのふざけた態度に女子生徒達は増々腹を立てた様子を見せた。

「クク……そうかそうか、潰す……か」

「何がおかしいのよ！」

突然シャティアは笑い出した。肩を震わせながら笑いを抑えるように口元に手を当てる。何故笑うのか理解出来ず、女子生徒の一人が反論した。周りの生徒達も気味悪がって少し怖がったようにシャティアから距離を取る。

「いや別に……モノを知らぬ子供とは純粋でありながらかくも愚かだと思ってな」

シャティアは僅かに魔力を漏らした。決して怒っている訳ではないが、本当にごく自然と僅かな魔力が漏れてしまったのだ。たったそれだけで女子生徒達はとてつもないプレッシャーを感じ、全身から冷や汗を流しながら膝を曲げた。かつて無い程の恐怖に包まれ、彼女達は歯を震わせる。

「その気になれば魔法を使って外野を黙らせる事だって出来る……だが我はそれでは意味が無いと思っていてな。本人自身が成長しなければ、人は変わらないんだよ」

シャティアは静かにそう語った。女子生徒達にはそれが何を意味しているのかサッパリ分からなかったが、それでももう反論するような事はしなかった。ただ黙ってその場に踞り、ひれ伏すようにシャティアに頭を下げている。

シャティアはゆっくりと女子生徒の一人に近づいた。恐怖が迫る。ひょっとしたら首を切り落とされるかも知れない。そんな想像をしてしまう程強いプレッシャーが襲って来ていた。そして遂にシャティアが隣まで迫ると、プツリと魔力のプレッシャーは収まった。

「案ずるな。いずれリィカはお前達以上の魔術師にして見せる。そうすればお前達も文句はあるまい?」

「……ッ!」

ぽんと肩を叩き、シャティアは笑顔でそう言った。その表情には一体どのような感情が込められているか分からないが、女子生徒は目に涙を浮かべ、そしてまだ自分が生きている事に安堵したようにその場に崩れ落ちた。他の女子生徒達も心底疲れた様な顔をしている。シャティアは彼女達の間を通りながら下駄箱へと向かった。

魔法学園も学園である為、試験と言う物は必ず存在する。中でも魔法の熟練度を見極める為に作られたその試験内容は中々厳しく、時にはそのあまりの過酷さに学園を去る生徒も居る程であった。そんな恐ろしい試験が月に一度行われる。そして今月もまた、試験の日がやって来た。

　試験を行う会場でシャティアを含めた一年の生徒は全員そこに集められていた。城一個が丸々入る程の広さのあるその会場は果てしなく天井が高く、壁や床も非常に丁寧に整備されていた。あまりにも広過ぎて遠近感が狂いそうになるのを感じながらリィカは軽い立ちくらみを覚え、クラスの端に移動した。

「今日は試験か……一体どんな事をするんだろうな？」

「あ、シャティアちゃん」

　消極的なリィカを案じてシャティアが近寄り、そんな話を振った。リィカは少し驚いたように肩を震わせたが、すぐに力無く笑い、シャティアの側に寄った。

　それから数分後、会場に先生がやって来た。顎髭を生やして力強そうな顔つきをした眉の太い男教師。レイギス先生であった。年齢はロレイドよりも少し上か、貫禄のある雰囲気を出しており、いつも瞳を鋭くさせている事から鷲のような印象を受ける。彼の授業は実戦を重視する傾向があり、その過激過ぎる態度から生徒達からは若干恐れられていた。だがシャティアは面白いと感じており、レイギス先生の事を好いていた。当然リィカは怖がる方の生徒。レイギス先生の姿を見るなりシャティアの後ろに隠れてしまった。

「諸君、今回の試験内容はサバイバルだ。今から諸君等に一人一個ずつブレスレットを配る。それを一個以上付けた状態でゴールに着けば試験合格だ」

レイギス先生は咳払いをすると生徒達の目線を集め、試験内容を説明した。そしてパチリと指を鳴らすと生徒達の目の前にブレスレットが現れ、それを腕に付けるように指示した。言われた通りシャティアもリィカもブレスレットを付ける。金の装飾が施された何て事の無い普通のブレスレット。大した重さも無く、何かしら魔法が掛けられている様子も無かった。生徒達はそれを不思議そうにジロジロと眺めていた。

「ブレスレットは何個でも付ける事が出来る。多く付けていた方が評価が高いと言っておこう……もちろん普通にゴールしても良し。ちなみに規制は無い。何をしても良いぞ」

レイギス先生の説明を聞いてシャティアは目を細めた。まるでその言い方はブレスレットを奪い合え、とでも言いたげに挑発的な言葉だった。実際何人かの生徒が察したような顔をして笑みを浮かべている。恐らくこの試験の本質に気がついたのであろう。シャティアも理解したが、だからと言って笑えるような余裕は無かった。おもむろに視線を横にズラし、リィカの顔を見つめる。

「え……それってつまり」

要はサバイバルデスマッチ。生徒全員が敵同士と言う異常な状況でゴールを目指しながら自身のブレスレットを守らなければならないのだ。リィカからすればブレスレットを奪う事よりも自身の身を守る方が困難だと言うべきだろう。不安そうに表情を曇らせ、彼女も同じ様にシャティアの方を見つめた。

「レイギス先生殿」

「む、何だ？　何か質問か？　シャティア」

ふと気になったのでシャティアは手を上げて質問した。すぐにでも試験を始めようとしていたレイギスは不機嫌そうな顔をするが、挙手をしたシャティアを見てすぐに真面目な顔をして聞き返した。

「もしもブレスレットを付けずにゴールした生徒が居たら、その者は退学になるのか？」

シャティアは何気ない表情でそう質問した。彼女からすれば何気ない質問。そこに大した意図は無かった。だがそれを聞いて一瞬辺りは静けさに包み込まれる。レイギスは少し間を空けると小さく咳払いをしてから返事をした。

「いや、そのような事は無い。ただ追試験が行われるだけだ」

レイギスの返答を聞いてシャティアは満足したように頷くと手を降ろした。処分が無いというだけで生徒達は安心したように表情を緩めたが、それでも追試験があると聞いて不安そうな顔をした。レイギスの行う追試験はそれもまた厳しく、退学の方がマシと泣き叫ぶ者も居る。いずれにせよこの試験でブレスレットが一個も無いという状況は絶対にあってはならないと生徒達は自身に言い聞かせた。

「まもなく試験を開始する！　ゴールは北西の方角にある。ゲートがあるからそれを潜ればゴールだ。では、始めぇぇッ!!」

最後にレイギス先生はそう説明をすると試験用の笛を吹いて腕を振るった。その瞬間、会場の床が光り出し、一瞬で辺りに密林が広がった。数歩先が見えないくらい草木が生い茂り、蔓や岩が進行方向を邪魔する。幻覚魔法なのか、それとも予《あらかじ》め用意されていた場所に移動させられたのか、いずれにせよこの会場に突如出現した密林によって生徒達はバラバラの地点からスタートさせられる事になった。当然リィカもシャティアと離れ、全く見知らぬ場所からのスタートとなってしまう。

「え、ええッ!?　そんな……一人でゴールなんて無理だよ……」

リィカはすぐに岩の陰に隠れ、辺りを警戒しながら弱音を吐いた。いくらシャティアから魔法を教わったと言えどリィカの性格は依然変わらず弱気なまま。たとえ攻撃魔法を幾つ覚えようと意志は変わらずだった。このまま誰かと戦った所ですぐに戦意喪失し、その場に崩れ落ちるのは明確。故にリィカはただ隠れてゴールを目指すしかなかった。

「シャティアちゃん、どこ?……うう、シャティアちゃんさえ居てくれれば……」

せめてシャティアが居てくれれば、そう願いながらリィカは強く両手を握った。

レイギスは確かに生徒達にわざとブレスレッドを奪い合わせるような言い方をした。だが規制が無いという事は別に戦わなくても良いという事であり、つまり協力関係を結ぶ事も出来るという事だ。だが友達がシャティアしか居ないリィカが別の誰かと協力出来る訳がない。少なくともシャティアと合流出来るまで単独で行動しなければならないのだ。

「リィカ見〜〜っけ！」

「……ひっ⁉」

しばらく歩き続けているとリィカは女子生徒と遭遇してしまった。しかもよく虐めてくる子。その女子生徒はリィカの事を見つけるなり邪悪な笑みを浮かべてリィカに近づいた。リィカは腰が抜けてしまい、足をもたつかせてすぐに逃げる事が出来なかった。這うように後ろに下がり、岩場まで追いつめられる。

「フフフ、やっぱりあんたは逃げるしかないわよね。あんたは落ちこぼれなんだから、精々追試験でしごかれてなさい」

追いつめたリィカを見て勝利を確信したように女子生徒はそう言う。気絶でもさせるつもりなのか、手の平に魔力を込めてリィカに向けている。リィカは目に涙を浮かべた。こんな簡単に終わってしまうのだろうか？　この数週間はシャティアに色々な魔法を教わったのに、それらを活かせずに終わり、自分は追試験をする羽目になってしまうのだろうか？　リィカは自分の無力さを呪う。そして半ば焼けになって自分の拳を強く握り締めると、それを振って女子生徒に魔力波を浴びせた。

「……ええい‼」

「ッ……⁉」

突風と共に女子生徒の顔の横に魔力波が通り過ぎた。放つ際に目を閉じてしまった為命中しなかったが、もしも当たれば気絶は確実な程の威力であった。ビリビリと痺れるような感覚を味わい、女子生徒は信じられない物でも見るかのように目を見開く。そして我に返ると表情を歪ませてリィカに蹴りを浴びせた。

「あ、あんた！　調子に乗ってんじゃないわよ！　いっちょまえに魔力波なんか出しちゃって。当たってたら私怪我してたじゃない!!」

「うッ……く！」

自分も攻撃しようとしていた事は棚に上げ、女子生徒はそう叫ぶとリィカに何度も蹴りを入れた。リィカは縮こまり、必死にその蹴りを耐える。やがて女子生徒が疲れたように足を戻すと、乱れた髪を掻き上げてリィカの事を見下した。

「ただじゃ置かないんだから……徹底的に痛めつけてあげる！」

女子生徒はそう言うと腕を振り上げてそこに魔力を込めた。バチバチと火花を立ててそこに強力な魔力の球が形成されて行く。魔力波とは違い、威力よりも命中力を重視した基礎魔法。女子生徒は徹底的にリィカの事を虐めるつもりなのだ。

「うぁ……あぁぁあああ!!」

リィカは恐怖に駆られ、勢い良く立ち上がると女子生徒の脚を退かしてその場から逃げ出した。幸いにも女子生徒はその勢いで転んでしまい、追いかけて来る様子は無い。そのままリィカは土だらけになりながら密林の中へと姿を消した。その顔は目に涙を浮かべ、鼻水を垂らして酷くだらしない表情だった。

「わざとなのかは知らんが、大分太めにブレスレッドは作られてるな……最高でも八個しか付けられなさそうだが……はてさて」

少し開けた場所で樹木の上に座りながらシャティアは現状確認をしていた。脱落者を少なくする為なのか、それともゲーム性を持たせるつもりなのか、何にせよ一応は救済処置みたいな物が取られているのかも知れない。シャティアは存外人間が作ったゲームも面白い物だと感想を抱いた。

「うぅ……」

「ぐ……ぅ……頭が……」

「幻覚魔法で少し夢を見てもらっているだけだ。心配しなくとも数分すれば目が覚めるさ」

まぁその頃には試験も終わっているだろうが、と言ってシャティアは視線を地面の方へと移した。そこには何人かの生徒達が倒れており、悪夢にうなされるようにうめき声を上げていた。

実は彼らは複数人で協力して編入生のシャティアを倒そうと企んでいた生徒達で、木の上で策を考えていた彼女に不意打ちを喰らわそうとしていた。だが簡単にシャティアに気付かれてしまい、返り討ちを喰らってこの様という事であった。

シャティアは木の上から飛び降りて、地面に着地すると自分の腕に付けた四個のブレスレットの具合を確かめながら腕を回した。

「さて、別にこれくらいあればゴールしても問題無いと思うが……どうしようかね」

問いかける訳でもなくそう呟いてシャティアは腕を組み首を傾げた。うめき声を上げている彼らを通り抜け、北西にあるゴールに向かうか、まだもう少しブレスレットを集めるかどちらにするか考えた。すると横の草むらが揺れ動き、そこから一人の男子生徒が現れた。紺色のボサボサの髪に目つきが悪く、飛び出ている八重歯が牙のように鋭くなっている獅子のような少年。シャティアは彼の事をよく知っていた。

「レオか……」

「げっ……シャティア」

シャティアはその少年の名を呼ぶと面白い玩具でも見つけたかのように笑みを作った。対照的にレオの方がシャティアの姿を見るなり転がっている男子生徒達に視線を向け、すぐに状況を理解して後悔したように表情を暗くした。レオはシャティアが街を見て回ろうとしていた時にリィカの事を虐めていたあの男の子であった。同じ生徒だから顔を合わせる事もあるだろうと思っていたが、まさか同じ一組だった為に常に顔を合わせる事となってしまうとは。シャティアは面白がったがレオは彼女に苦手意識を持つようになった。

「お前……もうブレスレットそんなに集めたのかよ」

「ああ、向こうから献上しに来てくれたんでな。有り難く頂いた」

レオが感心を通り越して呆れたようにそう言うと、シャティアは自慢するように腕を上げてブレスレットを見せ付けた。キラキラと輝く金色のブレスレッドはレオに眩しく映る。そして反射的に自身の腕にくっ付いているブレスレットを押さえた。

「そう警戒するな。別にそんなたくさんブレスレットは要らん。これだけあれば十分さ」

レオの不安そうな顔を見て察したようにシャティアはそう言った。その喋り方は人を安心な気持ちにさせる優しい喋り方だったが、レオにはどうしても恐怖の対象にしか映らなかった。レオ自身もどこかで感じ取っているのだ。シャティアが次元の違う存在だという事を。

シャティアはカチャンと音を立ててブレスレットの付いた腕を降ろすと、レオから視線を外して北西の方角へと向かおうとした。それに気付いてレオは咄嗟に声を掛ける。

「おい！　ゴールに向かうつもりなのか？」

「……む？　ああ、そのつもりだが」

レオの質問に「何故そんな疑問を？」とでも言いたげに首を傾げながらシャティアは答えた。背は向けたまま、視線だけレオに向けてシャティアは何の警戒心も持たずに隙だらけの体勢を見せる。レオ自身もそこに付け込む気は無かったが、それが何だか舐められているようで腹が立った。だが敵わない事は分かっている為、あくまで平静な素振りを見せつつ話を続ける。

「リィカはどうするんだよ？　あいつ一人じゃ絶対ゴール出来ないし、今頃ブレスレット奪われてるぞ」

自分のブレスレットは抑えたままレオはそう言った。その言葉を聞いてシャティアは顔色を変える事無く、むしろ何故そんな事を言うのだろうかと疑問そうな顔をした。

確かにレオの言う通りリィカが一人でゴールする事は難しいだろう。そもそも試験内容がサバイバルデスマッチである以上、ブレスレットの争奪戦は必然。誰かと協力関係を結ぶという事も出来るが、虐められてるリィカではそれすら難しいだろう。故にレオはてっきりシャティアがリィカを助けに行くと思っていたのだ。

シャティアは依然表情を変えないまま、指を口元に当て、何かを考えるような仕草を取った。

「……そうだな。まぁそれならば仕方ない。幸いにも退学は無いらしいし、リィカには追試験を頑張ってもらうとしよう」

「お前……それでも友達かよ！　あいつ絶対試験合格出来ないぞ！　助けてやれよ！」

シャティアの冷たい態度を見てレオはそう反論した。ブレスレットから手を放し、訴えかけるように腕を振るいながらそう叫んだ。それはもっともな意見でもあったが、シャティアは笑みを浮かべたまま、レオのその言葉も想定内だったかのような態度で口を開く。

「困ったらすぐに助けてくれるのが友達か？　大変な事は全て任せてしまえば良いのが友達か？　それじゃあリィカは成長せんよ……」

レオの言葉を真正面から否定し、シャティアは振り返ると彼の事を見つめた。レオはビクリと肩を震わせ、近寄ろうとしていた歩みを止める。彼は固まったように動かなくなり、二人はしばらく見つめ合った。

「時には厳しくするのも大切だ。リィカが私頼りにならないよう、ここで頑張ってもらわないとな。まぁ駄目だったら……それまでという事だ」

シャティアは厳しい口調でそう言う。子供らしくなく、まるで教師のような言い方にレオは軽く疑問を抱いた。

今回の試験ではシャティアは最初はリィカを助けようと思っていたが、離ればなれのスタートになってからその考えは変更した。リィカは始まる前からシャティアの事を見つめ、まるで自分と一緒に行動して欲しいとでも言いたげだった。あれでは駄目なのだ。他人に頼るような性格のままでは。だからシャティアは今回は単独行動でゴールを目指そうと考えていた。

「無理だって……あいつはろくに魔法も使えないんだぞ……」

「そうでもないさ……それに、何故お前がそこまでリィカの事を心配する？　何だったらお前が助けてやったらどうだ？」

「は、はあッ⁉」

俯きながら手を震わせてそう言うレオにシャティアはそう助言した。突然レオは顔を起こし、八重歯を見せながら口を大きく開けて驚いた動作を取った。先程よりも明らかに動揺しているのが見て取れた。

「今回の試験は協力してはならないとは言っていない。だったら誰でも良いんだ。お前がリィカを助けてやれば良い」

「な、何で俺がそんな事をッ！　俺はあんな奴……」

「まぁ無理にとは言わんさ。我だってリィカを助けるつもりは無いんだから。ああ、可哀想なリィカ……誰からも見捨てられて……」

　先程までリィカを助ける事は余計な事だと言っていたのにもかかわらず、急にシャティアは態度を変えてリィカを心配する仕草を取った。手を組みながらウロウロとその場を周り、娘を心配する母親のような姿を見せる。レオはそのあんまりな対応振りにワナワナと肩を震わせた。それは明らかに挑発している態度だった。自分は関与しないが、レオが何かする事には口出ししない。その自分勝手な態度にレオは腹立たしさを感じた。だが怒りに身を任せない。任せた所でコテンパンにされる事は明白であったから。

「わ、分かったよ……くそっ、やってやる!!　俺がリィカを助けてやるよ！　それでお前に証明してやる。リィカは誰かが助けてやらないとどうしようもならない奴だって事を!!」

　地団駄を踏んでレオは自棄糞《やけくそ》にそう言った。最早自分でも何を言っているのかよく分からなかったが、シャティアを見返す為にはそうでもしないと駄目なんだと勝手に思い込んでいた。レオの答えを聞いてシャティアは吹き出し、クスクスとお腹を抱えて笑い出した。

「クク……そうかい。なら精々頑張る事だな。リィカは南東の方角に居るぞ」

「場所分かってるのかよ！　くっそ……お前はホント良い性格してるよな‼」

シャティアはレオの宣言を聞いて満足そうに頷き、特別にリィカの居場所を教えた。それを聞くとレオは恨めしそうにシャティアの事を睨み、ちくしょうと叫びながら南東の方角へと走って行った。レオの姿が密林に隠れて見えなくなると、シャティアはやれやれと首を振りながらため息を吐いた。

「子供とは実に面白い性格をしてるものだな……好きなくせに嫌ってる態度を取ってしまう……クク、人間とは難儀な心を持っている」

レオ自身が気付いているかは分からないが、シャティアは何となく彼の心境を気付いていた。子供特有というやつなのであろう、魔女である自分にはよく分からないが、中々面白いものだとシャティアは感想を抱いた。


試験が始まって三十分経過した頃、リィカは依然として岩陰に隠れながら密林を移動していた。出来るだけ生徒と遭遇しないよう、ブレスレットの取得は考えずにただただゴールを目指していた。だが途中で高得点を狙う生徒同士の戦闘に遭遇したり、不意打ちを狙っていた生徒に見つかりそうになったりと中々思う様に進まず、遂には疲れ果てて岩陰に座り込んでしまった。

「はぁ……はぁ……もう駄目、疲れた……」

息を切らしながら自身のクリーム色の髪に付いた土を払い、リィカは小さくため息を吐いた。気弱な表情が何時に増しても弱々しく、彼女は細い腕を伸ばして自身の手の平を天に掲げた。何とも小さく、頼りにならない手。リィカは心細さを感じた。

思い返せば自身はシャティアに教わった事をちっとも活かせていなかった。女子生徒に襲われた時も反射的に魔力波を出しただけで、あの時ちゃんとした魔法を放っておけば勝利出来たのだ。だがリィカにはそれを実行する勇気が無かった。小さな唇を噛み締め、脚を引っ込めて彼女は顔を俯かせた。

その時、横方向から足音が聞こえて来た。何やら走っている様で、リィカが隠れる前に木々の合間から男子生徒が現れた。その子もまたリィカの事を虐める生徒の一人だった。

「おっ！　リィカか。まだブレスレットはあるな。ラッキー」

「……ひっ！」

反射的にリィカは肩を震わせて驚いたように声を上げる。男子生徒はまだリィカがブレスレットを所持している事に気がつくと驚いたように目を見開いたが、自身が幸運だったと考えて口笛を吹いた。

男子生徒はジリジリと近づいて来る。リィカはまた腰が抜けてしまい、脚をヨタヨタと動かしながら後ろに引いた。

「おら、痛い思いしたくなかったら早くブレスレットを渡せ。僕は一番にゴールしたいんだよ」

どうやらリィカを痛めつけるつもりは無いのか、男子生徒は手を差し出すとブレスレットを要求した。敵意が無いと知るとリィカは少しだけ安堵したように肩を下ろした。ここでブレスレットさえ渡してしまえば痛い思いはしないで済む。男子生徒は一番に執着しているようなので、自分の事は見逃してくれるだろう。そう考えてリィカはブレスレットを渡そうと思ったが、手をブレスレットに伸ばした所で思い留まった。

「私は……私、は……ッ」

リィカはまるで何か別の意思に操られるかのように腕を引っ込ませた。だが対照的にブレスレットを付けている腕は早く外してくれと願うように腕を上げた。

何故自分は思いとどまったのだろうか？　こんな事せずさっさと渡してしまえば危険は去る。これは自分が痛い思いをしない為の安全な手段なのだ。リィカはそう考えるが、本能はそれを否定した。このままブレスレットを渡してしまえば自身は本当に敗者となってしまう。シャティアに教わった事を全て無駄にして、本当の堕落者となってしまうのだ。

「何してんだよ、おい。早く渡せって」

男子生徒はいつまで経ってもブレスレットを外さないリィカに苛立ち、歩み寄って無理矢理ブレスレットを奪おうとした。だが男子生徒の伸ばした腕を払い、リィカはそれに反発する。男子生徒は増々腹を立てて乱暴にリィカに拳を振るった。だが突如、横から別の乱入者が現れた。

「ぐぇッ⁉」

突然現れた乱入者によって男子生徒は吹き飛ばされ、木々にぶつかりながら盛大にすっ転んだ。リィカは痛そうに腕を抑えながら顔を上げてその乱入者の事を見る。それはボサボサの紺色の髪をしたレオだった。尖った歯を見せながら息を切らし、彼はリィカの事を見下ろす。

「大丈夫か⁉　リィカ！」

「……レオ、君！」

レオは本当にリィカの事を心配したようにそう声を掛けた。リィカも最初はレオが現れた事によってまた虐められるのではないかと不安を抱いたが、状況から助けてくれたようなので一応安堵の息を吐いた。レオはリィカに近寄り、彼女に怪我が無いかを確認する。

「ったく、お前はやっぱり一人じゃ何も出来ないな。だからいつも虐められるんだよ」

「ッ……ご、ごめんなさい」

軽く舌打ちをしてレオは髪を掻きながらそう言った。苛立っている訳ではなさそうだが、それでもリィカの力の無さに何かしら感情を抱いている様子だった。それが何なのかは分からなかったがリィカはとりあえず謝り、頭を下げた。

「ほれ、さっさと立て。ブレスレットはまだ持ってるんだろ？　だったらこのままゴールまで突っ走るぞ」

レオはそう言ってリィカに手を差し伸べた。リィカは戸惑いながらその手を掴もうとしたが、レオは突然顔を赤くして手を引っ込めてしまった。何かに気付いたかのように彼は途端に慌てる。そして自身の行為に後悔するように髪を掻きむしった。その一連の動作にリィカは首を傾げながら、とりあえず自身の力だけで立ち上がった。

ひとまずレオは自分の事を狙うような事は無いらしい。そう判断するとリィカはレオと共に行動する事にした。ゴールまで一緒に居てくれるようだし、彼の側に居れば安全。リィカはようやく安心したように頬を緩ませた。だがその幸福を嘲笑うかのように、レオの背後に倒れていた男子生徒が起きあがった。

「レオォォォォ……お前何落ちこぼれの味方してんだよぉ!!」

低い声でレオの名を呼びながら男子生徒は狂ったように首を曲げ、腕を振るって魔法を放った。水で構築された槍が魔法陣から浮かび上がり、勢い良く飛び出す。すんでの所でレオは魔法の盾を出現させたが、近距離からの攻撃だったが為に盾は突き破られ、レオは反動で吹き飛ばされた。それに釣られてリィカも後ろに飛ばされる。

「ぐっ……くそ！　一撃が甘かったか。リィカ、お前は岩の後ろに隠れてろ!!」

「わ、分かった……！」

飛んで来る水の槍を避けながらレオはリィカの手を引っ張り、岩の陰へと連れ込んだ。そしてその場で動かないように指示をし、レオは制服の裾を捲ると勢い良く岩から飛び出した。それと同時に炎の球を形成し、それをボールのように掴んで男子生徒へと投げつける。

「水に炎が効くかよ‼」

飛んで来た炎の球に臆する事無く男子生徒は周囲に水の膜を張り、それを無効化した。レオは舌打ちしてすぐに二球目の炎の球を用意する。だが今度は投げる前に水の槍が飛んで来てその炎の球を消し飛ばしてしまった。

「ッ……くそったれ！」

「お前は火魔法なら成績はトップだが僕の得意魔法は水魔法。残念だけど敵わないんだよねぇ！」

ケタケタと気味の悪い笑いを上げながら男子生徒はそう言い、再び腕を振るった。今度は地面から水の槍が出現し、次々とその槍がレオへと向かって行く。レオは一度地面を蹴ると岩の上に飛び乗ってそれをやり過ごしたが、水の槍は岩を粉砕し、レオは吹き飛ばされて地面を転がった。

「ぐ、がッ……！」

致命傷は負っていないがそれでも岩の破片を喰らってかすり傷を負っていた。レオは苦しそうに咳《せ》き込み、男子生徒の事を睨みつけながらすぐに起きあがった。岩が破壊された事に

よって隠れていたリィカも見えてしまい、レオは彼女を庇うように前に立つ。それを見て男子生徒は下品な笑みを浮かべた。

「アハハハ、お前が落ちこぼれを助けるなんて、どんな気まぐれだよ」

「うるせーな……こっちにも色々あるんだよ」

男子生徒の言葉にレオはバツの悪そうに表情を歪めながら答え、チラリとリィカの事を見た。リィカも何故レオが助けてくれるのか分からない為、不思議そうに首を傾げている。まさかシャティアに意地を張ってリィカを助けると言った事を言える訳も無く、レオは髪を掻いて苛立ちを落ち着かせた。

「ふーん……でも大変だよねぇ、レオはリィカを守りながら戦わないといけないけど、僕はリィカさえ狙っていれば簡単にお前が自滅してくれる。これで二個ブレスレットが手に入るなんて、本当ラッキーだなぁ！」

ニヤリと濁った笑みを浮かべながら男子生徒はそう言い、腕を振り下ろした。今度は宙に魔法陣が浮かび上がり、そこから水の槍が出現する。いち早く気がついたレオは火魔法は使わず、魔法の盾でそれを防ごうとした。槍と盾がぶつかって轟音が鳴る。レオは半ば自棄糞に腕を振るい、盾ごと槍を打ち払った。

「はぁ……はぁ……」

「レオ君……！」

攻撃を防いだのは良いものの、レオは疲れたように肩を落としながら息を荒くした。どうやら今ので魔力を大分消費してしまったらしく、リィカは不安そうな顔をして彼に近寄ろうとした。だが自分が行った所で何も出来ない事に気付き、踏み出そうとしていた脚をすぐに引っ込めてしまった。

「そら、これでとどめだぁ!!」

男子生徒は勝利を確信してそう宣言し、両腕を前に突き出した。そこから凝縮された水の波動が飛び出す。レオは今度は魔法の盾は使わず、得意の火魔法でそれに応戦した。当然水と炎では相性が悪く、レオが放った炎はどんどん押されて行く。今は勢いだけで保っているが、すぐにそれも崩れてしまうだろう。

「ぐッ！　うぅぅ……!!」

それでもレオは脚に力を入れて必死に踏ん張った。相性の壁を気合いだけで何とか押し込み、ギリギリの所で均衡を保っている。だがいずれは魔力が尽きて押されてしまうだろう。その時が来ればリィカもレオも敗北し、両方のブレスレットを奪われてしまうのだ。リィカは二人がぶつかる光景をどこか達観して眺めていた。自分はどうして眺めているだけなのだろうか？　何故レオの支援をしないのだろうか？　そんな事を考え、リィカはパチリと目を開いた。

「レオ君……!!」

衝撃波が辺りに響いている中、リィカは立ち上がってそう力強く呟いた。守っているだけでは駄目だ。助けなくてはならない。自分の手で何かを成さなくてはならない。リィカは半分無意識で腕を上げていた。そこに魔力を込め、一つの魔法を作り出す。そして拳を地面に振り下ろすと、詠唱と共に魔法を発動した。

「ッ⁉ な、何だコレはぁぁあ……⁉」

突如、レオと男子生徒の間の地面が隆起し、土の壁が飛び出した。その土の壁は炎と水を遮り、更には方向を変えて男子生徒へと襲い掛かると、彼を飲み込んで木々にぶつかった。土に拘束され、木に打ち付けられた男子生徒はうめき声を上げると首をビクビクと震わせ、事切れたように項垂れると気絶してしまった。

「はぁ……はぁ……」

「……リ、リィカ……この土の壁、お前がやったのか？」

「……う、うん。一応」

目の前で起きた事が信じられず、レオは額から大量の汗を流しながら息を切らしてそう質問した。リィカ自身もここまでやれた事に実感が持てず、震える手を見つめながら力無く頷いて答えた。するとレオはゆっくりと立ち上がり、膝を付いているリィカの肩に手を置くと口を開いた。

「す、凄ぇじゃねか！　お前こんな器用に魔法使えたのか⁉　お前ッ……何でそんな……いや、とにかく助かったから良いけどよ……！」

興奮したようにレオはそう言った。一瞬怒られるのかと身構えたリィカだったが、レオの言葉を聞くと目をぱちくりとさせ、途端に照れた様に頬を赤くさせた。

「良し……とにかくさっさとあいつのブレスレット奪ってゴールに行くぞ。俺もう魔力切れだ」

「そ、そうだね……うん」

突然レオは自身がリィカに近づいていた事に気が付き、バッと手を離して恥ずかしそうにそっぽを向いた。そしてはぐらかすようにそう言って土に拘束されている男子生徒に近づくと彼の腕からブレスレットを外した。そしてそれを一度手でしっかりと握ると、リィカの方へと投げ渡した。リィカは突然投げ渡された事に驚き、慌ててそれを両手で受け止めた。

「えッ……良いの？」

「当たり前だろ。やったのは殆どお前だし。それは自分が付けるべきだ」

まさか渡されると思っていなかったリィカはレオにそう尋ねた。レオは鼻の下を指で擦りながら照れたようにそう言い、リィカに権利を譲った。だがリィカ自身はあまりそうは思わなかった。自身がやった事は最後に不意打ちをしただけだし、もしもレオが来てなかったら今頃自分は確実にブレスレットを奪われていた。だからすぐにリィカはブレスレットを返そうと思ったが、その前にレオがリィカの肩をぽんと叩いた。

「ま、とにかく……意外とやるじゃねーか。リィカ」

ニコリと明るい笑みを浮かべてレオはリィカにそう言った。それは褒め言葉だったのか、それとも単純に意外だったから感想を述べただけなのか、けれどリィカにはその言葉がそよ風のように自身を通り抜け、何かがストンと落ちたような心地がした。

そしてリィカは何も言わず、ただ黙って頷くとブレスレットを自身の腕に付けた。


「まぁ、こんな物かね……」

今しがた倒した男子生徒のブレスレットを手にしながらシャティアはそう呟く。これでブレスレットは合計七個。後一個で限界となるが、正直シャティアはもうゴールしても良いかと思っていた。いかんせん元魔女だった自分には戦闘が主流であるこのゲームは有利過ぎる。これ以上生徒達を掻き回さない方が良いと判断した。

それからシャティアはゴールへと向かってゆっくりと進んで行った。途中ブレスレットを狙う生徒達とも遭遇したが、シャティアの前ではそれらは紙くず同然だった。そのまま無双してシャティアはゴールへ到着し、晴れて一位でゴールとなった。

「シャティア、貴様は一位だ。ブレスレットは七個か……素晴らしい成績だな」

「有り難う、レイギス先生殿」

ゲート付近ではレイギス先生が待ち構えていた。相変わらず厳つい顔をしており、シャティアが一番にゴールした事に気がつくとその顔のまま褒め立てた。ちっとも褒められてる気分ではないが、とりあえず礼は言っておこうと思い、頭を下げてお礼をし、シャティアはブレスレットを外した。それからシャティアはもう教室に戻っても良いと言われたが、試験が最後まで気になるのでそこで待つ事にした。出口付近の柱で寄り掛かりながら、次に誰がゲートを通るかをレイギスと共に待った。そして次にやって来たのはまさかのリィカとレオだった。

「はぁ……はぁ……ようやくゴール！　どうだ？　流石に一位だろ？」

「レオ、リィカ、貴様達は同着で二位だ。ブレスレットは一個と二個か……及第点だな」

「えぇーーーッ⁉」

レオは両腕を振り上げながら雄叫びを上げてゴールしたが、自身が一位ではないという事を知ると疲れきったようにその場に膝を付いた。そしてその隣でリィカが慌てたように手を動かしていたが、柱の所にシャティアが居る事に気がつくとレオを放ったらかしてそちらへ向かった。

「シャティアちゃん！」

「うむ、リィカ。同着だが二位でゴールとはやるじゃないか。それにブレスレットも二個か……頑張ったな」

リィカがブレスレットを二個している事に気が付き、シャティアは本当に嬉しそうに笑い、彼女の頭を撫でた。リィカも嬉しそうに頬を緩ましている。実際シャティアはかなり驚いていた。レオが助けに向かったとなったら何とかリィカもゴール出来るだろうと思っていたが、ブレスレットを取得する事までは予測して居なかったのだ。良い意味で予想を裏切ってくれた事を喜び、シャティアはリィカの実力を認めた。

それから数分後、ようやく全ての生徒がゴールしたが、何人もの生徒がブレスレットを喪失していた。やはりシャティアがずば抜けていたようで、その分犠牲になる生徒も居たようだ。シャティアは別にどうとも思わなかったが、一個ブレスレットを取得したリィカは複雑そうな顔をしていた。

「では、今回はこれで試験終了だ！　ブレスレットを一個も所持していなかった者は後日追試験を行う。覚悟しておけ!!」

最後にパンと手を叩くとレイギスは会場に展開していた密林を消し、ブレスレットを所持していなかった生徒達にそう言い放った。生徒達は正に絶望の底に落とされたかのように顔を青くし、大きく肩を落とした。シャティアはそれをケタケタと面白がるように笑いながら見つめ、リィカ達と共に会場を後にした。

「編入生のシャティアさん……レイギス先生が担当した定期試験では一位、授業態度も良く、成績も優秀……文句の付けどころが無い生徒ですな」

職員室では現在ある会議が行われていた。二ヶ月前に編入したシャティアについての他愛無い情報共有。突然の編入であったが為に何か問題は無いかを確認する為のごく普通の会議。教師達はそれぞれ配られた資料を手にしながらシャティアの事について話し合う。その中にはレイギスの姿もあり、この前行った試験の事を思い出しながら会議に参加していた。

「この前なんかある魔法の術式構造に不備があると指摘していましたよ。調べてみたら確かに改善の余地がありました。素晴らしい洞察力を持っています」

「本人は王宮の保管されてる魔法書を回覧する事を強く望んでいるようだ……確かにこれだけの才能を持っているのならば、王宮の出入りを許可しても問題無いだろう」

シャティアの評判は良く、教師達は彼女の事を支持しているようだった。才能を持つ生徒ならば当然重宝される。一部ではシャティアの懇願である王宮の魔法書の回覧を許可しようと言い出す教師も居た。だが、中にはそれに反対する者も居る。まだ力の制御が出来ていない子供が王宮の魔法書を手にすれば、必ず暴走する。そんな不安を抱いている教師達が居た。

「……だが、あまりにも才能がありすぎる。この子は本当にただの村人の少女だったのか？」

一人の教師が手を上げ、周りの教師達の会話を中止させて意見を述べた。その表情は険しく、あまり良い雰囲気ではない。

「確かに……彼女の魔力は少々異質な所がある。底知れぬ力のような物を感じるな」

「最近は魔国の様子も怪しいと聞く。大袈裟だがひょっとしたら奴らの差し金とも考えられかねん……」

一人の教師の発言から次々とシャティアの強大過ぎる才能に疑念が上がり、彼女がどこかの国の息が掛かった刺客なのではないかと推測が立てられた。もちろん根拠も理由も無い机上の空論である事には変わりない。だが教師達の疑念は拭えなかった。

「いずれにせよ要注意な生徒である事には変わりない。金の卵か、それとも厄災の種か……見極める必要があるだろう」

老人の教師がそう言うと他の教師達を頷いてそれに従った。ひとまずは現状維持。それが彼らの出した答え。疑う余地はあるが、だからと言って責める訳には行かない。もしも無実だった場合はとんでもない濡れ衣となってしまうのだ。事は慎重に運ぶ必要がある。

レイギスは静かに目を細めた。シャティアの試験で見せたあの戦い振り。あれは長い間戦って来た者の熟練した技だった。魔法が強いだけではない。彼女はその扱い方にも長けているのだ。だが子供のシャティアがそんな巧みな技術を扱える訳が無い。果たして彼女は何者なのか？　本当にロレイドの教え子なのか？　謎は、深まるばかり。

一般的には【魔女】がどのような存在なのかは判明していない。彼女達は大昔から存在しており、歳を取る事なく生き続けている。人の身体では抑えきれない程の膨大な魔力を持ち、大陸を揺るがす程の魔法を扱う逸脱の者達。彼女達が何故人間と似た姿をし、そして女性しか居ないのか、その全てが謎に包まれたままであった。だが歴史にある【七人の魔女】が恐ろしい存在である事だけは詳しく記述に残されている。

事実、魔女の一人である【探究の魔女】クロークは独自の技術で街一つ吹き飛ばす恐ろしい魔法兵器を造り出した。その兵器は魔女が死んだ今でもこの世のどこかに存在しており、多くの国がその兵器を欲して探索していると言われている。

「……このように、魔女が居なくなった今でもその名残は世界の各地にあり、各国はそれを巡って争っています。魔女とは本当に厄災の中心に居る存在なのです」

窓からの差し込む太陽の光に当たりながらシャティアは教師の語る魔女学について呆けて聞いていた。何分自身が魔女のせいで魔女の事を聞かされた所でちっとも興味を持てず、彼女は机に伏せて今にも眠りそうになりながら顔を俯かせたり上げたりを繰り返していた。

魔法学園には歴史学と呼ばれる科目がある。主に魔法の歴史について学ぶ科目であり、シャティアの知らぬ人間の歴史について知る事も出来る為、最初は興味を覚えていた。だが途中に魔女学と呼ばれる魔女の歴史について語る授業が入り、シャティアは途端に興味を失ってしまったのだ。そもそも教師が語る魔女についての歴史は殆どが人間達によって脚色された物あり、シャティアからすれば身に覚えの無い事ばかりであった。やれ魔女が山から木を消したやら、やれ魔女が川から魚を全て釣り上げたやら、そういう意味不明な歴史ばかりであった。それでいて魔女を恐怖の象徴として仕立て上げるのだから困った物である。シャティアは肘を尽きながら手に顎を乗せ、小さくため息を付いた。

「先生、質問なのだが……」

「あら、何かしら？　シャティアさん」

このままでは本当に眠ってしまう。そう思ってシャティアは少しでも自分の利になる授業にする為に情報を聞き出す事にした。真っ直ぐ手を上げ、先生に質問を求める。すると教師はニコリと微笑んでシャティアの方に顔を向けた。

「魔女は何故邪悪な存在として見られていたのだ？」

なるべく深い意味は無い様に素朴な疑問とでも言いたげに軽く首を傾げながらシャティアはそう尋ねた。教師はああ、と別に気にした様子も見せず、一度咳払いをしてから口を開いた。

「それは個人が魔王に匹敵する力を持ちながらどの国にも属さず、各々が好き放題に魔法を行使したからです。決められた法律に従わず、自分勝手な事をする人は悪い人ですよね？それと同じです」

教師はさも当然とでも言うように微笑んでそう答えた。シャティアもそうか、と笑みを返して満足したように頷くが、その内心ではモヤモヤとした複雑な感情が抱かれていた。

自分達はたったそれだけの理由で消されたのだろうか？　ただ底なしの魔力を持っていただけで危険視され、自然の法則にしたがって魔導を極めていただけで邪悪な存在として見なされたのだろうか？　シャティアは疑問に思う。そもそも魔素と深い関わり合いがある自分達魔女は魔法とは切っても切り離せぬ存在。魔法を使う事は息をするのと同義である。それなのに、人間達は法を理由にしてそれを抑制しようとする。仕方が無い事なのだ。魔女と人間は違う。

シャティアは拳を握り締めた。自分の懐にしまってある人形をそっと撫で、気持ちを落ち着かせる。シャティアの瞳は綺麗過ぎる程澄んでいた。

授業が終わり昼休みになった後はシャティアはリィカと共に屋上へ向かった。いつもは食堂で食べるのだが、今日はリィカもお弁当を持参しており、シャティアもパンと飲み物を購入していた為、屋上で食べる事となった。青い空の下で弁当箱を広げ、リィカは美味しそうにサラダを頬張っていた。その隣でシャティアもどこかぼうっとした様子でパンを千切って口に放り込んでいた。

「シャティアちゃん、どうかしたの？」

「……ん？」

ふとリィカがシャティアにそう尋ねた。その表情はどこか心配そうで、急にそんな顔をされたのでシャティアは戸惑ったように手を止めた。口に入れようとしていたパンの欠片を落とし、ああ、と声を漏らして急いでそれを拾う。

「なんか、悲しそうな顔してたから……」

「ああ、いや……種族の壁と言うのは難しい物だと思ってな……別に悲しんでた訳ではない」

ただ呆れていただけだ、という言葉は飲み込んでシャティアは気にしないように首を振った。千年も前から分かっていた事である。魔女が人間から理解されない事は。姿形は似ていたとしても、その中身は山と小石のように差がある。遠くからなら分からずとも間近に迫ればその異様さに気が付き、人々は一目散で逃げ出すであろう。それくらい魔女とは人間達にとって異質な存在なのだ。

「ねぇねぇ聞いたあの噂？」

「うん、本当ヤバいよねー」

屋上に居る女子生徒達からふとそんな会話が聞こえて来た。シャティアは気を紛らわすようにその話に耳を傾け、目を細めた。女子生徒達は飲み物を片手に持ちながら話を続ける。

「北の砦が魔族に侵略されたって……不味くない？　北の砦って王都から結構近いよ。これって本格的に戦争が始まるって事かな？」

それは近頃噂になっている魔族達の突然の侵略事件の噂であった。まだ発表はされていない為、断定は出来ないのだが魔族達は王都へと続く経路を守っている北の砦を制圧したらしい。今までは大陸の端で小規模な戦争が起こっていただけなのだが、突然この侵略に人々は戸惑いを覚えていた。

何故？　突然？　最前線が崩されたと言う情報は入っていない。魔族達はどういう訳か突然人間達の中心地まで迫り、守りの要でもある北の砦を制圧した。この異変はまだ噂という段階であるが、それでも人々に恐怖を与えるには十分な物であった。

「それに魔国は魔女を保持してるって話もあるし」

「えぇー、魔女って勇者様が滅ぼしたんじゃないの？」

「分かんないよ。ただの噂だし……だけどもしもそれが事実だったら……」

その続きは敢えて口にせず、女子生徒達は顔を見合わせると恐ろしげに身震いした。それで話は終わってしまい、二人は食事を終えて屋上から去って行く。丁度リィカとシャティアも食事を終えた所で、リィカは丁寧に弁当箱を片付けていた。

シャティアは静かに目を細める。先程の女子生徒達がしていた会話を一つずつ思い出し、頭の中を整理していった。確かに近頃の魔族達の動きは不穏である。何故北の砦を制圧出来たのかという謎もあるし、魔女の噂も気がかりである。魔女であるシャティアからすれば魔族と人間の戦争が始まるなどどうでも良い事であったが、魔女の事だけはそう簡単には行かない。魔族が魔女を利用しているのか、それとも魔女が魔族を利用しているのか、それを判別しなければならなかった。だが、すぐには動けない。シャティアはもどかしそうに唇を噛み締めた。以前なら浮遊魔法ですぐに確かめに行く事が出来たが、今は学生という身分の為、そう簡単に外を飛び回る事は出来ない。記憶操作の魔法を使って無理矢理突破出来るかも知れないが、出来ればそのような無茶はしたくない。エメラルドを救う為に学園に来たというのに、それが縛りとなって同じ魔女を探しに行けないとは、何とも皮肉な物だとシャティアは笑った。

「……そろそろ動き出すとするか」

食事を終えてリィカも職員室に用があると言って去った後、シャティアは柵に寄り掛かりながらそう呟いた。彼女の本来の目的、それは王都にあると言われている人体生成魔法の書を閲覧する事。エメラルドを救う為にその魔法を習得する必要があるのだ。その方法は学園の生徒として王宮魔術師に認められる必要があるそうだが、元よりシャティアは六年間も学園で生徒を演じるつもりは無い。既にレイギスのような何人かの人物が自身の力を不審がっている。自身の膨大過ぎる魔力は隠し切れない。シャティア自身の尺度で物事を計っても、彼らからすればそれは異質だと感じられる事がある。長期間この学園に居る事が出来ない。だがそれでも構わなかった。シャティアはほんの少しの間だけ王宮に近い学園に居られれば良かったのだ。

「明日は確か王宮見学の日だ……人体生成魔法、習得させてもらうぞ」

振り返り、屋上から見える王宮を見つめながらシャティアはそう言った。王宮は壁に囲まれ、厳重に警備されている。城は雲まで届く程巨大な塔が幾つもあり、屋上からでも見上げなければその全貌を把握する事は出来ない。普段は門は兵士達によって守られ、許可無く中に入る事は出来ない。城の周りも弓兵達が徘徊しており、薄くではあるが結界魔法も張られている。つまり気付かれずに侵入する事は難しい訳だ。だが学園には特別に王宮を見学する授業が設けられており、それが丁度明日だった。本来ならこれは最終手段だった。もしもの時の為の強行作戦。自身の正体がバレるような事があった時の為に残された唯一の手段。だが、状況が変わった。魔族の動きが頻繁化し、魔女の存在が仄めかされた今、シャティアが動き出さない訳には行かない。

彼女は決意する。明日王宮に潜り込み、魔法書を拝借しようと。彼女は額に手を当てながら静かに息を零した。

魔法学園の生徒にとって王宮の見学は夢のような体験である。王宮の地下の保管庫には特別階級の魔法書が数多く保管され、図書室には学園の物とは比較出来ない程の多くの情報が整理されている。触る事は許されなくとも、見るだけでも子供達にとってはそれは黄金に輝く宝物のような物だった。

シャティアもまた別の意味でそれらに目を輝かせていた。レイギスの引率する一組の生徒は王宮を訪れ、シャティアはリィカと共に通路を歩く。壁には巨大な絵画が飾られており、それを見る度にリィカは息を飲んで目を奪われていた。あのヤンチャなレオでさえ一言も喋らず、通り過ぎて行く兵士達の事を見つめている。

レイギスは広間までシャティア達を連れて来ると一度自分の近くへと集めさせた。大声を上げないよう、全員に注意を促しながらレイギスは手招きする。生徒達は周りの光景に緊張しながらそそくさと集まった。

「ではこれから自由時間とする。見学を許可されているのは広間と繋がっているフロアだけだ。くれぐれも騒ぎを起こさないように……では、解散」

いつもは大声で話すレイギスも出来るだけ声を小さくし、生徒達に聞けるギリギリの音量でそう説明した。流石に王宮と言っても自由時間になると子供は途端に解放される生き物で、レイギスが解散と言うと同時にそれぞれ好きなフロアへと向かって行った。シャティアもその川のように流れる生徒達を見つめながらさてどうしたものかと首を傾げる。

「シャティアちゃん、図書室の本棚が一部だけ開放されてるんだって。一緒に見てみない？」

「うむ……確かに興味はある。行ってみよう」

近寄って来たリィカがレイギスから聞いた情報を話し、シャティアもそれに興味深そうに頷いた。それから二人は図書室へと向かった。図書室はまるで森の中のように本棚が至る所に設置されており、天井も高く、壁一面が本棚になっている箇所などもあった。軽く迷宮のような造りになっている為、リィカは目を回していた。一部だけ閲覧を許可されている棚へと向かうと二人はその本を手に取った。リィカには何が書いてあるのか分からず、ちんぷんかんぷんな内容だったらしいがシャティアにはどれも面白いと思える記述ばかりだった。

「うわー流石王宮の図書室だね……学園のとは比べ物にならない大きさだよ」

「中々面白い書物が保管されてるな。是非とも全て拝読したい」

リィカは王宮の図書室なだけあってその整った設備に感嘆の息を零し、シャティアも保管されている書物を丁寧に触りながら目を輝かせた。たとえ一部だとしても十分価値のある情報が詰まっている。普段のシャティアだったら全ての本に手を伸ばしていた所だろう。だが彼女はそれを我慢し、本を元にあった場所にそっと戻した。

「おいリィカ、シャティア。あっちで特別に王宮の説明会開いてるらしいぜ。見てみないか？」

「レオ君」

ふと横からレオが現れ、相変わらずボサボサの髪をしながらそう誘って来た。どうやら魔法学園の生徒達に向けての特別な説明会らしく、面白い内容が聞けるらしい。リィカも興味があるようで僅かに視線がそっちへ移動していた。シャティアはこれは丁度良いと考え、小さく頷く。

「我は遠慮しておこう。リィカ、レオと一緒に行って来い」

「え……でもシャティアちゃんは……？」

「我はもう少しこの辺を見て回る。楽しんで来い」

そう言ってリィカの背中を押し、シャティアは半ば無理矢理リィカをレオに連れて行かせた。リィカはどこか不安そうな顔をしていたが、シャティアが笑顔を向けて手を振ると同じ様に手を振り返した。そして二人の姿が見えなくなった後、シャティアは小さくため息を吐く。

「さて……始めるとするか」

少女の表情が険しいものへと変わる。シャティアは魔女として自分の目的を果たす為、計画へと移り出た。既に王宮の構造は下調べした事で頭に入っている。シャティアはまず気配遮断魔法を張りながら隠れて移動し、保管庫がある地下へと続く通路を目指した。当然そこは生徒が立ち寄る事を許可されていないフロアだが、シャティアは誰にも気付かれる事なくそのフロアまで到達する。そこには扉があり、鍵が掛かっていた。だがシャティアは魔法でその鍵をこじ開け、平気で地下に続く通路を降りて行った。

地下は薄暗いのにもかかわらず青白い光が通路全体に灯っていた。恐らく魔法の効果なのであろう。何やら不気味な雰囲気がし、肌寒い感覚がする。シャティアが奥へ奥へと進んで行くと一つの扉の前へと辿り着いた。厳重そうに硬く閉ざされた巨大な扉。鍵は掛かっていないが、その代わり特殊な魔法で封印が施されている。無断で立ち入る事を出来ないようにする為だろう。シャティアは目を細めてその魔法の構造を確かめた。魔女の彼女からすればごく単純な封印魔法。鍵代わりに使うくらいの簡単な魔法であった。だが彼女の表情は優れない。

「解除は簡単だが、この先に魔力を感じるな。反応からして魔法兵器か？　まぁ突破させてもらうが」

僅かにだが扉の奥から魔力を感じるのだ。しかも普通の人間のものとは違う魔力。シャティアはそれを魔法兵器だと推測した。保管庫なのだから警備兵の一人や二人くらい居るとは考えていたが、まさか魔法兵器が潜んでいるとは思っていなかった。シャティアは面倒くさそうな顔をしながらも引く訳にも行かず、封印魔法を解除して扉を開いた。

その先は正に別世界だった。図書室とは違って無数の本棚が置かれている訳ではなく、ただ広い空間が広がっているだけ。だが目に映るのは目の前で円を描くように動き回っている本達だった。一つの球体のように無数の本達が集まり、回転している。それはまるで生き物の動きの様で、シャティアは何故本がこのように動いているのか疑問に思った。だが、今はそんな事はどうでも良い。重要なのは人体生成魔法の取得、そう思って足を踏み入れるとある異変を感じた。

「これは……」

無数の本へと続く通路の途中で何やら奇妙な物体が置かれていた。それは巨大な鎧を纏った人型の魔法兵器で、一般的にはゴーレムと呼ばれる物だった。だが奇妙なのはゴーレムが本を守る為に立っている訳でもなく、ゴーレムは胸に大穴を開けてその場に倒れている所だった。まるで、誰かに襲撃されたかのような。

「魔法兵器が……既に破壊されている?」

シャティアは珍しく動揺したように声を震わせてそう呟いた。よく見ると倒れているゴーレムは一体だけでなく、鎧がバラバラに破壊された物や手足が吹き飛んでいるゴーレムも居る。明らかに保管庫で何かしらの戦闘が行われたのだろう。だが、一体どうして？　シャティアは何が起きているのか理解出来ず、呆然とその場に立ち尽くした。

何かがおかしい。ひょっとしたら自分以外に侵入者が居るのかも知れない。魔力の反応は無いからもう脱出したのかも知れないが、何か異変が起きている事は確かだ。シャティアは気を引き締め直し、まずは自分の目的を達成させようとゴーレムを横切って無数の本へと歩き寄った。

「何か嫌な予感がするな……まるで、我が来る事を分かっていたかのような」

どことなくシャティアはこの現状が自分の為に用意された物のような気がした。あまりにも出来過ぎている。ゴーレムを破壊した人物が何者にしろ、保管庫を破壊する訳でもなく、何か重要な魔法書を盗んだ様子も無い。では狙いは何だったのか？　それが分からない。シャティアはとにかく一番の目的を果たす為に人体生成の魔法書を探した。無数に飛び回っている本達を見上げ、静かに目を細める。そして直感でどの本が何なのかを察し、そっと手をかざすと向こうから本が舞い降りて来た。それを受け止め、シャティアはゆっくりと本を開いてページをめくる。

「……ッ」

最初のページはこの魔法に関しての注意事項。許可された者しかこの本は見てはならない、使用する際には十分注意する事、と言った普通の忠告だけが書かれている。だが次のページからは全て白紙だった。何枚めくっても人体生成についての記述が一切書かれていない。そして最後のページをめくると、そこにはシャティアが見逃す事の出来ない文字が書かれていた。

――『叡智は地に落ちた』。

手書きで、何者かが書き残したその文字。シャティアはその文字に身に覚えがあった。だが思い出せない。首を傾げて頭を捻る。もしやと思って他の魔法書も調べてみると、幾つかが白紙とすり替わっていた。やはり自分より先にこの場に来てゴーレムを倒し、魔法書をすり替えた人物が居るのだ。しかも自身の存在を知っている。由々しき事態である。シャティアは軽く苛立ちを感じながら一度退散する必要があると判断した。そして振り返ったと同時に上の方から強い魔力反応を感じ取った。続けて地響きのような物が聞こえて来る。何かがおかしいと思ってシャティアは来た道を早足で戻った。階段を駆け上り、何事も無かったかのようにフロアへと戻る。そしてそこでは学園の生徒や他の見学者達が悲鳴を上げて逃げ回っていた。

「うわぁぁあぁああああ!!」

「た、大変だ！　ゴーレムが暴れだしたぞッ!!」

人々はそう叫びながら出口へ向かって走っている。そしてその後ろでは保管庫でも見掛けた鎧を纏った複数のゴーレムが目を赤く光らせながら壁や柱を破壊し回っていた。明らかに通常の動きではない。まるで誰かに操られているかのようだった。

「ッ……やってくれたな」

表情を険しくしながらシャティアはそう呟く。恐らくこれも魔法書を盗んだ者の仕業に違いない。王宮のゴーレムを操作する程なのだから、余程腕利きの魔術師が控えているのだろう。シャティアは疲れたように首を横に振った。

「まずはリィカ達を助けねば。犯人探しはその後……魔女を誑《たぶら》かしてくれた事をたっぷりと後悔させてやる」

シャティアは怒ったような複雑な笑みを浮かべ、そう言った。手の先に魔力を込め、向かって来るゴーレム達と対峙する。まずは第一関門。この場に居る人間達の安全を守りながら、ゴーレム達を撃退するのであった。

シャティアは地面を蹴り、向かって来るゴーレム達の隙間を浮遊魔法で通り抜けると天井へと移動した。そしてゴーレム達の攻撃が届かないくらいまでの距離を取ると腕をかざし、そこから無数の魔力球が雨のごとく降り注がれた。

「お前達の相手をしている暇は無い。散れ」

次々とゴーレム達は魔力球で貫かれ、機能を停止して床へと崩れ落ちた。確実に倒した事を確認してからシャティアはその場を後にしてリィカ達を探しに走り出す。魔法学園の生徒達は自由時間という事でそれぞれ好きなフロアを見て回っていた。恐らくゴーレムが暴走した時も全員同じ場所には居なかったであろう。ならばリィカ達もレイギスと合流出来ていない可能性がある。それを不安に思いながらシャティアは人混みを抜け、レオが言っていた説明会が行われているというフロアへと向かった。

「きゃぁぁあああ!!」

フロアに辿り着くと頭上からリィカの叫び声が聞こえた。見ると二階に続く階段の途中でゴーレムに追いつめられているリィカの姿があった。いち早くシャティアは反応し、魔力の矢を放つ。ゴーレムの腕に命中した矢はそのまま弾け、魔力の網へと変化するとゴーレムを拘束した。動けなくなったゴーレムを魔力波で吹き飛ばし、シャティアはリィカの隣へと降り立つ。

「平気か？　リィカ」

「シャティアちゃん……！」

リィカの姿を見て安堵した様子を見せながらシャティアは彼女が怪我をしてないか確かめた。多少制服が乱れているがその程度。大きな損傷は無いらしい。リィカもシャティアが来てくれた事で安心したように頬を緩ませ、目に軽く涙を浮かべていた。

「他の生徒はどうした？　レイギス先生は何をしている？」

「レイギス先生はゴーレムの暴走が起きた時にすぐに皆を連れて避難してくれたの……でも私だけ途中ではぐれちゃって……」

状況を確認しようとそう尋ねるとリィカは肩を小刻みに震わせながら起きた事を説明した。どうやら既に他の生徒達の避難は終わっているらしく、リィカだけ途中でゴーレムに襲われて離ればなれになってしまったらしい。シャティアはとりあえずリィカが無事だった事を喜び、次の行動をどうするべきかと考えた。

「では我と来い。安全な所まで連れてってやる」

ひとまずはリィカの安全の確保が最優先。既に他の見学者達も避難した為、リィカさえ外に連れ出せば問題無いだろう。口元に手を当てながらシャティアはそう判断し、リィカに背を向けながらそう言った。リィカも力強く頷き、シャティアの側にピッタリと寄る。そのまま二人は出口を目指して走り出した。

だがフロアを抜けようとする途中で複数のゴーレムに阻まれた。赤く輝く目でシャティア達の事を凝視しながら、まるで脱出経路を塞ぐように立っている。シャティアは舌打ちして余計な戦闘を避ける為に別の出口へ向かおうとした。するとそこにも複数のゴーレムが立っており、気がつけばそのフロア一帯はゴーレム達によって囲まれていた。

「こいつ等……まさか我々を閉じ込めたつもりか？」

シャティアは首を傾げながらそう尋ねる。もちろん答えなど返って来るはずが無い。代わりにゴーレムに囲まれた事によってリィカは酷く怯えたようにシャティアの背に隠れた。そもそも一定の行動パターンでしか動く事が出来ないゴーレムがこのような器用な事が出来る訳が無い。何かしらの目的があるはずなのだ。自分達を閉じ込める事によって利があるような何かが。そう考えているとシャティアは二階から強い魔力を感じ取った。そこには他のゴーレムとは見るからに大きさの違う巨大なゴーレムが立っていた。王宮護衛用のゴーレムとは違って錆び付いた刺々しい鎧を着ており、幾つかの部分が引き千切られた鎖がぶら下がっている。そしてその太い腕にはゴーレム自身よりも巨大な剣が握られていた。

「エンシェントゴーレム……人間達め、こんな物を封印していたのか」

シャティアはその異質なゴーレムがエンシェントゴーレムだと見抜き、呆れた様にため息を吐いた。エンシェントゴーレムは五百年程前に自然界に生息していた天然の魔法生物。大きさもさる事ながらその破壊力も計り知れない。ある時を境にその数は大きく減少したが、まさかまだ生存しているゴーレムが居るとは思いもしなかった。恐らく人間達が封印の鎖を使って保管していたのだろう。シャティアはそう推測し、人間達の強欲さに肩を落とした。

「不味いな。こいつが街まで行ったら王都が破壊し尽くされるぞ」

「ええ!?　じゃあ何とかして止めないと……!!」

エンシェントゴーレムは現在何者かの手によって操られている。殆どが暴走状態の為、見境無く破壊活動を行うであろう。その規模は王宮に留まらず、街まで破壊しつくす。シャティアがそう言うとリィカは驚いたように声を上げてエンシェントゴーレムを止めるべきだと口にした。それを聞いてシャティアはクスリと笑みを零す。

「おいおい、子供の我らがどうやってあんなのを止めると言うのだ？」

「だ、だって……王宮の兵士さん達は他のゴーレムの事で手一杯だし、私達が少しでも食い止めれば……」

「言っておくがアレの戦闘力は並の魔物の数百倍だ……それでもやるのか？」

リィカの言い分にシャティアはただの事実を伝えた。それを聞いてリィカの表情に僅かに曇りが見える。普通に考えれば分かる事だ。いくら魔法学園の生徒だからと言ってゴーレムならまだしもエンシェントゴーレムなどに敵う訳が無い。足止めでも難しいくらいだ。逃げるのが普通の考えだ。シャティアでも面倒だと思って逃走を選択する。だがどういう訳か、シャティアよりも大きく力が下回るはずのリィカはシャティアとは別の選択肢を選んだ。

「やるよ。だってそうしないと街が大変な事になっちゃうでしょ？　だったら少しでも足止め出来るように私は最善を尽くす」

真っ直ぐな瞳を向けながらリィカはそう答えた。その喋り方に迷いは無い。以前のリィカだったら怯えてすぐに逃げようと言っていただろう。だが彼女は変わった。たとえ無謀と分かっていても今自分にやれる事を精一杯やろうと言う前向きな性格になった。その変化を喜ばしく思いながらもシャティアはふむ、と声を漏らして首を傾げた。全く馬鹿な選択である。

挑んだ所で自分に利など一つもないのに。何故人間はそんな無駄な労力を割くのか？　理解が出来ない。ただまぁそこが人間の面白い所でもある。シャティアはニヤリと笑みを浮かべた。リィカが無謀な事をしているのには変わりない。だが自分ならば、彼女のその馬鹿な行動を少しは勇気ある行動に変える事が出来るだろう。

「良いだろう。ならば我も出来る限りの事はやってやろうではないか」

「シャティアちゃん……！」

まぁ元々止める気ではいたんだが、と小さく呟きながらシャティアはそう言った。その返事を聞いてリィカは心強い味方が出来たように嬉しそうな顔をする。そしてそんな二人のタイミングを見計らってかエンシェントゴーレムが動き出した。地面を蹴り、シャティア達が居る一階へと飛んで来る。シャティア達はすぐに身構えた。そしてエンシェントゴーレムが着地すると同時に重々しい音が響き渡り、衝撃波が舞った。

「グゴゴォォォァアアアアアアアアッ！！！」

エンシェントゴーレムの兜の部分が裂け、そこが口のような形になって咆哮が鳴り響いた。錆び付いたようなガラガラ声。だがそれはシャティア達を威嚇するには十分な物だった。シャティアも気を引き締め直し、これは簡単には行かないな、と静かに悟る。幸い周りのゴーレム達は通路を塞いでいるだけで攻撃を仕掛けて来ようとはしない。それならまだ何とかなるだろうと目を細めて考えた。

「うるさいぞ、人形。生憎我は人形遊びが苦手なんだ。つい壊してしまうんでな」

グラリと大きな音を立てて剣を振り上げるエンシェントゴーレムにそんな軽口を叩きながらシャティアは魔法の準備をする。通常の魔力波では意味が無い。ゴーレムは頑丈さが売りであり、加えて敵はエンシェントゴーレム。鎧が錆びているからと言ってその防御力は衰えていない。シャティアはまずその鎧自体にダメージを与える必要があると判断した。そして彼女は巨大な魔力の槍を生成した。

「……貫けッ！」

「ゴォオオオオオオオ!!」

シャティアが放った槍とエンシェントゴーレムが振り下ろした大剣が激突する。火花を散らし、凄まじい衝撃波が響き渡る。そして鈍い音を立てて魔力の槍に亀裂が入り、そのまま床へと叩き落された。エンシェントゴーレムは剣先を床に当て、低い唸り声を上げる。

「恐ろしい腕力だな……リィカ、お前は土壁を張れ」

「わ、分かった」

エンシェントゴーレムの力を冷静に分析しながらシャティアは隣に居るリィカにそう指示を出す。そして走り出すとエンシェントゴーレムに近づき、今度は魔力砲を放った。一点集中に眩い光が放たれる。しかしエンシェントゴーレムは大剣をかざすとそれで魔力砲の軌道をズラしてしまった。シャティアは浮遊魔法で宙に浮き、今度は上空からの攻撃を試みる。

無数の魔力の槍を形成し、それを縦横無尽《じゅうおうむじん》に放つ。エンシェントゴーレムは流石に捌《さば》き切れないと判断したのか、その場から回避しようと動き出した。しかし直後のエンシェントゴーレムの足下に土の壁が現れた。

「良い判断だ。リィカ」

ニヤリと笑みを浮かべてシャティアはリィカの事を見下ろす。彼女は地面に手を当て、遠距離からの土壁の生成を行っていた。そのおかげでエンシェントゴーレムは足を土の壁にぶつけ、僅かに反応が遅れる。直後の奴の鎧には無数の魔力の槍が突き刺さった。鉄同士を擦り合わせたような鈍い悲鳴が響き渡る。

「ゴガァァアアアアアアアッ!!」

「これも耐えるか。全く、恐ろしい頑丈さだな。ゴーレムと言うのは」

ダメージは通っているようである。だがエンシェントゴーレムはあれだけの槍に突き刺さりながらも倒れる事は無く、槍の雨が止むと静かに体勢を立て直した。シャティアも一旦リィカの所まで下降し、床に降り立つ。

「どうしようシャティアちゃん。全然攻撃が効いてないよ！」

「うむ、まぁ大体は予想していたさ。さてはて、どのような手を用いようか……」

リィカは不安そうに言うがシャティアはむしろ予想通り、とどこか達観した様子だった。呑気に腕組みをし、エンシェントゴーレムの事を見上げている。貫通力を上げた槍でも鎧を破壊するのは不可能。魔力砲も捌かれ、大剣を退く手段も無い。ならばやはり内部的な破壊を試みるしかないだろう。【眠り歌】……ではない。それは最終手段。もっと物理的で、シンプルな手段が理想的である。

「鎧の関節部分を攻撃するぞ。奴の動きを封じるんだ」

「えっ……それって具体的にどう……あ、シャティアちゃん!!」

目的だけ簡潔に伝えてシャティアは再び飛び立つ。訳が分からないリィカは戸惑ったように声を上げて手を伸ばすが、既にシャティアはエンシェントゴーレムの頭上まで迫っていた。今度は魔力の槍ではなく、細い魔力の刀を形成する。それを手の平に乗せ、衝撃と共に放った。するとその刀は鎧の隙間へと突き刺さり、エンシェントゴーレムは野太い声を上げた。

「グゴゴゴッ!!!」

「効いている、か? ならばもっとプレゼントしてやろう」

エンシェントゴーレムの反応を見て効果があると判断し、シャティアは更に無数の魔力の刀を形成する。そしてそれを一斉に放ち、エンシェントゴーレムの鎧の隙間全てに突き刺した。足の関節部分に突き刺さった刀はそのまま刃が伸び、床へと突き刺さる。完全に固定されたエンシェントゴーレムは大剣を落とし、苦しむように身体を動かした。だが動けば動く程刃で身体が切り裂かれ、遂には抵抗する事を止めてしまった。

「だめ押しでもう一発だ」

最後にシャティアは念には念を入れて一本の巨大な刃を形成する。それはエンシェントゴーレムの兜の隙間へと突き刺さり、カクンと頭部を揺らしてエンシェントゴーレムは項垂れてしまった。機能を停止した訳ではないが、ここまで串刺しにすれば動く事も出来ないだろう。そう判断してシャティアは小さく息を吐く。

「止まった……？　やった……やったよシャティアちゃん！　凄いよ!!」

「うむ、意外と上手く行ったな……さて、今の内に脱出経路を……」

エンシェントゴーレムが動かなくなったのを見てリィカは勝利したのだと思ったらしく、周りにゴーレムが居るにもかかわらず飛び跳ねて喜んだ。シャティアもリィカの隣へと降り立ち、すぐに脱出しようと彼女を連れていこうとする。だがその時、辺りの様子がおかしい事に気がついた。先程まで通路を塞いでいたはずのゴーレム達がエンシェントゴーレムの周りに集まり始めていたのだ。

最初シャティアはゴーレム達が拘束している刃を外そうとしているのだと思った。すぐさま槍を形成するがそうではないという事に気が付く。どういう訳かゴーレム達はエンシェントゴーレムにくっ付く様に重なり合っていた。ある者はよじ登って背中や肩に引っ付いたりしている。そしてエンシェントゴーレムが顔を起こすと、近寄って来ていたゴーレムの事を噛み砕いた。

「共食い……!?」

鎧ごと噛み砕き、丸々一体のゴーレムを飲み込む。それは明らかに異常な光景であった。リィカは怯えた様に腕を握って後ろへ下がる。シャティアもその気味悪さに警戒心を高めた。そして次の瞬間、エンシェントゴーレムの錆びた鎧が剥がれ始め、くっ付いているゴーレム達が一体化し始めた。グニャリと揺れ動くようにゴーレム達が一つの鎧となって行き、エンシェントゴーレムは輝く黄金の鎧を纏う。

「これは……まさか融合化か？」

眩しく輝きまるで天使のような姿と化したエンシェントゴーレムを見てシャティアはそう呟く。恐らくゴーレム達が持っている機能の一つ融合化。一体化する事によって個が強い力を得る分かり易い手段。要するにパワーアップである。厄介な事になった、とシャティアは唇を噛み締める。

「ゴォォォアアアアアアアアアアアアアアッ！！！」

直後、エンシェントゴーレムは咆哮を上げると突き刺さっていた刃を全て吹き飛ばした。更に腕を天井に向けるとそこから魔力弾を放ち、王宮を無差別に破壊し始めた。エンシェントゴーレムに注意が行っていたシャティアは反応が遅れる。崩れて来た天井の破片に気付けず、彼女の真上には瓦礫が迫って来ていた。

「危ない、シャティアちゃん!!」

それに気付いたリィカが声を荒げ、地面を叩くと土の壁を形成した。シャティアの頭上が土の壁で覆われ、瓦礫を防ぎ切る。だがその代わり、リィカの姿は瓦礫の雪崩によって掻き消されてしまった。

「先生頼むよ！　行かせてくれ！　まだリィカが中に居るんだ!!」

「分かっている。今兵士の人達が捜索中だ。だからお前は避難してろ」

王宮の門の前でレオはレイギスに声を荒げながら飲み込んでいた。レイギスはそれを聞いて複雑そうな顔をしながら教師としての責務を果たす為、首を振って拒絶する。レオはゴーレムの暴走から避難する際、リィカがゴーレムに襲われてはぐれる瞬間を見ていた。すぐにも戻って助けようとしたが、他のゴーレム達に阻まれたせいで助けに行く事が出来なかった。結局レイギスに連れられ、入り口まで戻されるとレオはレイギスにリィカを助けに行くと抗議したのだ。

「でも……もしもあいつに何かあったら……!!」

拳を握り締めながらレオはその先の言葉を言えなかった。レイギスは彼の心境を理解しつつもその頼みを断固として受け入れない。既に生徒が二人足りていない事は確認している。兵士達にお願いして王宮内は捜索中だ。だから彼はこれ以上犠牲者を増やす訳には行かず、レオを王宮内に入れないようにした。むしろ彼は自身で探しに行くつもりだった。全部の生徒を助けられなかった自身の無力さを恨み、歯を食いしばる。

その時、王宮内から大きな爆発音が響いた。地面が揺れ、王宮の屋根が突き破られる。そしてそこから何かが現れた。黄金に輝く天使のような姿をした何か。それは大きな咆哮を上げ、背中から光り輝く翼を生やしていた。

「あ、あれは……？」

レオも、レイギスも呆然となってそれを見上げる。とても人では理解出来ない光景だった。神聖なその姿に圧倒され、声を上げる事すら忘れてしまう。レオは確信した。王宮内でとんでもない事が起こっている事を。そしてリィカの事を思い出し、すぐさま走り出した。レイギスの横を通り抜け、王宮の中へと入って行く。

「あっ！　待て、レオ!!　早まるな!!」

すぐさまレイギスも気が付き、レオの後を追って王宮内へと入った。

上空を浮遊する黄金の天使は街を見下ろし、低い唸り声を上げている。レイギスはそれを尻目に、扉を抜けてレオの後を追った。

瓦礫を退かし、シャティアは瓦礫の山から這い出た。辺りはあれだけ美しかった王宮だったのにもかかわらず廃墟のようになってしまっている。そして突き破られた天井の先ではエンシェントゴーレムが背中から魔力の翼を生やし、上空を浮遊していた。それを見上げてシャティアは憎たらしそうに舌打ちした後、すぐにリィカの事を探した。

「リィカ……ッ!!」

リィカはシャティアを助ける為に土壁を生成した。だが自分のは間に合わず、瓦礫の山に埋もれてしまったのだ。邪魔な瓦礫を全て退かし、シャティアは血相を変えて彼女の事を探す。手が傷つき、時折尖った破片で血が出たが気にしなかった。そして瓦礫の山の奥深くまで進むと、そこにリィカが居た。丁度隙間が出来ている空間に収まっており、瓦礫の被害から免れたらしい。所々破片が当たって気絶しているが、それでも命に別状は無いようだった。それを見てシャティアは大きく肩を落として安堵の息を吐いた。リィカの手を引き寄せ、彼女をその空間から引っ張り出す。

「すまない、我のせいで……お前には借りが出来てしまったな」

シャティアは悔いるように表情を歪めながら眠っているリィカにそう語り掛けた。ほんの少しの油断だった。敵の急激な変化を目の当たりにして少し意識が傾いてしまっただけだった。本当なら魔力の壁を張って瓦礫を退ける事も出来た。だがリィカの方が素早かった。彼女は自身の事など顧みずシャティアを助けようとしたのだ。リィカをフロアの安全な隅まで移動して寝かせると、シャティアは拳を握り締めた。また自分は守る事が出来なかった。そんな悔しさが沸き起こる。ふと上空を見上げるとそこでは王宮の塔の上に乗って街を見下ろしているエンシェントゴーレムの姿があった。恐らくこれから王都を破壊するつもりなのだろう。あんなのが街に降り立てば民衆はひとたまりもない。シャティアはリィカの頬をそっと撫でた後、その場から立ち上がった。

「ゴガァァアアアアアアアアアアッ!!」

「待ってろ。すぐアレを倒して戻って来る……」

雄叫びを上げているエンシェントゴーレムを見上げながらシャティアはそう言った。当然リィカから返事は無いが、どことなく彼女が笑っているような気がした。シャティアもうっすらと笑みを浮かべ、気を引き締め直した後浮遊魔法を使ってその場から飛び立つ。屋外へ出た後、王宮の屋根に降り立ってシャティアは塔の上に居るエンシェントゴーレムと視線を合わせた。リィカがあれだけ自らを犠牲にし、覚悟を決めて止めようとしたのだ。今更自分だけ逃げるなんて事は許されない。シャティアは持てる手段全てを用いて排除してやろうと意を決した。

「よくも我の教え子に怪我をさせてくれたな……高く付くぞ？　これは」

「グゴゴゴ……」

融合化する前の戦闘の事を覚えているのか、エンシェントゴーレムはシャティアの姿を見ると黄金の兜の隙間から瞳を赤く光らせ、まるで怒りを覚えるかのように唸り声を上げた。シャティア自身も怒りを覚えており、目つきを鋭くさせながら腕を広げて魔法の準備をする。

「一撃でカタを付けてやる」

最早手加減をするつもりは無い。敵の情報を分析する必要も無い。最初の一撃で終わらせる。普段の慎重なシャティアは姿を消し、そこには友人を傷つけられて怒っている少女の姿があった。手の平をかざし、辺りの光がシャティアへと集まって行く。それを見た瞬間、エンシェントゴーレムが大きく動き出した。背中から巨大な魔力の翼を生やし、身を屈める。シャティアは突っ込んで来ると予想し、詠唱したまま回避する体勢を取った。だが次の瞬間、塔を破壊する程の蹴りを行ってエンシェントゴーレムは突風を巻き起こしながら突っ込んで来た。

「グルゥウアアアアアアアアア！！！」

魔法を発動する暇も無く、シャティアはすぐさま浮遊魔法で上空へと避難した。しかし屋根を破壊する程の突進は破片をまき散らせ、シャティアはその破片にぶつかった。展開していた魔法陣を一度消し、シャティアは浮遊魔法で距離を取る。エンシェントゴーレムは屋根を突き破っていた拳を引き戻すと、再び低い唸り声を上げてシャティアの事を睨んだ。

「眠りッ……ぐッ⁉」

「こいつ……魔法が使えるようになっているのか」

屋根を破壊した時も思った事であったが、エンシェントゴーレムは魔法を使えるようになっていた。恐らく融合化する事によって追加された能力なのであろう。魔力の翼でゴーレムの時ではなし得なかった高機動の戦闘を可能とした。全くもって厄介である。シャティアは額から冷や汗を流し、袖でそれを拭った。

再びエンシェントゴーレムが動き出す。黄金の鎧を輝かせながら腕を振るい、そこから魔力の槍を形成した。それは先程シャティアが見せた基礎的な魔法だった。魔力を固めるだけの簡単な魔法。だが間違いなく、エンシェントゴーレムはシャティアの真似をしていた。その巨大な槍を掴むと、エンシェントゴーレムは身体を捻らせ、勢いを付けると腕を振るった。魔力の槍が放たれ、シャティアへと向かって来る。

「ちっ……学習しているな。我の魔法を真似ている」

魔力の盾を形成して槍を受け流す。しかしシャティアは表情を曇らせた。今のは間違いなく自身の魔法を真似た物だった。あの程度なら然程脅威ではないが、それでもただでさえ強靭な鎧と腕力を誇る敵が魔法を身につけたと思うと、少し気落ちする部分がある。いずれにせよ長期戦は避けた方が良いと判断した。

「グルゥァアアアアア!!」

エンシェントゴーレムも何か狙いがあるのか、咆哮を上げるとシャティアに絶え間なく攻撃を仕掛けた。魔力の翼を羽ばたかせて飛び上がり、衝撃波と共にシャティアへと襲い掛かる。振り下ろした拳を避け、シャティアはエンシェントゴーレムの背後へと回った。巨大な魔力の拳を作り上げ、それを打ち込もうとする。だがその前にエンシェントゴーレムが体勢を変え、シャティアの方に顔を向けると兜の隙間から魔力の光線を放った。

「我に魔法を使わせないつもりか……!」

放とうとしていた魔力の拳を消し、代わりに魔力の盾を形成してそれを防ぎ切る。だがその一瞬の隙でエンシェントゴーレムは体勢を立て直し、シャティアの眼前へと迫ると近距離で拳を振り下ろした。形成した盾で再び防御態勢を取るが、あまりの衝撃に吹き飛ばされ、シャティアは王宮の屋根へと激突した。

「ぐっ……やはり知能があるな……最初の戦いで我の戦法を理解したのか？　全く、実に面倒くさい」

少し腕を痛め、シャティアは片手を引きずりながら起きあがった。別に問題は無い。魔法は腕を使わなくとも発動する事が出来る。だが問題はその暇が無いという事だ。シャティアは上空を見上げ、浮遊しているエンシェントゴーレムの事を睨んだ。エンシェントゴーレムは次の攻撃に出ようとしているのか、何やら魔力を溜めている。

やはり奴には知能がある。シャティアは確信した。元からあったのか、それとも融合化する事によって大きく成長したのか。どちらにせよ強力な存在になった事には変わりない。エンシェントゴーレムはシャティアの魔法を警戒し、攻撃する隙を与えないようにしている。エそして高機動の戦闘が可能になった為、見事その狙いを果たしている。シャティアは奴の動きを封じなければならないと考えた。だがどうやって？　また先程のように鎧の隙間を狙うか？　それは不可能である。素早い動きが可能になった奴にそんな繊細な手段は通じない。では一体どうすれば良いのか？　そうこう考えている内にエンシェントゴーレムは溜まった魔力を放出し、シャティアに魔力の雨を降らして来た。すぐさまシャティアは魔力の盾を形成するが、十分な魔力を抽出せずの展開だった為、盾には次々とヒビが入って行く。やがて魔力の雨は爆破を帯び、王宮の屋根を粉砕して行った。シャティアは浮遊魔法でその場から脱出し、上空へと避難する。

「グルゥァアアアアアア!!」

「……くっ!!」

そこへすかさずエンシェントゴーレムが突っ込んで来た。魔力波を帯びながらの突撃。シャティアは受け切る事は出来ないと判断し、横へと回避する。しかし余波を喰らい、宙を回転しながら吹き飛ばされた。エンシェントゴーレムは勢い余って塔へ激突し、一度そこに腕を突き刺して停止した。シャティアもようやく回転が収まり、宙に留まる。シャティアは久方振りに息を荒くした。しばらくまともな戦闘をしてなかったからか、身体が鈍っている。学園に通ってぬるま湯に浸かり過ぎたか、とシャティアは自嘲するように笑った。

「シャティア!!」

その時、声が響いた。シャティアの物でもましてやエンシェントゴーレムの物でもない。男の子の声だった。振り向くと王宮の突き破られた屋根の部分からレオが顔を出しており、浮遊魔法で上り詰めた所だった。シャティアは目を見開き、何故ここにレオが？　と疑問を抱いた。

「……レオ？」

「グルゥォオオオオオオオオオ!!」

大方リィカが心配でここまで来たのだろう。そしてこの状況を目にし、居ても立ってもいられなかった。シャティアはそう推測したが、あろう事かエンシェントゴーレムは標的をシャティアからレオに移し、そちらに向かって強力な魔力砲を放った。すぐさまシャティアは浮遊魔法でレオの所まで移動し、魔力の盾を形成する。真正面から魔力砲を受け止め、凄まじい火花と同時に轟音が鳴り響いた。エンシェントゴーレムは魔力砲を抑える気は無く、そのまま放ち続ける。

「……くっ！　何故来た？　レオ！」

「う、おっ……シャティア……！　だって、下でリィカが寝てたから。上で凄い戦闘が起こってて……てかお前平気なのかよそれ!?」

もちろん平気ではないと呟きながらシャティアは現状を理解した。やはり正義感の強い子供と言うのは厄介極まりない物である。だがシャティアはそれを楽しむように笑みを浮かべ、腕を力を入れて踏ん張った。盾の強度を維持し、エンシェントゴーレムの魔力砲を受け止め続ける。このままではきっと二人共やられてしまうだろう。本気を出せばともかく、レオを庇いながらの戦闘はシャティアには難しい。魔女の力を使えばどうにかなるかも知れないが、それでもシャティアは躊躇してしまった。また拒絶されるのではないか？　忌み嫌われる存在として再び認識されてしまうのではないか？　そんな不安が過《よぎ》った。

「……おい、レオ」

「あ？　な、何だよ？」

盾を維持したままシャティアは何となくレオに話し掛けた。決して余裕とは言えない状況にもかかわらずシャティアは口を開いた。その謎の行動にレオも不審がるように曖昧な返事をする。

「もしも我が一瞬でアレを倒したら……お前達は我を恐れるか？」

シャティアはおもむろにそう質問した。その質問が何を意図しているのかは自分ですら理解出来ない。ただの確認だったのかも知れない。魔女の力を全開し、エンシェントゴーレムを倒した時、果たして人間達は自分の事をどのような目で見るだろうか？　やはり恐れるだろうか？　街を守る為に戦ったとしても、その異質な力に恐怖を覚えるだろうか？　かつての事を思い出しながらシャティアはそう不安に思って。そしてチラリとレオの顔を見ると、レオは切羽詰まったような顔をしながら口を開いた。

「んな訳ねーだろ!!　てか、倒せるならさっさと倒せよ！！！」

むしろ今すぐ倒してくれ、と懇願するレオを見てシャティアは目をぱちくりとさせる。自分が予想していた言葉とは全く違う返答。あまりの予想外にシャティアは一瞬力を抜いてしまいそうになった。

「……クク……ハハ、そうかそうか。倒せるならさっさと倒せか……もっともだな。うむ」

「な、何なんだよ。何か方法があるのか？　だったら早く……」

「では、行って来る」

「え？」

何かが吹っ切れた気がする。シャティアは清々しい顔をしながら出来るだけの魔力を込め、魔力の盾をその場に維持させたまま飛翔した。レオは呆然とし、エンシェントゴーレムに向かって行くシャティアの後ろ姿をただ眺めていた。魔力砲を放ち続けているエンシェントゴーレムはシャティアの存在に気が付き、咆哮を上げた。だが魔力砲を放つのは止めない。レオの存在には気がついていないらしい。だがシャティアは構わなかった。既に対抗策は講じた。

腕を振るい、シャティアは呪文を唱える。

「グルォォアアアアアアア！！！」

「そう吠えるな。特別に魔女の魔法を見せてやる」

エンシェントゴーレムが咆哮を上げると片手を振るい、シャティアに向けた。そこに魔力が溜まって行き、魔力砲を放つ準備を整える。だがシャティアは引く事なく小さく笑みを浮かべ、魔法を発動した。

「【罪の枷】」

シャティアが指を走らせると同時にエンシェントゴーレムの身体に魔法の拘束具が付けら

れた。急にエンシェントゴーレムは腕を降ろし、魔力砲を放つのを止めてしまう。そして藻掻き苦しむように声を上げ始めた。【罪の枷】は対象の魔力を奪う魔法。魔力が動力源であるゴーレムからすればそれは苦痛以外の何物でもない。

「【咎の幻影】」

更にシャティアは魔法を発動する。シャティアの身体から闇色の煙が溢れ出し、それがエンシェントゴーレムを襲った。縛り付けるように鎧に絡み付き、エンシェントゴーレムは完全に自由を奪われる。シャティアの魔法は終わらない。更に黒色の炎が舞い、漆黒の剣が鎧に突き刺さった。

「【烙印の炎】【暗天の剣】」

止まらない。シャティアの魔法は止まらない。魔女達が使役する強力な七つの魔法。全ての魔法がエンシェントゴーレムへと突き刺さり、鎧が崩壊した。そしてシャティアはとどめの魔法を用いる。

「終曲、【眠り歌】」

「グゴ、ガァァアアアアアアアアアアア……ッ!!」

一瞬辺りから光が消え去った。そして次の瞬間、無数の魔法陣が放たれ、飛び散る光の球と共にエンシェントゴーレムは最後の悲鳴を上げると輝きを失った。黄金色の輝いていた鎧は最初の頃と同じように錆び付き、赤く光っていた瞳を闇色に覆われる。そして翼も消え、天使は地へと落ちた。王宮の屋根にエンシェントゴーレムが激突し、鎧がバラバラに崩壊する。それを見届け、シャティアはようやく勝負が付いた事を感じた。震える手を抑えながら、シャティアは静かに屋根へと降り立つ。魔女の七つの魔法を全て同時に使ったのだ。幾ら無尽蔵の魔力を誇るシャティアでもその疲労感は無視出来る物ではない。シャティアは膝を付き、大きく……大きくため息を吐いた。遠方からレオが手を振りながら近寄って来る。シャティアは彼の顔を見ながらどんな顔をして応えれば良いのか分からず、ただ力無く笑った。いずれにせよ自身はエンシェントゴーレムを退ける程の力を見せてしまった。これから人間達にどんな反応をされるのか……シャティアは不安に思いながら流れに身を任せる事にした。

「あー、くそったれ。ゴーレムやられやがった……攻撃する暇を与えない高機動型なら攻略出来ると思ったのに……やっぱ上手く行かないな」

崩壊した王宮の上空で一人の女性が佇んでいた。浮いたまま、機能停止したエンシェントゴーレムとその側に居る二人の子供を見下ろしながら、彼女は酷く嫌悪感を抱く表情をする。手には数冊の魔法書が。それを大切そうに抱えながら彼女はふぅとため息を吐く。

「魔王サマから貰った部下も兵士も共に捕まっちまったし。引き時かなぁ……仕方ねぇ。まぁ魔法書は手に入ったんだし、それで良しとするか」

女性はそう言って王宮の外の様子を伺う。そこでは兵士達が集まり、隊を作っていた。これ以上王宮に留まるのは危険であろう。そう判断すると女性は今回連れて来た部下達を救出する事は諦め、見捨てる事にした。いずれにせよ目的は既に果たしている。今回自分がわざわざエンシェントゴーレムの封印を解いたのはちょっとしたついで。たとえ倒された所で然程支障がある訳ではない。倒した張本人である少女の事を見下ろしながら、女性は嘲笑するように口元を引き攣らせて言葉を発する。

「では次は我が国、魔国でお待ちしています……我らが魔女の長、シャティファールよ」

腰を曲げて丁寧にお辞儀しながら【探究の魔女】クロークはそう呟く。紅の瞳を静かに燃やし、彼女は次こそはシャティアを超えてみせると決意する。そして次の瞬間、クロークはその場から煙のように消えてしまった。後に残るのは崩壊した塔と王宮だけ。風がもの静かに吹いていた。

ゴーレム暴走事件が起きた翌日、王都ではこんな噂が流れていた。魔法学園の生徒が一人でゴーレムを退けてくれた。最初その噂は誰も信じなかったが、現に討伐したゴーレムの死体がある事と、それを目撃した兵士達が居る事からそれは真実だと判明した。いくら魔法学園の生徒だからと言って子供がゴーレムに勝てる訳が無い。そう思って民衆達はその子供の力に疑念を抱いたが、同時に感謝した。その子供のおかげで街は救われたのだ。人々は感謝の気持ちを伝える為、子供が住んでいる屋敷に訪れたり、手紙を送ったりした。

またその一方でその子供が今回の事件に関わっているのではないか？　と異論を発する者も居た。だが王宮での事件は魔族が起こした物だと兵士達は説明し、実際に犯人を拘束しているると公表した。何故最前線で戦っているはずの魔族がいきなり王宮に侵入する事が出来たのかなど疑問があるが、それはこれからおいおい詮索して行くと発表された。

いずれにせよ事件には魔族が関わっていたのだ。今回で魔法書の幾つかを奪われ、長年秘密兵器として封印していたエンシェントゴーレムまで暴走で失ってしまった。人間側からすれば大きな痛手である。既にこれは宣戦布告だと見なし、再び魔族と戦争を行おうと考える者達も居た。

「奴らは此度、我らの国に侵入して大きな損害を齎して行った……これは明らかに宣戦布告だ！　我らは再び剣を取らねばならない！」

「だがどうやって奴らは王宮に侵入したのだ？　北の砦の時もそうだ……奴らは突然現れる。一体どういう手を使っているんだ？」

王宮の会議室では激しい論争が行われていた。魔族との戦争を望む者、魔族の侵攻を不審がる者、時には魔族に降伏しようと言う者も居た。皆不安に思っているのだ。今回の魔族の襲撃によって戦争の切っ掛けが出来てしまった。せっかく魔女が居なくなったと言うのにこれで世界は再び混乱の渦に巻き込まれる。それだけはどうしても避けたい事だった。

「いずれにせよ、今回は奇跡的にも犠牲者は出なかった。民衆達に不安を抱かせないよう、我々は事を荒げるべきではない」

一人の老人がそう言うと、他の者達は黙って席に座り込んだ。今回これだけ大きな事件が起きたのにもかかわらず驚くべき事に犠牲者は出なかった。もちろん怪我人は居たが、命を落とさなかっただけで幸運である。そしてその要因は一重に言うとエンシェントゴーレムを討伐してくれた少女による物だろう。信じられない事だが、魔法学園の生徒の少女はたった一人でエンシェントゴーレムを倒してしまった。もしもエンシェントゴーレムが街まで降り立っていれば力を持たない民衆達は一網打尽にされ、悲劇が待っていただろう。老人は少女の力に異質さを覚えるが、それでも彼女の活躍を無下にする訳には行かない。静かに咳払いし、口を開いた。

「我々は少女に感謝しなければならない。彼女のおかげで王都は救われたのだ……壊れた王宮は修理すれば良い。今はとにかく、傷口を抉るような事はしない方が良いだろう」

わざわざ事を荒げ、不安を抱いている民衆達にこれから戦争を行うなど宣言する必要は無い。今は魔族の侵入をより警戒し、防御を固くする事が重要である。今はまだ動くべきではない。じっくりと体勢を立て直し、地盤を固めなくてはならない。戦争を行うと言うのならそれからである。そう結論を出し、荒々しかった会議は終了した。

「え？　シャティアちゃん。しばらく学校に来ないの？」

ゴーレム暴走事件の時に怪我をしたシャティアの事を心配をし、リィカは屋敷にお見舞いに来ていた。彼女自身も瓦礫で怪我をしたのだが、そこまで酷い怪我ではなく、手足に少しだけ包帯が巻かれているくらいだった。だがシャティアの方は意外にも重傷だったらしく、左腕にギプスをしていた。

「うむ。左腕をやられた時にちょっと魔素に当てられたらしいんでな……傷がどうも回復しないのだよ」

ギプスをしている左腕を撫でながらシャティアはそう説明する。どうやらエンシェントゴーレムは融合化した事によって害悪な魔素を生成する体質になったらしく、負傷した際にシャティアはその魔素を取り込んでしまったらしい。そのせいで傷は治癒魔法でも回復せず、シャティアは片腕を動かせない状況となってしまった。

「しばらく療養の旅に出掛ける。妖精の泉に浸かれば治ると先生に言われたんでな」

「そっか……じゃあシャティアちゃんとはしばらく会えないんだね」

シャティアがしばらく学校には登校しなくなると知ると、リィカは酷く落ち込んだ表情をした。またいつもの癖の指を弄るような仕草を取り、暗い雰囲気になってしまう。それを見てシャティアはクスリと笑い、動かせる腕を伸ばして彼女の頭を撫でた。

「心配するな。リィカはもう我が居なくても大丈夫さ。お前は強い精神力を手に入れた……今後学校で虐められても挫けはしないさ」

シャティアはそう言ってリィカを安心させる。リィカも尊敬しているシャティアからそう言われると少しだけ自身を持つ事が出来たのか、瞳を揺らしながら力強く頷いた。けれどどこか寂しげな表情をし、顔を俯かせる。

「でもやっぱり、ちょっとだけ寂しいな……」

「クク、我もだ」

そういう所は子供らしい、と思いながらもシャティアもそれに同意した。ほんの二ヶ月の間ではあったがリィカと過ごした時間は本当に楽しかった。自分が魔女だった頃に戻ったような感覚だった。もう戻る事は出来ない過去の事を思い出しながらシャティアは静かに目を瞑った。

リィカと別れた後、シャティアは自室で旅に出掛ける準備をした。療養の旅の為、学校への出席は免除されている。何でも自分は今回の事件鎮圧化の功労者らしいので、特別措置との事だった。シャティアは自身の動かなくなった左腕を見つめながらふと首を傾げた。

「意外にも……受け入れられるものなのだな」

魔女だった頃とは違う、大いなる力を受け入れるという体験。シャティアは今回の事は少し驚いていた。てっきり自分は異質な存在として拘束、拉致されるのかと思ったが、その逆で事件を解決した英雄として祭り上げられた。屋敷で怪我の治療をしていた時も次々と訪問者が現れ、感謝の言葉を述べに来た。その時シャティアはどう反応すれば良いのか分からず、珍しくキョトンと呆けた顔をしていた。

腰に付けてある人形を撫でながらシャティアは小さく息を吐く。もしもこれをエメラルドも見ていたら、彼女はどれだけ喜んだだろうか？　人間との共存を望んでいた彼女にとって、この結末は最も望んでいた事だろう。本当なら今回彼女を復活させる事も出来たかも知れない。だが兵士達の情報によると魔法書は魔族達に奪われてしまったらしい。今回の事件の犯人、魔族。彼らはどういう方法を使ったのか、突然王宮に侵入し、ゴーレムを暴走させた。

「……奴らには黒幕が居る」

シャティアは目を細めながらそう呟いた。確かに今回の事件は魔族も関わっていた。だがそれだけではない。魔族が魔女を保持しているという情報。大陸の端で戦っていたのにもかかわらず突然王都に近い北の砦を攻め落とした事。そして今回の突然の王宮侵入。シャティアにはそれらを可能にする人物に心当たりがあった。

【探究の魔女】クローク。その麗しい見た目とは裏腹に人間を忌み嫌い、魔女こそが生物としての頂点と本気で信じている女性。魔法の研究に熱心で、昔はシャティアによく勝負を挑む事もあった。魔法書に残されていた文字と言い、今回の魔族の突然の侵入から考えるに彼女しか黒幕は考えられない。シャティアはそう確信していた。

「シャティアちゃん、準備は出来たかい？」

「ああ、うむ。後少しで終わるよ。先生」

必要な物だけバッグに詰めた後、扉をノックしてロレイドが入って来た。彼も手に鞄を持っており、旅に出る支度をしている。当然のごとく今回の療養の旅はロレイドも同伴する予定だった。彼は一応シャティアの保護者となっている為、付いて行く義務がある。シャティアはロレイドの方に顔を向けると、急に真剣な顔つきになって口を開いた。

「先生には本当に感謝している。王都に連れて来てくれて、学園にも通わせてくれた。心から礼を言う」

「えっ、急にどうしたんだい？　シャティアちゃん」

突然シャティアが真面目な話をし始めたのでロレイドは困った顔をする。そしてシャティアはゆっくりと彼に近づくと、右手をかざして呪文を唱えた。魔法陣がロレイドの顔の前に現れ、眩い光を放つ。

「だがすまない。我の行く先は妖精の泉ではない……魔国だ」

そう宣言すると共にシャティアは指を走らせ、ロレイドの記憶を操作した。記憶操作魔法によってロレイドはシャティアが一人で療養の旅に出掛けたと思い、自分は王都に残って研究する予定があるのだと思い込む。元々表には出られない存在の為、民衆もロレイドが王都に残っているとは思わない。リィカ達はシャティアが療養の旅に出掛けていると思い、魔国に向かっているだなんて微塵《みじん》も思わない。

シャティアは放心しているロレイドに小さくお辞儀して謝り、研究費にでもと思って今回の事件の恩賞として受け取った大量の金貨を机の上に置いて行った。そしてベッドの上に置いてあったバッグを持つと寂しげに部屋を後にした。二ヶ月間世話になった屋敷を尻目に、彼女は気配遮断魔法を使って人混みの中へと消えて行く。

シャティアの次なる目的地は魔国。波乱と悲劇が待ち受ける。

番外編

幼馴染み

それはシャティアがまだ村で生活していた頃、平和な時を刻んでいた頃、ようやく魔女としての記憶を取り戻したばかりのシャティアは日々を魔法の練習で過ごしていた。

家の中でやると危ないので、彼女はいつも幼馴染みのモフィーと遊ぶ野原で練習する。本当は一人で練習をしたかったのだが、生憎出掛ける所をモフィーに見つかってしまい二人で行く事となってしまった。

野原に着くとシャティアはいつものように軽い魔法の練習を始める。最初は石ころを浮かしたり、野原に花を咲かせてみたりと少し練習すれば誰でも出来る魔法を使う。だがそれだけでもモフィーには十分幻想的だったらしく、まん丸の瞳を輝かせながらシャティアの事を見つめていた。

「すごいすごーい！　シャティアって色んな魔法が使えるんだねぇ！」

「これくらい練習すれば誰だって出来る……魔術師ならな」

どれだけモフィーに褒められてもシャティアからすれば些細な事であり、むしろまだこの程度の実力しか発揮出来ない自分が嫌になっていた。何分つい最近魔女の時の記憶を取り戻した為、頭の中がまだ混乱している。想像力が上手く働かないという事は魔法もまたイメージしづらいという事だ。シャティアは手を握り締め、魔力をそこに込めた。

「良いなぁ……私も魔法使いたいなぁ」

そうとも知らず後ろではモフィーが羨ましがる顔をしながらシャティアの魔法練習を見学

している。見せ物ではない為、シャティアも出来ればモフィーには帰って欲しいのだが、何分相手は子供の為強くは言えない。それに村で唯一の友達でもある為、世間体的に無下にする訳には行かなかった。

「モフィーも練習すれば出来るかも知れんな、魔法」

「え、本当⁉」

チラリと横目でモフィーの事を見ながらシャティアは思わせぶりにそんな言葉を呟いた。途端にモフィーは立ち上がり、腕を上下にブンブンと振り回しながら興奮気味に尋ねた。だがシャティアはクスリと笑い、口元を手で抑えると小馬鹿にするように肩を震わせた。

「まぁ、まずは大人の言いつけをちゃんと聞いて。好き嫌いもせず、勉強もしっかりとしないと無理だろうがな」

「うー、シャティア、お母さんみたいな事言うー」

シャティアが見せつけるように指を折りながらそう言うと、モフィーを耳を塞いで嫌がるように歯ぎしりをした。色々と思い当たる節がある為、モフィーからすれば耳が痛い話なのだ。

それからもシャティアは淡々と魔法の練習を続け、モフィーがそれを眺めるという平和な時間が続いた。時折モフィーが暇になって野原に飛んでいる蝶々を追いかけたり、花を摘みに勝手にどこかに行ったりとシャティアを心配させたが、結局何事も無く時間は進んで行った。

　そしてようやくシャティアが魔法の練習を終える頃にはモフィーは野原の上で横になって眠っており、シャティアはやれやれとため息を吐いて彼女を背負った。本当は魔法を使って浮かせるなりして移動させるのも良いのだが、何となくシャティアは彼女を背負って帰る事にした。耳元ではモフィーの小さな寝息が聞こえて来る。時折甘えるようにくっ付いて来て、シャティアは何だかくすぐったい気分を覚えた。

　モフィーを家に送り届けた後、シャティアも自分の家へと戻った。家では丁度シャティアの母親が家事を済ませて一段落着いた所のようで、エプロンを外してお茶を入れていた。

「お帰りシャティア。モフィーちゃんと遊んでいたの？」

「ああ、いつものように魔法の練習をしようと思ったら勝手に付いて来てな……」

「フフフ、それだけシャティアの事が好きなのよ」

　母親の質問に子供らしくない口調でシャティアは答える。別に母親に対して複雑な感情を抱いているとかではなく、シャティアは誰に対してもこの口調である。主に記憶を取り戻して口が回るようになってから、彼女は常にこの口調で話すようになっていた。周囲もそういう子供なのだろうと思っており、勝手に納得している。

「それにしてもシャティアが魔法を使えるなんて驚いたわねー。やっぱりお父さんの遺伝かな？」

シャティアが魔法を使えると告白したのはつい最近である。シャティア自身は最初は隠そうと考えていたのだが、こんな近くに住んでいるのだからいずれ村人達にもバレるだろうと思い、敢えて母親に最初に伝えたのだ。その結果そこまで怪しまれる事も無く、シャティアの母親は父親の遺伝か何かだろうと考え、そこまで深く考えなかった。

「さてな……そう言う父上はまた仕事か？」

「そうよ。今頃街の方に向かってるわ」

そしてその父親の事を思い出し、シャティアは母親に質問する。すると母親は頬に手を当てながら笑顔で答えた。

シャティアの父親は普段は街で仕事を行っている為、滅多に帰って来る事が無い。シャティア自身も物心が付いてから会ったのはほんの数回程度だった。故にシャティアは父親という存在がどのような人物なのか分かっておらず、その仕事の内容も知らなかった。だが母親のこの反応を見る限り一応安心出来る人ではあるらしい。シャティアは複雑そうな表情を浮かべながら椅子に座った。

それから夕食の時間になり、いつものように母親と二人でシャティアは料理を食べていた。するると母親が手を止め、思い出したかの様に口を開いた。

「そう言えばもうすぐ獣の時期だから、いつもの野原までなら良いけど村の外までは行っちゃ駄目よ。シャティア」

獣の時期とは動物や魔物が頻繁に出没するようになり、通りかかった旅人にさえ危害を加える程過激になっている危険な時期である。要するに魔物達がたくさん出現するから気を付けるように、というそれだけの事。だが時折村の青年達が腕試しだと言って飛び出す様で、死にはせずとも怪我人が出るらしい。シャティアはああ、と声を漏らして食べていたパンを噛みちぎり、数度噛んで飲み込む。

「もうそんな時期か……という事はまた何人か大人が出るのか？」

「ええそうよ。今年はモフィーちゃんのお父さんとロヴおじさんの二番目の息子さんが行くらしいわ」

シャティアが尋ねると母親は思い出す様に頭に指を当てながら答える。その辺りは少し天然な所があって子供っぽい。

獣の時期は掟として何人かの大人達が村を守らなければならない。普段は魔物達も過激になっているとは言え森から出ようとはしないが、時折何匹から出て村までやって来る事があるのだ。その時武器を持たない村人達は当然対抗策が無い。それを防ぐ為に村から少し離れた場所で大人達がバリケードを作るのだ。そこで迎え撃ち、魔物が来ないようにする。それだけの簡単な仕事。シャティアからすれば自身が結界魔法を張ってしまえばそれでも済む事なのだが、流石にそこまでの魔法を見せる訳には行かない。何事も無いように子供のような仕草を装いながらシャティアはスープを口にした。

「……モフィーの父親か」

夕食が終わった後、食器の後片付けをしている時にシャティアはそう小さく言葉を呟いた。

モフィーの父親も当然村人である為そこまで力がある訳ではない。ただ十分大人としての体格基準を満たしているのでそこまで心配する必要は無いだろう。だが不安なのはそこではなく、モフィーの方。きっと彼女の事だから父親を心配がって泣いて抱きついている事だろう。

バリケードを作るのは予定を早めて明日かららしい。どうやら魔物達がこの辺りでも出没しているそうだ。その報せを母親から聞いてもシャティアは大した感想も抱かず、頷くと自室へと戻って行った。彼女は本棚に置かれている本の一冊を取り出し、それを宙に浮かしてパラパラとめくる。頭が回らない。軽く苛立ちを感じ、何故自分がこんなモヤモヤとした感情を抱いているのかシャティアには理解出来なかった。

翌日、珍しくモフィーと遭遇する事なくシャティアは村の中を歩いていた。今日は魔法の練習は休息。まだ子供の身体の為、無理をさせれば魔素に犯されて死んでしまう可能性もある。何事もほどほどなのは大切であった。そしてシャティアは村長の家へと辿り着き、暇だったので彼の家にお邪魔する事にした。

「おはよう、村長殿」

「おお、シャティアか。相変わらず早いの。今日はどうかしたのか？」

「別に。少し暇を持て余していてな」

突然シャティアがやって来ても村長は嫌な顔一つせず、喜んでシャティアを上がらせた。お茶とお菓子を用意し、シャティアに振る舞う。シャティアはお礼を言って有り難く甘味を口に運んだ。

「やれやれ、今日はシャティアも突然家にやって来るし、モフィーも珍しく早起きだし……妙な日だのぉ」

お茶を啜りながら村長が零した言葉にシャティアは動かしていた手をピタリと止めた。あまりにも聞き捨てならない言葉に一瞬自分の耳を疑い、勢い良く顔を起こして村長の顔を見上げた。

「村長……今なんと？」

「ん？　いや、明け方頃モフィーが家の前を走って行くのを見掛けての……珍しい事もあるもんだと思っただけだ」

村長はそこまで気にしていないらしいが、シャティアからすればその言葉は大変問題な事であった。大方村長はモフィーが遊んでいるだけだと思っているのだろう。だがシャティアは知っている。モフィーは決して一人で遊ぶような事はしない。必ず誰かと遊ぶのだ。その相手は父親だったり、自分だったり。そして今日は自分ではなかった、という事は？　シャティアは勢い良くその場から立ち上がった。

シャティアは村長に礼だけ言うと飛び出し、急いで村の外へと向かった。幸いまだ村の人達は表に出て来ていない。シャティアは誰にも見られる事なく門をくぐり、浮遊魔法で森の方まで飛んで行った。

「モフィーの奴……まさか……！」

空を飛びながらシャティアは唇を噛んで悔やむ様に言葉を零す。

自分の考えすぎかも知れない。もしかしたら本当にモフィーは早起きをして運動でもしていたのかも知れない。そんな想像は全く出来ないが、何かの拍子でそういう健康的な生活をしたくなったのかも知れない。だがシャティアの勘は悪い方向へとばかり研ぎ澄まされて行った。

もしもモフィーが父親を心配して森へ向かったとしたら？　いくら森の方ではバリケードを作った父親達が居ると言えど、その道中が安全だとは限らない。そもそも森で迷う事だってあり得るのだ。モフィー一人だけではあまりにも危険過ぎる。

シャティアは真っ直ぐ森の中を飛び続ける。そこまで距離がある訳ではない。村まで続く道をバリケードで塞ぐのが目的の為、そこまでの距離があっては意味が無い。やがてシャティアはモフィーの父親ともう一人の大人がバリケードを作っているのを目にした。そこにモフィーの姿は無い。やはり自分の思い過ごしかと思って安堵の息を吐くが、突然彼女の耳に小さな悲鳴が聞こえた。

「……ッ！」

それは本当に小さな悲鳴だった。かすかに聞こえる、風が吹くような声。父親達には聞こえなかったようで、淡々と木材を運んでバリケードを作っている。シャティアは方向を変え、森の中へと進み、声が聞こえた方向へと向かう。

何やら嫌な予感がする。同時にシャティアは心臓の鼓動が高鳴って行くのを感じた。何故自分はこんなにも緊張しているのか？　シャティアには理解出来なかった。

そして遂に声がした場所に辿り着くと、そこには巨大な蜘蛛《くも》に襲われているモフィーの姿があった。

「た、助けてぇえ！　お父さぁぁん!!」

「モフィー！」

モフィーは蜘蛛が放った糸で足を取られており、動けない状態だった。すぐさまシャティアは飛び降り、モフィーと蜘蛛の間へと降り立つ。そして腕を構えると特大の魔力波を放った。巨大蜘蛛は無数の脚をバタつかせながら宙を舞い、木へと激突する。

「大丈夫か？　モフィー!?」

「シャ、シャティア……？」

倒れているモフィーに駆け寄り、彼女の状態を確認する。幸い怪我はしておらず、糸で拘束されていただけだった。シャティアは魔力の刃を自身の指先に形成してそれで糸を切り裂く。動けるようになったモフィーはまだ肩を震わせながら怯えており、目を見開いてシャティアの後ろを指差した。直後、シャティアの腕に蜘蛛の糸が張り付く。引っ張られ、シャティアは自身の腕から力が奪われるような感覚を覚えた。恐らくこの特殊な糸でモフィーも動けなくなってしまったのだろう。だがシャティアは腕に魔力を込めると、そこから微弱な魔力波を放って糸を吹き飛ばした。

「妙だな……我は普段は魔物にも優しいんだが……何故だか、今はとても怒りを覚えている」

ユラリと立ち上がりながらシャティアは背を向けたまま巨大蜘蛛にそう語りかける。

シャティアは珍しく怒りと言う感情を抱いていた。大抵の物事は客観的に捉え、どんな事件も淡白な感想しか抱かないシャティアなのだが、どういう訳か今回は激しい怒りを感じている。自身の胸から沸き起こる感情に戸惑いを覚えながらシャティアは腕を握り締めた。

「消えろ。二度と我の前に姿を現すな」

シャティアが目を鋭く光らせながらそう言うと巨大蜘蛛は突然後ろへと下がった。恐怖を覚えたように幾つもの目をギョロギョロと動かし、やがて身体を縮ませると木々の合間を縫って森の中へと逃げて行った。

敵が消えた後、モフィーは緊張が解けたからか気絶してしまった。眠っているモフィーに駆け寄り、シャティアは彼女の頬をそっと撫でる。

どうして自分はこんなに怒りを覚えていたのだろうか？　さっきまであの巨大蜘蛛をめちゃくちゃにしてやりたいという感情で覆われていた。それは魔物好きのシャティアからすれば最も有り得ない感情のはずであった。そしてモフィーを背負い、シャティアは村へと戻る。その途中、耳元から聞こえて来るモフィーの寝息でシャティアはハッとした表情をした。

「ああそうか……我はモフィーの事が大好きなんだな」

ポツリと言葉を零し、シャティアは顔をズラしてモフィーの寝顔を見つめた。とても小さな女の子。魔女だった頃の自分からすれば取るに足らぬ存在。魔女だった頃はこんな存在とは友達のような関係は築けなかった。だから大切に思ってしまっているのだろう。モフィーという幼馴染みを、シャティアは自分自身も知らない内に好きになっていたのだ。

「存外、我もお前のように単純なのかも知れんな……モフィー」

「んぅ……んむぅ……」

思わずそう呟くと、返事なのかは分からないがモフィーの口からそんな言葉が零れた。それを聞いてシャティアはクスリと笑い、歩みを進めた。

村へ戻った後、シャティアはモフィーの母親に彼女を届けた。いつものように野原で遊んでいたら眠ってしまったと言い訳をし、シャティアも自分の家へと戻る。その足取りはどこか軽かった。

番外編

闇と光

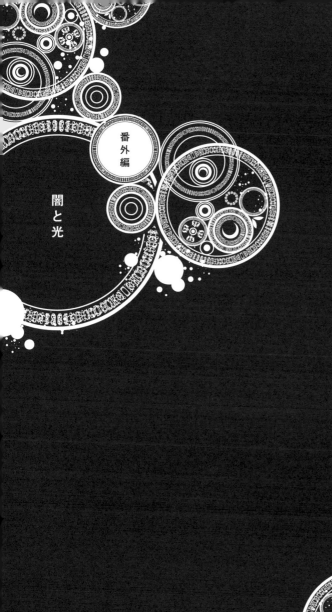

それはまだ少女が闇に落ちる前の話。

人々の光を信じ、世界に希望を持っていた彼女は、まだ人の欲がどれだけ醜く薄汚い物かを知らなかった。


王都から遠く離れた場所にそれ程大きくない街がある。山々に囲まれ、静かな生活を送っているその街にはある少女が住んでいた。宿屋で部屋を借り、そこで日々寝泊りをしている。その少女は小さなベッドで身を縮ませながら毛布に隠れ、窓から差し込んでくる日差しに声を漏らしていた。

「んんぅ……くぅ……もう朝ですか……」

その声色は鈴のようで、容姿も黄金の輝く美しい髪を垂らし、海のように青く澄んだ瞳をした、まるで人形のように整った容姿をしている。真っ白な肌には傷一つ無く、長い脚に細い手と指、そんな美しい少女は可愛らしい欠伸をしながらベッドから起き上がり、床に足を付いた。ひんやりと冷たい感触が伝わり、少女は少し顔を歪ませる。

彼女の名はエメラルド。人々からは【純真の魔女】と呼ばれており、治癒魔法を得意とする清く優しい心を持った魔女。

魔女は七人おり、エメラルドはその中でも人間と交流を持つ珍しい魔女であった。魔女は一般的には人間から迫害されており、その存在を快く思っていない。しかしこの街ではエメラルドの長い間の努力の甲斐があって魔女を理解してもらい、交流を持てるようになった。だからこそ今彼女はこの街に住み、宿でぬくぬくとベッドに寝ていられるのだ。

「ふわぁ……今日は何か、お仕事ありましたっけ？」

まだ眠気が消え切らず、欠伸をしながらエメラルドは部屋の中を歩く。そして今日の予定を確認する為に壁に貼り付けている紙を確認した。

エメラルドはこの街では自分の治癒の魔法を活かして人々を癒す活動をしており、魔女の魔法という事もあってその評判はとても良かった。それ故に予約が入る程エメラルドの治癒を望む人々がおり、エメラルドの都合もあって予定を逐一確認しなければならなかった。だがエメラルドはこの状況を大変だとは思わず、むしろ嬉しい事だと思った。人々が魔女の力を理解し、それに頼ってくれる。それはエメラルドが最も望んでいた事であり、彼女にとっての幸せそのものだった。ようやく掴み取った平穏。それを維持する為にも忙しいなどと言っている暇は無い。エメラルドは予定を確認した後鏡の前に立ち、髪をツインテールに結ってふぅと息を吐いた。

「さぁ、今日も頑張っていきましょう！」

エメラルドは鏡の向こうにいる自分を応援するように力強くそう言う。そしてその綺麗な碧眼を揺らしながら部屋の扉を開いた。

「エメラルドちゃん、こっちも頼むよ！」

「こっちもお願〜い、エメラルドちゃ〜ん」

「は一い、ちょっと待っててくださいね一！」

エメラルドが普段働いている場所は街の中心にある教会である。そこではベッドが並べられ、怪我人や病を抱えている人が訪れていた。今日も教会にはたくさんの人々がやって来ており、エメラルドはあっちこっちに呼び出されていた。けれどエメラルドはそれを苦とは思わない。人から必要とされるのを悪い事だとは思わないし、何より頼ってくれるのは嬉しい事だ。エメラルドは汗を掻きながらも笑顔を絶やさず人々を癒した。

「お姉ちゃん、僕足擦りむいちゃった……お願い治して」

一人の小さな男の子がベッドに座りながらエメラルドにそう言うとズボンを捲って怪我をしている部分を見せた。どこかで転んだのか、確かに擦りむいて血が出ている。けれどエメラルドはそれを見ても優しく首を横に振り、腰を下ろして男の子の頭を撫でた。

「駄目ですよ、それくらいで魔法に頼っちゃ。治癒魔法はどうしても治せない病気や必要な状況の時だけに使うものなんです。無理に使用すると逆に身体の生命力を奪ってしまうんですから」

エメラルドは優しく男の子を諭した。治癒魔法は優れた魔法であり、どんな怪我でも魔力を消費して治癒能力を飛躍的に高め、瞬く間に治してしまう。しかしそれは言ってみれば身体を酷使している事でもあり、過度な治癒魔法は逆に危険視されていた。それ故に少しの怪我で治癒魔法を使うのをエメラルドは良しとしていなかった。男の子は不満げな顔をし、拗ねたように頬を膨らませる。

「だってぇ……痛いんだもん」

「ちゃんとお薬は塗ってあげます。ほら、顔を上げて」

痛いのを嫌がる男の子は出来ればエメラルドに直してもらいたかった。けれど断られたせいで機嫌を損ねると顔を下に向けてしまう。エメラルドは困ったように笑みを浮かべ、男の子に顔を上げさせた。救急箱を手に取り、薬を塗ると絆創膏《ばんそうこう》を貼り付ける。まだ不満げな顔をしている男の子を見上げ、エメラルドは意地悪そうな笑みを浮かべて口を開いた。

「男の子なら弱音を言っちゃ駄目です。おまじないをしてあげますから……はい、痛いの痛いの飛んでいけー！」

擦りむいた部分に優しく手を当て、エメラルドはそう呪文を唱えた。魔法でも何でもない、ただの気を紛らわせる為のおまじないと言う名の魔法。しかし男の子は急に恥ずかしそうに顔を赤くし、座っていたベッドから飛び降りた。

「も、もう大丈夫だよ！　お姉ちゃん！」

「本当ですか？　どうしても辛かったら言ってくださいね。ちゃんと一人で家に帰れます？」

慌てて帰ろうとする男の子に笑いながらエメラルドはそう尋ねる。今度は男の子は答えようとせず、逃げるように教会の扉を開けて出て行ってしまった。その後ろ姿を見送り、エメラルドは可愛いなぁ、と小さく感想を零した。自分も大昔はあんな風に小さく、よく動き回る子だった。そんな事を思い出してつい感傷に浸ってしまう。すぐに頭を横に振るい、そんな考えを消し去った。今の自分には今がある。昔の事をゆっくりと考えている暇は無いのだ。

それからもエメラルドは人々を癒し続けた。仕事に出かける人や魔物を相手にする職業などがこの街には多い為、治癒を求める人は後を絶たなかった。流石にエメラルド自身も魔力を消費し過ぎて疲労を感じていたが、彼女は誰かの役に立てる嬉しさでそれを気にしなかった。誰が頼ってくれる限りエメラルドは身体を張り続ける。それが彼女が固めた決意だから。

「いつも有難うねエメラルドちゃん。貴方のおかげで街の人は大助かりだわ」

「いいえ、私がしてる事なんて……私はただ皆の怪我を治してるだけです」

昼になった頃、仕事を一旦休憩してエメラルドは教会の一室で一息付いていた。そこには教会を管理しているシスターの姿もあった。それなりの年を重ねた温厚そうな顔をした女性。エメラルドは彼女の援助があって今の仕事が出来ていた。

シスターが淹れてくれたお茶を飲みながらエメラルドは自身の肩を軽く揉んだ。いくら魔女だから魔力がたくさんあると言えど、身体に掛かる疲労は当然ある。なるべく表情には出さないでいたが、仕事中もエメラルドは疲労を感じていた。

「それにしても今日はやけに治癒を頼みに来る人が多かったですね。何かあったんですか？」

なるべく疲労を感じている事を悟られないよう、エメラルドは話を逸らした。

治癒を求めてくる人が多かった事は事実である。確かに普段もエメラルド目当てでやって来る人も居たが、それを抜きにしても怪我人が多い。何かあったのかとエメラルドは少し心配そうな表情を浮かべた。

「ああ実はね、最近南の森の方で魔物が出るようになったんだよ」

エメラルドの問いかけにシスターは言いにくそうな顔をしながらも答えた。出来るだけエメラルドに心配を掛けたくないと考えている彼女は、この話題をあまり喋りたくなかったのだ。だが聞かれたからには素直に答えるしかない。エメラルドはその報告を聞き、驚いてコップを落としそうになった。

「魔物が街の近くに？」

「それ程多くはないんだけど、どこかに巣でも作ったのかね。今は街の男たちが退治してるんだよ。それで怪我人が多いんだろうね」

「そうだったんですか……」

シスターの話を聞いてエメラルドは口元に手を当てて思考した。

この街の近くにも何匹かの魔物は徘徊しているが、比較的危険性は低い。それ故に今まで大きな被害は無かったのだが、今回は怪我人が出る程の魔物が出回っているようだ。癒し手としてもエメラルドはこの事態をどうにかしたいと考えた。

「あの、だったら私が……」

ふと、自分でも意識しなかったくらいふいに口からそんな言葉が漏れた。自分は治癒に特化した魔法ばかり使うが、それでも普通の魔術師よりも強力な魔法を扱える。これでも【七人の魔女】の一人、戦闘力は十分と推測出来た。だからか無意識的に口からそんな言葉が出てしまった。だがシスターは首を横に振り、少し悲しそうな顔をして口を開いた。

「いいよエメラルドちゃん。これ以上良くしてもらう訳にはいかないわ。エメラルドちゃんには傷を癒してもらってるだけでも十分助かってるんだから」

シスターからすればエメラルドに治癒魔法を掛けてもらうだけでも十分であった。いくら魔物を討伐出来る実力があるからと言って全て任せっきりでは駄目だと分かっていたのだ。

「そうですか……でも何かあったら言ってください。私、皆さんの力になりたいんです」

シスターからの拒絶を自身が頼りないからだと思ったエメラルドは悲しそうな顔をしながらもそう頼んだ。そこまで頼まれたら断る訳にもいかない。思いは違えど二人は相手の事を心配し、なるべく心配を掛けさせないようにと心掛けた。

その後も夜までエメラルドは働き続け、ようやく治癒が終わると仕事を切り上げた。やはり仕事の途中でも何人か魔物と戦った形跡が見られる人達がおり、エメラルドは益々魔物の事が気になった。しかし自分が余計な事をすれば街の人達に迷惑が掛かるかも知れない。嫌われる事を最も恐れている彼女はそのせいで動き出す事が出来ず、結局何も出来ずに居た。

宿に戻った後、エメラルドは食事を済ませてお風呂に入ったらすぐにベッドにもぐりこんだ。明日も早い。魔力を十分に回復する為にも多くの睡眠が必要だった。目を瞑るとすぐに意識が虚ろとなり、彼女は夢の世界へと浸かり込んでいく。


夜、エメラルドの意識はふいに浮上した。何故なら敵意のこもった魔力を感じ取ったからである。人間のような複雑な魔力反応ではなく、ただ喰らいたいというだけのシンプルな魔力反応。エメラルドはすぐにそれが魔物の物だと気付いた。そしてその反応が複数ある事にも。

「ッ……まさか、魔物が街に……!?」

最も恐れていた事を口に出し、エメラルドはベッドから飛び降りるとローブを羽織って外に飛び出した。広場の方から人々の悲鳴が聞こえ、破壊音が響き渡る。エメラルドは真っ先にその方向へと向かった。そしてそこには猪の姿をした巨大な魔物達が暴れ回っていた。鋭く伸びた角と牙に、歪な形をした筋肉、瞳は赤く染まり、その姿はさながら化け物であった。

「うわぁぁあああ！　助けてくれぇぇぇ!!」

「誰かぁあ！　うちの子供が……魔物に……ぁぁぁあああッ!!」

至る所から悲鳴の声が聞こえてくる。建物が破壊されて下敷きになっている者、魔物に襲われ負傷して動けなくなっている者。エメラルドは今すぐにでも治癒魔法を掛けたかった。だがその前にまず目の前に居る猪の魔物達を倒す必要がある。エメラルドは手の平に魔力を込め、拳を強く握り絞めた。

「この街で暴れる事は、私が許しません!!」

シャティファールと違い、エメラルドは魔物よりも人間の命を優先する。たとえ魔物が街を襲ったのは本能に従ったからと言っても、エメラルドは人間の命を優先した。手の平を魔物達に向け、魔力を解放する。その瞬間けたたましい轟音と共に魔力砲が放たれ、魔物の内に一匹が遠くまで吹き飛ばされた。

「ブモォォオオオオオオオオオオ!!」

人間の一人が反抗して来たのに怒り、魔物達は咆哮を上げた。蹄《ひずめ》を鳴らし、狙いを定めてエメラルドへと突進して来る。しかしエメラルドはそれを避ける事無く作り出した魔法の壁で跳ね返し、更には魔物の内の一匹を魔力の鎖で縛り付け、もう一匹の方向へと放り投げた。二匹の魔物は激突して悲鳴を上げる。すぐにエメラルドは視線を戻し、他の魔物達と対峙する。魔物達も完全にエメラルドの事を警戒しており、ジリジリと近づきながら囲んでいた。エメラルドもいつ攻撃が来ても良いようにと警戒心を高める。そして次の瞬間、囲んでいた魔物達が一斉に襲い掛かって来た。エメラルドは臆する事無く地面に魔力波を放ち、その衝撃で襲い掛かって来た魔物達を逆に吹き飛ばした。建物に激突し、魔物達は気絶してしまう。

ひとまず脅威が去った事を確認し、エメラルドは小さく息を吐いた。

「ふぅ……流石に魔法を使いすぎましたね」

額から流れた汗を拭いながらエメラルドはそう呟いた。

今日は朝から夜までずっと治癒魔法を使っていた。そのせいでエメラルドは相当疲労している。その上で得意ではない攻撃魔法の使用はより彼女を酷使させる物だった。だが今この場で人々を助けられるのは自分しか居ない。その思いからエメラルドはどうしてもこの場で倒れる訳には行かなかった。

「エ、エメラルドちゃん！　お願い！　私の子供がどこか言っちゃって……!!」

「ッ……分かりました！　すぐに見つけます!!」

ふとエメラルドは服の袖を引っ張られ、街の女性から子供を捜して欲しいと頼まれた。その女性は今朝教会に来ていた男の子の母親であった。エメラルドは嫌な予感を感じ、広場から離れると街中を駆け回って男の子を捜した。まだ魔物達の反応もある。ひょっとしたら魔物達に襲われているのかも知れない。不安を募らせながらエメラルドは捜し続けた。

途中遭遇した猪の魔物を退治しながらエメラルドは走り続ける。そして遂に街の角で男の子を発見した。男の子は傷だらけで、一匹の猪の魔物に迫られていた。

「くっ……！」

エメラルドは跳躍し、空中で魔力砲を放つとそれを魔物に浴びせた。魔物は怯み、その隙に男の子を庇うように前へ降り立つ。

「お姉ちゃん!!」

「大丈夫ですよ……お姉ちゃんが守ってあげますから」

エメラルドが現れた事に男の子は今にも泣きそうな顔をしながら声を上げた。その顔は土だらけで、服も所々破れている。相当辛い目に遭ったのだと物語っていた。エメラルドは唇を噛みしめ、険しい顔つきで魔物と対峙した。

既に大分魔力を消費している。この後の街の人の治癒も考えるとこれ以上の魔力の消費は抑えたかった。だが目の前には猪の魔物が居る。エメラルドの体力では男の子を抱えて逃げる事も出来ない。少しだけ窮地に立たされている事を悟り、エメラルドはどうしたものかと表情を曇らせた。

「ブモォォオオオオオオオ!!」

そんなエメラルドの苦労など知らず、魔物は咆哮を上げて彼女へと襲い掛かる。エメラルドは男の子を庇いながら突進を回避し、ゴロゴロと床を転がった。男の子を後ろに下がらせ、エメラルドは息を荒くする。

「どうしよう……」

自分がいかにピンチなのかを理解し、エメラルドの表情に焦りが見えてきた。元々戦闘が得意ではない為、まともな対応も出来ない。このままでは男の子と共倒れであった。

魔物が再び突進し、エメラルドは避けようとするが脚をもつらせ、それを正面から喰らってしまった。身体に鈍い痛みが広がり、建物の方まで吹き飛ばされる。壁に激突して背中に強烈な痛みを感じながらもエメラルドは気絶せず、苦しそうにうめき声を上げた。

「ぐうッ……!!」

「お姉ちゃん!!」

エメラルドが吹き飛ばされたのを見て男の子は悲鳴にも似た叫び声を上げた。幸いエメラルドの身体には角が食い込む事は無かったが、それでも大きなダメージを受けた。疲労と痛みで身体は言う事を聞かず、エメラルドは起き上がる事すらままならない。

このまま魔物にやられてしまうのかと思ったが、あろう事か魔物は動けなくなっているエメラルドを見てもう勝利を確信したつもりなのか、標的を男の子の方へと向けた。男の子は恐怖と絶望で逃げる事すら出来ず、涙を流して脚を震わせていた。

「や、やめなさい……その子は……!!」

魔物に制止の声を呼びかけるが当然それが通じるはずも無く、エメラルドが伸ばした手は空しく地面に落ちた。脚に力を入れるがすぐに抜けてしまい、地面に転がるように倒れ込む。その間にも魔物はジリジリと男の子に近づいて行った。男の子の表情も少しずつ生気が失われていく。

「やめ……てッ……!!」

いけない。それだけはあってはならない。エメラルドは地面を這いながら声を荒げた。自分が守らなければならない者。自分が救わなければならない者。それを傷つけるような事だけは何があっても阻止しなければならない。エメラルドは怒りを感じた。どうしてこんな事にならなければならない。どうしてせっかく掴み取った平和を魔物などに侵されなければならない。こんな事は絶対にあってはならないのだ。激しい怒りが彼女を包み込む。次第に彼女の青い瞳は黒く染まっていき、漆黒に塗りつぶされた。

「凍てつけ」

到底エメラルドの口から出たとは思えない冷たい言葉が放たれた。その瞬間、エメラルドに見られた魔物は石になったかのように動かなくなり、息をする事すら止めて活動を停止した。動かなくなった魔物を見て男の子はようやく我に返り、泣きながらその場に崩れ落ちた。

「はぁ……はぁ……お姉ちゃん？」

「ッ……はあ……く、ぅ……見ないで！」

男の子は何が起こったのか分からないがエメラルドが助けてくれたのだと思い、彼女の方を向いた。しかしそこでは蹲って苦しそうに目を抑えているエメラルドの姿があり、訳の分からぬ事を言っていた。何故か男の子はその姿に恐怖を感じ、動けずに居た。

エメラルドはその場でのたうち回り、散々苦しんだ後ようやく落ち着いて身体を起こした。その瞳は普段のように青く綺麗な瞳に戻っており、エメラルドは汗を掻きながら大きく息を吐いた。

「ふぅ……ごめんなさい。大丈夫でした？」

「う、うん……」

エメラルドはようやく落ち着いた態度を取り、男の子を安心させるように優しく微笑みかけながらそう尋ねた。男の子も普段のエメラルドに戻ってくれた事で安堵し、まだ少し怖がりながらも返事をした。エメラルドは男の子が無事だった事を心の底から喜び、疲れたようにまたその場に膝を付いた。今度は男の子も傍に駆け寄り、エメラルドの肩を持つ。それを見て彼女は静かに微笑み、有難うとお礼を言った。


今回の事件はエメラルドの活躍によって鎮圧化された。街の多くの人がエメラルドに感謝したが、一部はエメラルドのその力に恐怖を覚えている者も居た。特にエメラルドが最後に見せた魔物を固まらせる力は何人かの目撃者がおり、魔女はやはり恐ろしい存在だと訴える者も居た。けれど多くの人が感謝している事は事実であり、エメラルドが街の人を救ったのも確かであった。彼女はこれからもこの街に住み、人々を癒し続ける。平和な日々が続く事を願いながら。

街へと続く道のりを歩く集団が居た。一人は白銀の鎧でその身を包み、普通の人間とは違う雰囲気を醸し出している少年。そしてその少年を守るように数人の仲間達が付いてきていた。少年はふと立ち止まり、丘の上から見える街を見下ろした。懐から地図を取り出し、自分達が向かっている場所で間違いが無い事を確認する。

「あれが情報にあった街か……あそこに魔女が……」

少年は地図を見ながらそう呟く。その瞳はしっかりと街の事を捉えており、一切の余念を振り払った真っすぐな瞳をしていた。闇を知らない光だけに包まれた少年。彼はある存在を抹消する為にエメラルドが住んでいる街へと向かっていた。

「待っていろ【純真の魔女】……貴様は、勇者である俺が狩る」

腰にある剣に触れながら勇者である少年はそう呟いた。勇者に付き従っている周りの人間達は何故か邪悪な笑みを浮かべている。その姿はとても正義に従う者とは思えなかった。

勇者は迷いなく歩みを街へと進める。自身が何をしているかも知らず、無知と恥を晒《さら》しながら突き進んでいく。悲劇と、絶望と共に。

あとがき

初めまして、チョコカレーです。

チョコとカレーライスが大好きな人間です。早朝でもチョコとカレーなら食べられます。

この度は「元魔女は村人の少女に転生する」をお手に取って頂き誠に有難う御座います。序盤から主人公が一度死に、村人に生まれ変わるという慌ただしいスタートからこの物語は始まります。実はこの作品は大きなイベントがあった後にとにかく何か書きたいという欲求から書き出した作品で、私個人の趣味などがいっぱい詰め込んであります。

特にシャティアのキャラとかは「可愛い女の子が主人公の物語が書きたい」「でもめちゃくちゃ強い子が良い」「上から目線でラスボスみたいな主人公にしたい」という私個人の趣味全開で生まれたキャラとなっております。その結果かなり癖《くせ》のあるキャラになったんじゃないかと思ってます。でもとても満足です。

他にも魔女の一人であるエメラルドとかはお気に入りです。魔女の中では一番優しい性格の持ち主で、人間とも交流したがるというちょっと変わった魔女として作品では登場します。しかし現在ではその性格は変貌《へんぼう》し、正しく恐ろしい魔女としての邪悪さを出しています。実は色々と過去があったりするのですが、それはまたいつか語るかも知れません。エメラルドは「裏切られた者の末路」というコンセプトで作られたキャラの為、複雑ではありますがそれが一番形になったんじゃないかな、と色々と思い入れの深いキャラになりました。

この作品ではかつて魔女だったシャティアが村人の少女として、ゼロから魔法の事や人間の文化についてなど学んでいきます。これまで中々触れ合えなかった人間を間近に感じ、色々と学ぼうとします。その過程で敵が現れたり、かつての仲間が立ち塞《ふさ》がったりなど困難が訪れます。シャティアがそれらに悩みながらも圧倒的な力でねじ伏せていくような、ちょっと普通とは違うような展開を描きました。このように私の趣味全開の作品ですが、それがＴＯブックス様より書籍化のお声を頂いた時はびっくりしました。正直何度も目を疑いました。もちろん自分の作品を形に出来るのならこんな光栄な事は無い、という事でお返事を書き、あれよこれよと話しが進んであっという間にこんな所まで来てしまいました。ｔｅｆｆｉｓｈ様という素晴らしいお方にシャティアのイラストも描いて頂き、想像以上に素晴らしいシャティアが生まれました。皆さまのおかげでこの作品を形ある物にする事が出来ました。本当に、本当に有難うございました。まだまだ未熟な部分がある私ですが、自分が書きたい物をきちんと書けるよう、これからも頑張って行きたいです。最後にこの本をお手に取ってくださった皆様、本当に有難うございました。二巻でも会える事を楽しみにしております。

「七人の魔女」の
運命は激しく、
今夏発売予定!
転生する2

絡み合う――
著者：チョコカレー
イラスト：teffish
元魔女は村人の少女に

頭の痛い報告書、続々到着!?
頭を抱える保護者三人組
大暴走!!
待ってて、シュヴァルツとヴァイス！

念願の
図書館へ
本好きの下剋上
司書になるためには
手段を選んでいられません
第四部 貴族院の自称図書委員II
香月美夜
miya kazuki
2018年3月10日発売予定!
図書館、図書館、
幸せの場所、
るるるる、らららん
詳しくは「本好きの下剋上」公式HPへ!
http://www.tobooks.jp/booklove

元魔女は村人の少女に転生する

2018年3月1日　第1刷発行

著　者　チョコカレー

発行者　本田武市

発行所　TOブックス
〒150-0045
東京都渋谷区神泉町18-8　松濤ハイツ2F
TEL 03-6452-5766(編集)
0120-933-772(営業フリーダイヤル)
FAX 03-6452-5680
ホームページ　http://www.tobooks.jp
メール　info@tobooks.jp

印刷・製本　中央精版印刷株式会社

ISBN978-4-86472-665-8